머 리
위 를
조심해

머리 리
위 를
조심해

이수진 소설

문학동네

차례

갈매기는 끼룩끼룩 운다

정확히 세 명이 누울 수 있는 공간에 셋이 누워 있다. 발은 창가를 향해 두고 머리는 어느 맥주회사의 해 지난 달력이 덜렁 걸린 벽 쪽에 두고 있다. 달력에는 호피 무늬 비키니를 입은 빛바랜 서양 여자가 흰 거품이 흘러내리는 기타를 들고 누런 맥주 줄기로 만들어진 현을 퉁기고 있다. 세 사람의 오른쪽에는 페인트가 반쯤 벗겨진 뒤틀린 나무 문이 닫혀 있고 바람이 부는지 바깥문은 이따금 소리내어 운다. 그들의 왼쪽에는 캐릭터 이불이 얹힌 네 칸짜리 서랍장이 놓여 있다. 하얀 플라스틱 서랍장의 동그란 손잡이는 위에서부터 빨강, 노랑, 초록, 파랑으로, 만든 이의 조야한 취향을 드러낸다. 그 왼편의 낮고 작은 목재 탁자 위에는 여남은 권의 책들이 벽과 서랍장 옆면을 의지해 서 있다. 중고 프라모델 잡지나 만화책들과 비교했을 때 주황색 표지의 두꺼운 철학 개론서나 문예사조의 이해 운운하는 책들은 아버지의 T팬티만큼이나 어색하다. 책더미 위에는 이 년 전 베스트셀러가 되었던

'20대에 꼭 해야 할 일'인지 '늙으면 뭣도 못한다'인지 하는 제목의 책이 먼지에 덮인 채 놓여 있다. 탁자 왼쪽에선 중고 소형 냉장고가 웅웅 소리를 내며 돌아가고 있다.

따뜻하군. 맨 안쪽에 누운 재우가 말한다. 삼 분쯤 지난 후에야 철건이 어어, 대답인지 신음인지 모를 소리를 흘린다. 배기는 코를 골다 이따금 컥, 숨을 멈춘다. 바람에 바깥문이 열렸는지 이제 안쪽 나무문까지 덜컹거린다. 재우가 문을 좀 닫고 오는 게 어때, 라고 말하지만 아무도 대꾸하지 않는다. 그의 음성이 어딘가로 빨려드는 사이 코 고는 소리도 멎어 자는 이는 아무도 없지만 깨어 있는 이 또한 없다. 이 방은 배기의 집이다. 배기는 공간을 제공한다. 불문율은, 방문객 중 누군가가 먹을 것을 사오면 다른 누군가는 자질구레한 일들을 해야 한다는 것이다. 그러나 재우의 말에 철건이 반응하지 않은 까닭은 돈을 모아 라면을 사와서다. 누군가 오십원이라도 덜 냈다면 그쪽이 몸을 일으켜야겠지만 공교롭게도 십원 한 장 모자라지 않게 나누어 계산했다.

바깥에 바람이 불든 불지 않든 그것이 황사든 꽃바람이든 3월 봄볕은 먼지 낀 창문을 투과해 그들을 데워주고 있다. 침묵을 깨고 '따뜻하군'이라는 문장이 공기중에 내뱉어진 것이 무색하게도 '어어'라는 짧은 음성으로 그 대화의 시작은 무산되었다. '문을 좀 닫고 오는 게 어때'라는 말은 답하는 이가 없었으므로 방백이나 다름없다. 셋이 그렇게 누워 있는 사이 구름이 지나가는지 햇빛이 잠시 걷힌다. 바람 소리 비슷한 긴 한숨소리가 난다. 셋 모두의 한숨 같기도 하고 누구의 한숨이 아닌 것도 같다. 재우가 정적을 견디지 못한 듯 다시 입을 연다. 나 있지, 오다가⋯⋯

　그러니까 재우는 오는 길에 인도 한복판에 웅크리고 앉은 아줌마를 봤다. 아줌마는 벽에 몸을 기대지도 않고 오롯이 쪼그리고 앉아 있었다. 휴식을 취하는 것 같지는 않았다고 재우는 말한다. 그렇다고 뭘 찾는 것 같지도 않았고 차라리 누군가를 기다리는 것처럼 보였다고. 아줌마의 둥근 몸체가 바람에 기우뚱거리며 풍경을 흔들었다. 이리저리 기우듬히 쏠리는 통통한 몸이 거대한 오뚝이를 연상시켰다. 피하고 싶다는 생각이 들었지만 마주 오는 예쁜 아가씨를 의식해 재우는 남자답고 의연하게 아줌마 곁을 지나쳤다. 하지만 다섯 발짝쯤 나아갔을 때 재우는 걸음을 멈췄는데, 통통한 몸을 감싼 진갈색 카디건에 오밀조밀 달라붙은 털실로 된 꽃 장식이 눈에 밟힌 까닭이었다. 살그머니 뒤를 돌아보았을 때 재우는 막 스쳐지나간 아가씨의 진분홍색 플레어스커트가 바람을 타고 팔랑 떠오르는 것을 보았다. 휘둥그레진 재우의 눈에 하늘색 체크무늬 팬티가 가득 들어왔다. 니야앙! 엉덩이 한가운데 프린트된 고양이가 앙칼지게 운 순간, 재우는 상황을 순식간에 파악할 수 있었다. 그건 아줌마가 아가씨의 치마를 펄렁 들어올렸다는 뜻이었다. 새된 비명을 지르며 아가씨가 메릴린 먼로처럼 치마를 폭 누르고 아줌마가 품에서 뭔가를 꺼내려는 것을 본 재우는 그대로 몸을 돌려 달아났다. 숨이 헐떡일 때까지 달렸고, 놀이터 앞에서 철건을 만나 라면을 샀다. 아무도 비방하지 않음에도 재우는 변명을 덧붙인다. 그러니까 거기 든 건 아마도 흉기 따위였을 거라고⋯⋯

　누운 채 얼굴만 돌려 재우를 보던 철건은 어이가 없다. 담배연기 사이로 혼비백산해 뛰어오던 재우의 상기된 얼굴이 떠오른다. 겨우 아줌마 따위에게 겁먹어 식은땀까지 흘리며 도망쳐오다니. 재우가 겁쟁이인 줄은 알고 있었지만 이 정도로 병신일 줄은 꿈에도 몰랐다. 그런데다 흉기라니. 철건은 재우의 추측이 터무니없다고 생각한다. 하지만 '새끼, 만화를 너무 많이 본 거 아냐?' 비웃으면서도 흉기가 아니라면 거기서 대체 무얼 꺼냈단 말인가, 하는 의문이 들기도 한다. 철건은 아줌마가 되어본다. 지나가는 여자의 치마를 들췄다. 나라면 품에서 무엇을 꺼냈을까? 재우는 아가씨의 모습을 다시금 떠올려본다. 활짝 핀 접시꽃처럼 날아오른 플레어스커트, 찹쌀떡같이 희고 통통한 허벅다리! 배기는 혼자 무슨 말인가를 중얼거리고 있지만 늘 그래왔으므로 모두가 그러려니 한다. 소형종이 어떻고 대형종이 어떻고 하는 단편적인 단어들이 들려와서 그들은 배기가 자동차를 사고 싶어하는 모양이라고 생각한다. 아줌마의 품을 지나 아가씨의 허벅지를 지나 철건과 재우의 생각은 하나로 모인다. 왜, 그 아줌마는 왜 아가씨의 치마를 걷어올렸을까? 그 안, 그 품안에 든 것은 무엇이었을까?

재우가 말한다. 못생겼어. 오십대 정도로 보였고 얼굴이 퉁퉁 불어 코가 뺨에 파묻혀 있었어. 머리숱도 별로 없었고 무엇보다 너무 뚱뚱했어. 내가 발로 찼으면 데굴데굴 굴렀을걸. 재우가 눈동자를 위로 굴려가며 말한다. 흉기를 가지고 다니는 게 하나도 이상하지 않을 것 같은 생김새였다니까. 아줌마가 아가씨를 해치려 했다는 데 내 오른쪽 손모가지를 걸지. 재우는 도망친 주제에 자위할 때나 쓰는 그의 손목을 당당하게 베팅한다. 재우가 천장으로 손을 뻗어 꿈지럭거리자 철건은 문득 불쾌하다. 재우의 손놀림이 그의 수음을 연상시킨 탓이다. 철건의 속을 아는지 모르는지 재우는 양손을 포개 개 한 마리를 만들어낸다. 손바닥을 다른 손으로 모로 쥐고 새끼손가락을 들썩이자 개가 짖는 모양새가 된다. 재우도 컹컹 입을 연다. 아마 그 아줌마도……

아마 아줌마도 처음부터 그렇게 물에 불은 유부 같은 모양새는 아니었을 것이다. 세상 모든 여자가 그렇듯 온전한 여자로 태어났을 것이다. 여자로서의 여자, 남자에게의 여자. 여중, 여고를 졸업한 조용한 성격의 그녀는 선을 봐서 결혼했을 것이다. 아마 대학은 안 나왔을 것 같아. 추측을 시작한 재우는 이미 신나 있다. 남편은 선보는 자리에서 의사를 묻지 않고 커피 둘을 주문하는 성격으로, 중년에 접어들자 머리숱이 곧잘 줄어들고 승진은커녕 좌천이 되지 않기나 바라는 무능한 가장이었을 것이다. 아이는 둘. 아마 아들이 둘. 첫째를 밴 그녀는 남편의 무심한 다정함을 이용해 먹고 싶은 것을 양껏 먹고 부풀기 시작했다. 거죽이 붉게 트고 옆구리와 무릎에도 보기 싫은 흰 균열들이 자리잡았다. 그럭저럭 출산을 마친 뒤에도 한번 들인 식습관은 그녀를 쉽사리 놓아주지 않았다. 기름진 젖을 먹은 첫째는 피둥피둥 살이 올랐고, 표준 몸매였던 그녀 역시 팔팔이니 구구니 하는 사이즈를 찾는 몸이 되었다. 그러다 둘째가 생겨 낳았다. 출산 후 회복실에 누운 그녀에게 의사가 사무적으로 보고했다. 아기 다리가 뒤틀려 나왔는데요. 그는 제왕절개를 거부한 그녀의 잘못이라고 잘라 말했다. 하지만 복부 비만이 심하면 제왕절개가 위험하다고 일러준 이는 의사였다. 그녀는 다만 선택을 해야 했다. 왜 하필 아기가 거꾸로 들어 있었던 걸까. 왜 그 순간 다리를 잔뜩 오므려버렸던 거지. 그녀는 기가 막혔고 자책은 자기혐오로 돌아왔다. 그녀는 퇴원 즉시 살을 빼리라고 굳게 다짐했지만 두 젖먹이를 키우는 일은 생각보다 쉽지 않았다. 아이들은 손이 많이 갔고 그녀는 항상 선 채로 식사를 입에 쑤셔넣다시피 했다. 그러다 아이들이 학교에 다니기 시작할 무렵부터는 아무렴 어때, 하고 생각하게 되었다. 학창 시절 성적이 떨어지거나 따돌림을 당했을 때 아무렴 어때, 하고 생각했던 것처럼.

그녀는 옆으로 자라 허리가 굵어졌고 아이들은 위로 자라 머리가 굵어졌다. 남들을 보기 시작한 만큼, 아이들은 남들이 자신을 어떻게 보는지도 알게 되었다. '엄마 뚱뚱해서 창피해. 오지 마.' 학부모 참관 수업 전날 첫째는 말했다. 첫째에게 너무하다며 사과하라고 꽥꽥대던 둘째조차, 아버지의 말실수로 자신의 불구가 모친의 비만 탓임을 알게 되자 어미를 외면했다. 그녀는 무척 낙담했다. 뱃속에서 순대니 족발이니 먹고 싶다고 속삭였던 아기들이었다. 기름진 젖을 양분 삼아 피와 살을 얻은 자식들이었다. 그녀는 속이 상해서 먹었고 '엄마가 만든 거 더러워. 안 먹어'라며 칭얼대는 아이들의 몫 또한 먹어치웠다. 그녀는 이스트가 과다하게 들어간 밀가루 반죽처럼 나날이 부풀어올랐다. 팔팔도 구구도 맞지 않게 된 그녀는 포엑스라지 사이즈의 여자가 되었다. 마음을 쓰거나 쓰지 않거나 아이들은 쑥쑥 자랐고, 낳아준 어미를 평생 조롱했던 자식들답게 성인이 되자마자 미련 없이 집을 떠났다. 아이들이 떠난 그날부터 그녀는 집안에만 머물렀다. 바깥은 그녀에게 너무 춥거나 너무 더웠으므로. 집에서도 그녀는 주로 누워 지냈는데, 퍼질 대로 퍼진 몸뚱이를 놀리는 것이 힘들기도 했거니와 움직일 마음이 들지 않아서였다. 그녀의 이부자리 주변에는 레토르트 식품이나 과자 봉지, 야식 배달 음식점 광고를 모아놓은 책자, 무선전화기 따위가 항상 널브러져 있었다. 자지 않으면 먹고 먹지 않으면 자는, 그녀를 인간이라고 말할 수 있는 부분은 푸, 하, 숨을 몰아쉴 때마다 들썩거리는 젖가슴, 그 외에는 찾을 수 없는 듯했다.

어느 날 야식 책자가 사라졌다는 것을 알게 된 그녀는 벽을 짚으며 집안을 돌아다녔다. 그녀에겐 숨가쁜 모험이나 다름없었다. 다행히 그녀는 곧 다른 야식 책자를 발견할 수 있었는데, 그것은 이미 남편의 방이 된 안방 탁자 위에 놓여 있었다. 숨을 헐떡이며 책자를 집어들자 그 아래로 반라의 금발 여인이 표지에 오른 잡지가 눈에 들어왔다. 닭 튀김 사진이 크게 인쇄된 야식 책자를 땀이 흥건한 겨드랑이 사이에 끼우고 그녀는 침대에 걸터앉아 잡지를 뒤적거렸다. 레이싱걸 각선미 특집, 세계의 10대 다리 미녀들, 늘씬늘씬한 하반신의 향연! 망사 스타킹, 가터벨트, 가죽 부츠와 킬힐로 장식된, 남편의 잡지는 온통 여자들의 다리투성이였다. 뭐 하나 내세울 게 없는 평범한 그녀였지만 다리 하나만은 자신이 있었다. 키에 비해 비율이 좋았고 매끈하게 뻗은 두 다리에는 그 흔한 생채기 하나 찾아볼 수 없었다. 처녀 시절, 수줍음이 많아 치마를 자주 입지는 않았지만 어쩌다 정장 치마라도 입을 때에는 다리로 쏟아지는 사람들의 시선에 정신이 혼미해질 정도였다. 심지어 신혼 첫날밤 남편은, 그 고리타분한 인간조차 그녀의 다리에 입맞추며 수줍게 속삭였다. 당신 다리는 정말 최고군.

그녀는 문득 한없이 넓적하게 퍼진 제 허벅다리를 내려다보았다. 남편의 얼굴을 본 지 얼마나 됐을까. 지방으로 발령받고 한 달에 한

번은 오겠다던 남편은 벌써 석 달이 되도록 집에 오지 않고 있었다. 까만 피부에 작은 체구를 가진 남편은 집에서 야식을 시켜 먹는 일이 없었다. 단 한 번도. 그러나 그 잡지는 보란듯이, 정말 보란듯이 야식 책자 아래에 비치되어 있었다. 언젠가는 그녀가 볼 수 있도록. 그녀는 멍하니 앉아 방울져 흐르는 비지땀을 손바닥으로 문질러 닦았다. 눈을 끔뻑이다 고개를 든 그녀의 시야에 맞은편 화장대 거울이 들어왔다. 거울 속에는 웬 괴물이 들어앉아 있었다. 하얗고 피둥피둥한 저 팔계 한 마리가. 그녀의 입이 놀라 벌어지자 거울 속 그것도 입을 쩍 벌렸다. 너는 누구서어? 괴물이 입술을 옴질거리며 물었다. 그녀는 비명을 지르며 탁자에 놓인 알람 시계를 집어던졌다. 하지만 시계는 화장대 서랍을 때리고 나뒹굴며 바닥에 건전지를 토해낼 뿐이었다. 그녀는 숨을 헐떡이며 두리번댔다. 까맣고 뒤룩뒤룩한 괴물의 눈은 거울 속에서 여전히 빙글거리고 있었다. 번질번질한 입술을 오물대며 비식비식 웃고 있었다. 그녀는 괴성을 내지르며 스탠드를 머리 위까지 치켜들어 힘껏 내던졌다. 비로소 거울이 작살났다. 어느새 커튼 사이로 새어든 아침햇살이 깨진 조각들을 더듬었다. 그 빛이 찬란하게 그녀를 조롱했다. 그녀는 잡지 귀퉁이를 입에 넣고 잘근거렸다. 분했다. 남편의 빤한 의도에 화가 났다. 그러나 전화해 따질 만한 애정도, 열정도, 그들에겐 전무했다.

그녀는 잡지 속의 예쁜 다리들에 다른 식으로 반응할 수도 있었다. 어쩌면 스타킹 페티쉬 따위를 가질 수도 있었고 그런 각선미를 갖추고 싶다는 생각에 관리를 시작할 수도 있었을 것이다. 하지만 그녀는 그 모든 일 대신 한 방법을 택했다. 그녀는 땀에 절어 우글우글해진 잡지를 몇 날 며칠 뒤적였다. 여자의 다리, 매끈매끈한 여자의 다리. 모델들의 다리 생김새를 모두 외우고, 페이지끼리 달라붙을 정도로 잡지가 망가져버린 어느 날, 그녀는 마침내 커터칼을 손에 쥐었다. 잡지를 바닥에 내려놓고 세차게 북북 그어대기 시작했다. 남편의 '다리들'은 난자당했다. 죄 없는 누런 장판도 함께 조각났다. 그날부터 아줌마는 커터칼을 가슴에 품고 거리의 여자들을 사냥하게 된 거야. 예쁜 다리를 가진 아름다운 여자들을……

　재우의 말이 끝나기도 전에 철건이 끼어든다. 야야, 솔직히 말도 안 돼. 어떻게 사람이 그렇게까지 살이 찌냐, 야식 좀 먹었다고. 나 같으면 말이야. 여자들 다리보다는 그런 미적 기준을 만든 남자들을 미워할 것 같아. 어차피 그런 잡지는 우리 같은 놈들이나 사보는 거잖아, 안 그래? 그렇게 생각하면 네가 운이 좋았던 거지. 네 거시기를 그어버렸을지도 모르는 일이었는데. 그럼 넌 써보지도 못하고 고자가 됐겠지? 미필적 고자 새끼 말이야, 크크크. 철건이 낄낄대며 양손을 들어 위로 뻗는다. 내 생각엔 말이지. 손바닥을 교차시켜 손가락을 꼼지락거리자 게 한 마리가 허공을 기어간다. 그 아줌마는 그냥 치마 속이 좋은 거야. 치마를 들췄다고 다리가 목적이란 발상은 너무 빤하잖아? 치마 속의 다른 거…… 이런 건 어때? 아줌마는 늙어빠진 처녀. 태어났을 때부터 지금까지 섹스라곤 해본 일이 없는 거야. 섹스는커녕 연애 한번 못해본 나머지 남자의 몸이란 걸 겪어보지 못한 거지. 왜 마흔 살까지 못해본 남자, 그런 영화도 있잖아. 그러다보니까……

아줌마는 자신의 몸만을 보고 만지고 자랐다. 손끝이 살갗에 닿아 생기는 마찰에 애정을 느꼈고 스스로를 부둥켜안으며 사랑 또한 깨달았다. 자신이 하루하루 성장하는 과정을 보는 것이 그녀의 즐거움이었다. 손가락과 발가락의 섬세함도 하얗고 얇은 손톱이 물을 주지 않아도 자라는 것도 생리를 시작하고 겨드랑이에 털이 나고 가슴에 젖멍울이 잡혀가는 것도 그녀에겐 한없는 신비였다. 하지만 어느 정도 나이를 먹은 뒤로는 자라나고 피어나기는커녕 시드는 것을 지켜봐야만 했고 그건 여간 지루한 일이 아니었다. 그녀는 결국 다른 여체에 눈을 돌리기 시작했고 그건 썩 필연적인 일이었다. 그녀는 올 컬러판 『인체의 신비』에 의지해 탐구를 거듭했지만 책에 나온 삽화나 사진이 그 한계를 불거지게 할 뿐이라는 것을 오래지 않아 깨달았다. 끝없는 벽에 부딪친 그녀는 마침내 백문이 불여일견이라는 말을 떠올려냈다. 실제의 여체, 특히 그녀가 보고 싶은 부분은 타인의 음부였다. 부위의 특성 탓에 대중목욕탕에서조차 보기 어려운 까닭도 있었지만 그곳은 그녀에게 워낙에 특별했다. 소녀 시절, 샤워를 하다 물줄기가 음핵을 건드렸을 때 그녀는 머리털 끝까지 전기가 통하는 것 같은 찌릿함을 느꼈고, 그 피 쏠리는 쾌감은 그녀가 여체의 신비에 빠져들게 된 계기 중 확연한 일부가 되었다. 여성의 생식기, 그중에서도 그녀가 가장 높이 샀던 부위는 자궁이었는데, 한 달에 한 번 정자가 들어오길 기다렸다 기간 안에 씨앗을 얻지 못하면 스스로를 허물어뜨리는 그것에서 그녀는 진리를 느꼈다. 그녀에게 자궁이란, 우주의 균형을 지키고 유지하는 또하나의 우주, 과하지도 모자라지도 않는 중용의 미덕을 가진 존재였다. 어떤 이들이 우주 탐험을 꿈꾸듯 그녀 역시 꿈을 꾸었다. 다른 이의 음부를 한 번이라도 면밀히 살펴볼 수 있다면! 하지만 어떤 여자도 제 그곳을 보여주지 않았고, 오히려 미쳤다는 오해를 받기 일쑤였다.

그날도 그녀는 지쳐 있었는데, 공원 벤치에 앉은 여자 둘에게 음부의 탐구에 대해 말하고, 밑을 보여주면 그녀의 것도 보여주겠다는 제안을 하다 욕만 진탕 얻은 참이기 때문이었다. 그들이 떠나버린 자리에 주저앉아 좌절감에 떨고 있을 때, 낯선 이들이 그녀에게 다가왔다. 친절해 보이는 남녀였고 그중에 젊은 여자가 말을 걸었다. 혹시 우주의 기운에 대해 알고 계세요? 깜짝 놀란 그녀는 늘어져 있던 몸을 꼿꼿이 세웠다. 우주라니, 우주라니! 혹시 이들은 신이 보낸 사자가 아닐까? 그들을 따라나서 도착한 곳은 공원에서 멀지 않은 동네였다. 높지 않은 건물 오른편에 출입문이 있었고 폭이 좁은 계단이 놓여 있었다. 입구 왼편에는 나무 간판이 걸려 있었는데 붉은 글씨로 '천기누설', 검은 글씨로 '우주진리연구회'라고 굵직한 궁서체로 새겨져 있었다. 그녀는 그들과 함께 가파른 계단을 올랐다. 유리문을 열고 들어서니, 그 안은 신천지였다.

'천기누설 우주진리연구회'라니 너무 식상하잖아. 듣고 있기나 했는지 배기가 말을 끊는다. 그럼 뭐가 좋을까. 철건이 사타구니를 긁적인다. 배기는 잠깐 생각을 하는 듯하더니 '자궁교'라고 대답한다. 자궁교? 철건과 재우가 동시에 반문한다. 자궁교가 뭐냐, 하여간 미친 새끼. 철건은 거의 움직이지 않던 몸을 뒤틀며 마구 웃어댄다. 자궁교. 좋아, 자궁교.

그녀가 그들을 따라나서 도착한 곳은 공원에서 멀지 않은 동네였다. 높지 않은 건물 오른편에 출입문이 있었고 폭이 좁은 계단이 놓여 있었다. 입구 왼편에는 나무 간판이 걸려 있었는데 '자궁교'라는 검은 글씨가 굵직한 궁서체로 새겨져 있었다. 그녀는 그들과 함께 가파른 계단을 올랐다. 유리문을 열고 들어서니, 그 안은 신천지였다. 마흔 명 남짓한 신도들이 방석 위에 무릎을 꿇고 앉아 쉴새없이 무슨 말인가를 읊조리고 있었다. 군중의 목소리가 한데 섞여 신묘한 음률을 만들어냈다. 천장과 벽의 경계에 설치된 블랙라이트 빛으로 교당 안은 전체적으로 푸르스름하고 어둑했다. 정면 벽에는 플라스틱으로 추정되는 거대한 자궁 모양의 조형물이 야광으로 빛났고, 그 위편에는 한 남자의 얼굴 사진이 든 액자가 걸려 있었다. 그 아래 단상에는 단단해 보이는 커다란 나무의자가 둘 놓여 있었다. 의자에는 머리가 긴 여자와 삭발한 남자가 각각 앉아 있었는데 그들의 흰옷 역시 푸르게 발광했다.

세상 모든 종교가 그렇듯 자궁교에도 교리가 있었다. 식상하지만 그것은 여성 교인들의 첫날밤 상대가 교주인 김자궁이어야 하고, 그래야만 우주 진리를 깨닫고 영생을 얻을 수 있다는 것이었다. 젊은 여자가 건네준 포교 책자를 통독한 그녀는 교주의 잠자리 상대가 되길 자청했다. 남성의 생식기에도 나름의 진리가 숨어 있을 테니 우주 진리도 얻고 그것도 관찰하고 하면 겸사겸사라는 생각으로 낸 용기였다. 몇 가지 검사와 설문을 통해 처녀라는 사실이 입증되자 젊은 여자가 그녀를 내실로 안내했다. 사무실이라는 팻말이 달린 문을 열고 들어가니 교단 위에 걸렸던 사진 속 인물이 침대 위에 앉아 있는 게 보였다. 김자궁은 교주의 본명으로, '성 金 스스로 自 하늘 穹' 자를 썼다. 아들이 스스로 하늘이 될 수 있는 높은 포부와 기상을 간직하길 바란 모친의 깊은 뜻이 담긴 이름이었다. 김자궁이 그녀에게 윗옷을 벗으라고 말했다. 그녀가 옷을 벗자 김자궁 역시 자색의 가운을 벗어던졌다. 알몸으로 우뚝 선 김자궁은 그녀에게 자신의 성기를 애무할 것을 명령했다. 하지만 그녀는 선뜻 나서기가 어려웠는데 방법도 몰랐거니와 몇 겹으로 포개져 늘어진 뱃살 아래 축 처진 그것이 보통 흉물스러운 게 아니었기 때문이었다. 듬성듬성 돋은 흰 털하며 불알에 핀 얼룩점은 삽화 속의 말끔한 성기와는 차원이 달랐다. 세상의 모든 것이 자궁의, 자궁에 의해, 자궁을 위해 존재한다고 믿었던 그녀에게 자궁이라는 이름을 가진 신이라는 작자의 모습은 경악스러울 따름이었다. 그녀의 망설임이 느껴졌는지 김자궁이 큰 소리로 설교를 늘어놓기 시작했다. 우주라는 것은 애초에 하나의 자궁에서 태어났는데 그 현신이 자신이며, 양과 음의 하나됨이야말로 우주의 섭리이므로 진리를 얻고 싶다면 다리를 벌리라는 것이 그 요체였다. 그런데도 그녀가 머뭇거리자 김자궁이 답답하다는 듯 그녀의 몸을 힘껏 밀쳐 침대 위로 넘어뜨렸다. 김자궁의 검버섯 핀 손이 그녀의 치마를 거칠게 걷어올렸다. 억지로 다리가 벌어지고 속옷이 끌어내려지는 순간, 그녀는 구둣발로 그의 얼굴을 걷어지르고 침대 아래로 몸을 굴렸다.

그녀는 문을 박차고 달아났다. 속옷 바람에 구두까지 벗겨졌지만 뒤도 돌아보지 않고 뛰었다. 집에 들어서자마자 눈물이 콸콸 쏟아졌다. 그녀는 창피한 줄도 모르고 엉엉 큰 소리로 울었다. 그런 얼룩점

불알을 가진 교활한 늙은이가 자궁의 현신일 리 없었다. 그런 더러운 것에게 자궁으로 향하는 입구를 허락할 수는 없었다. 그녀가 알고 싶었던 진리는, 삶을 지배했던 목표는 그런 흉한 게 아니었다. 내 우주, 내 우주! 그녀는 바들바들 떨며 한참을 오열했다. 더이상 쏟을 눈물이 남지 않았을 때에야 그녀는 까무룩 잠에 빠져들었다.

그녀는 베란다에 서서 하늘을 올려다보고 있었다. 유난히 별이 많다고 생각하는 순간 몸이 붕 뜨더니 빠르게 솟구쳤다. 지상의 빛이 와닿지도 않을 만큼 높은 곳까지 오르자 상승이 멎었다. 따스한 공기가 그녀를 감싸고 있었다. 주변에 작고 빛나는 돌덩이들이 떠다니는 게 보였다. 낯선 곳이었지만 어쩐지 불안하지 않았다. 오히려 기묘한 안도감마저 들었다. 그녀는 팔다리를 헤적거려 앞으로 나아갔다. 유영하던 그녀의 몸은 곧 푹신한 벽에 부딪쳤다. 축축하고 말랑한 그것은 비린 살냄새를 풍기고 있었다. 벽을 더듬다 힘껏 껴안은 그녀는 그곳이 우주의 자궁임을 깨달았다. 그 순간 작은 돌덩이들이 그녀의 시선이 닿은 한곳을 기점으로 모여 커다란 구를 만들어냈다. 붉은 듯 푸르기도 하고 누른 듯 거무스름한 오색의 구에서 빛이 쏟아진 것은 일순이었다. 반사적으로 눈을 가린 그녀의 아랫배를 향해 빛덩이가 달려들었다. 눈을 떴을 때는 자궁이 있었을 자리에 머리통만한 구멍이 뚫려 있었다. 제 몸에 난 허공에 손을 집어넣어보는 그녀의 귀에 어떤 소리가 들려오기 시작했다. 웅웅거림에 불과하다 곧 언어가 된 그 목소리는 달콤하기도 엄숙하기도 다정하기도 매섭기도 했으며 이렇게 말하고 있었다. 자궁을 찾아라. 가장 온전한 자궁을 찾아라. 그때까지 너는 어떤 자궁도 갖지 못하리라…… 목소리가 말을 마치자 그녀의 눈에 눈물이 넘쳐나기 시작했다. 그녀는 뻥 뚫린 배를 감싸안고 다리를 활짝 벌렸다. 질구가 뻐끔뻐끔 대답했다. 자궁을 찾겠어요. 가장 온전한 자궁을 찾겠어요.

흠뻑 젖은 베개 위에서 그녀는 흐느끼며 깨어났다. 잠들기 전과 달라진 게 없는 풍경이었지만 무엇인가 확실히 변화되어 있었다. 물기 가득한 그녀의 시야에 먼지 쌓인 라디오가 들어온 것은 그때였다. 우아하게 구부러진 라디오 안테나가 까딱까딱 그녀에게 손짓하고 있었다. 침대에서 일어난 그녀는 안테나를 틀어잡고 힘껏 꺾었다. 그것은 제자리를 찾아가듯 쑥 뽑혀 그녀 손에 쥐어졌다. 그날부터 아줌마는 가장 온전한 자궁을 찾아다니게 된 거야. 안테나를 갖다 대면 우주의 신호가 오는 거지. 삐리삐리. 철건이 코를 틀어쥐며 익살스러운 목소리를 낸다. 이 자궁이 아닙니다, 삐리삐리. 크크, 자궁 찾기, 어때? 선택받은 수신기, 세인트 안테나! 그러니까 아줌마가 품에서 꺼내려고 했던 게 바로 그 안테나였던 거지. 뭐 수맥 탐지기 같은 거라고나 할까? 그걸로 팬티 속을 투영해서 우주의 명령에 따르는 거야. 진리를 찾는 여행자, 괜찮지?

철건의 득의양양한 표정이 못마땅한지 재우가 툴툴 불만을 늘어놓는다. 근데 솔직히 말해서 내 생각이 더 신빙성 있지 않냐? 네 이야기에는 개연성이 부족해. 일단 아줌마가 왜 살이 쪘는지는 나오지도 않잖아. 그렇게 자기 몸을 아끼고 더듬어온 사람이 어떻게 그렇게까지 살이 찌냐? 게다가 그 아줌마 적어도 오십은 넘어 보였다니까. 상식적으로 그 나이 먹은 사람이면 결혼도 하고 애도 있어야지. 인물 만들기 귀찮다고 혼자 사는 여자로 만들어버리면 그게 무슨 실례야? 재우의 말에 철건이 짜증스런 표정으로 몸을 벌떡 일으킨다. 야, 살찌면 나이들어 보이는 거 모르냐? 생각보다 젊을 수도 있잖아. 그리고 나이들었다고 남편도 있고 애도 있을 거란 생각은 어떤 논리에서 나온 거냐? 너 우리 고모 오십 넘은 거 알지. 사과해. 당장 세상의 나이 많은 독신녀들한테 사과하라고. 그리고 또, 네 이야기도 허점 장난 아니거든? 자식이 부모를 그렇게까지 무시하고 버러지 취급을 하는 게 가능한 얘기냐 말이야. 도덕적으로, 엉? 천륜 모르냐, 천륜. 안 그래? 철건이 동의를 구하려 배기를 돌아보지만 그는 여전히 뭔가 중얼거리고만 있다. 색은 대개 노랗고 끝에 붉은 얼룩, 목은 희고 등과 날개는 잿빛. 그사이 재우는 자신의 이야기에서 허점이라곤 찾아볼 수 없음을 역설한다. 야, 요즘 세상에 인륜, 천륜이 어디 있어. 솔직히 나만 해도 엄마가 살쪄서 내가 장애인이 되었으면 죽여버리고 싶었을걸. 병신, 죽이지도 못할 거면서. 그래, 내 얘기에서도 죽이진 않잖아. 그리고 뭐, 더러워서 넣을 수가 없어? 여자가 남자를 원하는 건 동물적 본능이야. 남근 선망! 프로이트 몰라, 프로이트? 프로이트 좆까지 마. 남근 선망은 그럴 때 쓰는 말 아니거든? 왜 아예 칸트, 헤겔 다 들먹여보지 그러냐? 철건의 계속된 핀잔에 재우가 한풀 꺾인 표정으로 투덜거린다. 치, 애초에 우주의 진리가 다 뭐야. 우리가 딸딸이 치면서 언제 그 신비에 대해 탐구한 적 있었어? 평생 내 몸만 사랑하고 살았어도 그런 적 없었거든? 자랑이다, 인마. 여자 없다고 아주 광고를 때려라. 너도 없잖아. 뭐, 나? 너도 없잖아! 나도 없지. 정곡을 찌른 재우는 얼른 기세등등한 표정을 지어 보인다. 철건이 재우를 외면하며 툴툴거린다. 개새끼, 난 내가 안 사귀는 거야.

철건의 물음에도 대답을 않던 배기가 갑자기 번쩍 두 손을 치켜든다. 왼손 엄지에 오른손 엄지를 걸고 나머지 손가락들을 바깥으로 펼쳐 퍼덕이자 새 한 마리가 금세 날아오른다. 아마 그냥…… 배기가 나지막이 우물거린다. 뭐? 느닷없는 배기의 참견에 철건과 재우가 그쪽을 돌아본다. 배기가 다시 한번 느릿하게 중얼거려 보인다. 아마 그냥…… 미친년이었을 거라고. 입을 헤벌리고 배기를 보던 철건의 눈가가 씰룩거리기 시작한다. 몸을 틀어 재우와 시선을 맞댄 철건은 그제야 코가 터질 듯이 웃음을 터뜨린다. 크, 크크크, 넌 진짜, 크큭, 뜬금없이 미친년이라니! 푸하하하, 그래, 그냥 미친년이겠지 뭐. 크큭큭큭. 그 아줌마는 그냥, 그 아가씨 치마를 들치고 싶었던 것뿐이야. 맞아, 쪼그려앉아 있었는데 꼴린 거 아니야? 그럼 품안에 손을 넣은 건? 아, 자기 가슴이라도 문지를 셈이었나보지. 크큭큭큭. 푸헤헤헤. 배기도 결국 웃음을 터뜨리고야 만다. 낄낄끼룩끼룩, 끼룩.

*

웃음이 잦아든다. 탁자 가까이 누워 있던 재우가 책을 한 권 끄집어내려 뒤적거린다. 『갈매기의 꿈』, 새 한 마리가 열심히 날고 사는 이야기다. 조오너던 리이빙스터언. 재우는 혀를 잔뜩 굴려 주인공의 이름을 말해본다. 언제 읽어도 감명깊단 표정을 짓고 있지만 재우는 이 책을 읽은 일이 없다. 책장을 뒤적일 때마다 곰팡내가 퍼진다. 아무 페이지나 펼친 재우가 그럴싸한 목소리로 한 대목을 읽는다. 가장 높이 나는 새가 가장 멀리 본다. 음, 좋은 말이군. 가장 높이 나는 새가 멀리 본다. 재우의 말이 끝나기가 무섭게 철건이 씹어뱉는다. 갈매기 주제에 멀리 보긴 개뿔. 가장 높이 나는 새가 가장 굶주리는 거야. 꼴에 무리해서 높이 날아오르고 지랄이니 먹이를 봐도 내려와서 처먹을 수가 있어야지. 아니, 애초에 먹이가 보이기나 할라나? 거 이리 줘봐. 철건이 재우의 손에서 책을 빼앗아 아무렇게나 책장을 넘긴다. 그래, 이게 진리지. 우리는 단지 먹기 위해 이 세상에 던져졌으며 가능한 한 오래 생을 유지해야 한다, 우리는 단지 먹기 위해 세상에 던져졌으며 가능한 한 오래 생을 유지해야 한다! 조나단인지 좆나단인지 걔는 그래서 어떻게 죽었나? 책을 다시 건네받은 재우가 뒷부분을 뒤적거린다. 가물거리는 빛 속으로 사라져 아무것도 남지 않았다고 나와 있어. 거봐, 아무것도 남는 게 없잖아. 그 새끼 통장 잔고도 영일걸. 철건이 책을 빼앗아 획 내던진다. 『갈매기의 꿈』은 가볍게 날아가 냉장고를 맞고 나뒹군다. 그것보다 나 고등학생 때 반에 갈매기라는 새끼가 하나 있었는데. 별명이 갈매기야? 응, 왜 갈매긴 줄 알아? 글쎄? 그 새끼가 얼굴은 메기같이 생겨가지고 여자들을 좆나 후리고 다니는 거야. 입술도 완전 두껍고 수염도 이방같이 난 주제에 아주 그냥 따먹은 여자애들 목록이 출석부보다 더 두꺼웠거든. 갈보 메기, 줄여서 갈메기. 크크크, 완전 웃기지 않냐? 재우도 웃음을 터뜨린다. 갈마이기가 아니라 갈머이기구나? 헤헤헤, 재밌다. 재밌어. 히히, 히히히. 그러나 배기는 그들의 농담이 우습지가 않다. 이 방에서 웃지 않는 것은 배기뿐이다. 배기는 다시 중얼거리기 시작한다. 어른 새가 되는 것은…… 소형종은 이 년, 중형종은 삼 년, 대형종은 사 년째 여름 깃이 나면서부터이다. 흰 갈매기는…… 사 년째에 등이 연한 잿빛인 완전한 어른

새가 된다. 하지만 그건 갈매기니까 가능한 일이었다. 배기가 갈매기였다면 그는 벌써 다섯 번은 어른이 되었어야 했다.

언제 웃었냐는 듯 모두 입을 다문다. 방안에는 이제 먼지와 어스름만이 떠돈다. 배기만이 다시금 손을 뻗어 낮은 허공에서 퍼덕거린다. 날자아아, 날자꾸나아아. 한 번만, 한 번마안 더어어어. 배기는 아주 나지막이 노래인지 뭔지 모를 것을 흥얼거리고 있다. 철건이 배기를 할기더니 말한다. 저 새낀 아까부터 뭐라고 중얼거리는 거냐? 글쎄, 갈매기 어쩌고 하는 것 같은데? 갈매기? 뭐야, 지가 좆나단이야? 크, 갈매기는 부산에서 찾아야지. 갈매기가 왜 부산에 있니? 그야 부산 갈매기가 제일 유명하잖아, 가장 맛있는 건 갈매기살이고 말야. 갈매기살도 먹어봤어? 그럼, 날개 부분이 제일 맛좋다. 재우는 곰곰이 갈매기살 맛을 상상해보는 표정이다. 철건이 말을 돌린다. 아, 여자 사귀고 싶다. 재우가 음음, 고개를 끄덕이다 말한다. 나는 취직하고 싶어. 취직? 너 이제 밴드 안 하냐? 음악은…… 이제 됐어, 공무원이나 할래. 뭐, 공무원? 그게 뭐하는 건데? 그러니까…… 동사무소 직원 같은 거 말이야. 아아, 동사무소. 크, 병신, 넌 일단 군대나 갔다 와. 철건의 말에 재우는 잠시 생각에 잠긴다. 재우가 문득 철건에게 묻는다. 철건아, 넌 꿈이 뭐야? 꿈? 철건이 벌떡 일어나 가부좌를 틀고 앉는다. 난, 세계, 정복이지! 그 순간 재우의 눈에 새삼스런 존경의 빛이 서린다. 우와. 엎드린 채로 감탄하자 목멘 소리가 난다. 역시 넌 대단해. 혼잣말처럼 되뇌던 재우가 오른쪽 팔을 쑥 뻗는다. 슈퍼맨? 철건이 어이없다는 듯 픽 웃으며 대꾸한다. 아니, 배트맨! 엄지와 검지를 맞붙인 철건이 양손을 뒤집어 눈가에 댄다.

그러나 히어로적 관점이 아니라도 배트맨과 철건의 거리는 먼데, 부유한 배트맨에 반해 철건은 요즘 깡통맨에 다름 아니기 때문이다. 재우가 짜파게티를 먹고 싶다 졸라도 말없이 스낵면 멀티팩을 집어 드는 그의 모습이 낯설다. 그들 중 돈이 많은 축에 속했던 철건은 최근 배기 못지않게 쪼들리는 것처럼 보인다. 무슨 문제라도 있느냐고 재우가 걱정해봤자, 요즘 경기가 안 좋아서 현금이 돌지 않는다는 심드렁한 대답만이 돌아온다. 어디서 주워들었는지 재산분배업 운운하는 철건은 일개 소매치기다. 하고 다니는 꼴을 보면 작업 능률이 우수한 것 같지도 않다. 지금껏 걸린 적 없다는 점만은 내세울 만하다. 재우는 음악을 한답시고 머리를 물들이고 다녔지만 입대를 앞두고 삭발을 해서 노란 터럭이라고는 찾아볼 수 없고, 밴드에서 뭘 한다던 것 같았지만 베이스였는지 기타였는지는 통 기억나지 않는다. 셋의 첫 만남이 신입생 오리엔테이션 때였던 것을 생각하면 지금 그들의 입장은 사뭇 달라졌는데, 대학 일 년 차에 자퇴를 하고 생활 전선에 뛰어든 철건에 비해 재우는 군 입대를 앞두고 휴학을 한 상태이고, 배기는 이틀 전 첫 휴가를 나왔다. 셋 중 전공을 살리려는 이는 배기뿐이지만 어디 최종심에 한 번 올랐던 것 말고는 소식이 없다. 가끔 들이밀던 소설 나부랭이도 뚝 끊긴 지 오래다.

입대 전 편의점 야간 알바를 하는 재우는 언젠가 새로운 밴드를 결성할 거라고 말한다. 지금 있는 밴드는 보컬이 남자라 흥이 나지 않는다는 것이다. 재우가 밴드 이름으로 분홍코끼리가 좋을지 고등어조림이 좋을지 묻지만 철건은 고등어조림은 무가 맛있다고만 대답한다. 철건이 다음 직업으로는 역시 어부가 좋겠다는 얘길 꺼내자 배기는 어이가 없다. 어부는 아무나 하나. 남들은 다 있는 아부지가 없어서 엄마한테 아부지 어디 갔냐고 물었을 때 배 타다 죽었다는 대답만 들은 배기에게 어부라는 직업은 불가침의 세계다. 왜 하필 어부냐는 배기의 핀잔에도 철건은 당당하다. 그야 직접 잡은 생선을 먹을 수 있기 때문이지. 난 고등어가 좋아. 오메가 스리도 많잖아. 너 고등어 등이 얼마나 예쁜 줄 아냐, 그 오묘한 반짝임. 그 비늘을 살아 있을 때 볼 수 있다는 게 얼마나 멋지냐. 난 직접 고등어를 잡겠어. 그리고 먹겠어. 내가 강철건이니까 강태공이라고 불러라. 마음을 정한 듯 떠벌리고는 있지만 철건은 이미 몇 번이나 새로운 직업에 대한 포부를 밝혀만 왔다. 변호사가 되겠다며 웬 낡아빠진 법률서를 주워오거나, 가구장인이 되겠답시고 배기의 서랍장을 부수고, 대세는 요리사라며 하나뿐인 배기의 버너를 고장내는 일은 예사였다.

　어느새 창밖은 어둑하다. 시간은 알 수가 없는데 시계를 보는 사람이 없기 때문이다. 바깥문이 열리는 소리가 난 것 같지만 아무도 신경 쓰지 않는다. 이 집은 언제나 외풍이 심했으므로. 야, 나 배고파. 철건이 툴툴댄다. 나도오. 재우가 동의한다. 똑똑. 이번엔 외풍이 아니다. 누군가 안쪽 나무문을 두들긴 게 분명하다. 철건과 재우는 서로의 눈을 마주본다. 다 여기 있는데, 올 사람이 없는데. 하나, 둘, 셋, 세어봐도 영락없는 셋인데. 누구세요? 철건이 잔뜩 쫄려서 묻는다. 철건의 긴장은 직업병이나 다름이 없다. 대답 없는 문 너머로 바스락거리는 소리가 들려온다. 잔뜩 얼어 있는 철건 대신 재우가 문을 향해 무릎걸음으로 다가선다. 재우가 문고리에 손을 대려는 찰나, 문이 먼저 열리고 까만 비닐봉지가 쑤욱 들어온다. 으악, 비명을 지르면서도 재우는 반사적으로 비닐봉지를 받아든다. 어, 고기다! 봉지 안을 들여다본 재우의 눈이 휘둥그레진다. 고기? 명절이나 개 잡은 날만 먹는다는 그 고기? 철건이 후닥닥 달려들어 묵직한 비닐봉지를 빼앗아 든다. 부둥켜안는 꼬락서니가 조금이라도 방심하면 생고기를 핥을 기세다. 그 와중에 삼겹살의 뒤를 이어 커다란 머리 하나가 빠끔히 들이닥친다. 어, 엄마! 배기가 흠칫 놀라 소리친다.

엄마라니. 재우도 철건도 방금 밀려들어온 큼지막한 두상에 초점을 맞춘다. 아, 정말 크다. 재우 두 배는 되는 것 같다. 재우 머리가 작은 편이긴 하지만 그래도 이건 정말 엄청나다. 뒤이어 몸통이 문을 통과하려 하지만 쉽지 않은 일이다. 살덩이는 몸의 이곳저곳을 구깃구깃 접고 나서야 가까스로 입실한다. 배기야. 거대한 여자가 다정스레 배기를 부른다. 엄, 딸꾹, 웬일, 딸꾹. 배기는 얼이 빠졌는지 딸꾹질만 하고 있다. 그 순간 솥뚜껑 같은 손이 배기의 등짝을 철썩 후려친다. 휴가 나와놓고 전화도 안 하니. 아줌마는 잔뜩 서운한 표정을 지어 보인다. 아, 전화. 배기는 휴가와 전화의 연관성을 미처 깨닫지 못했다. 그야 철건은 옆방에 살고 있고 재우는 철건이 부르면 오니까. 깜빡했다고, 미안하다고 말하고 싶겠지만 배기는 딸꾹거리느라 정신이 없다.

배기 엄마가 들어서자 세 사람은 벽에 바싹 붙어앉아야 할 정도로 공간을 빼앗기고 만다. 배기의 친구들은 아줌마의 통통하고 둥근 얼굴이 어쩐지 낯이 익다. 철건이 지난달에 지갑을 훔친 여자를 닮은 것도 같고 재우가 언젠가 본 편의점 사모님을 닮은 것도 같다. 어디서 봤더라. 아줌마가 건네는 반찬통을 받으면서도 재우는 계속해서 머릿속을 훑는다. 어머니, 안녕하세요! 다행히 철건이 먼저 정신을 차린다. 그러나 철건의 어조로 미루었을 때, 그것은 필시 '반갑다, 고기야'에 가까운 인사말이다. 아! 재우가 뒤늦게 외마디 탄성을 내지른다. 긴가민가한 표정으로 철건의 옆구리를 꾹꾹 찌르며 속삭인다. 야, 그…… 그 여자 같아. 하지만 재우를 힐긋 돌아본 철건은 한숨밖에 나오지 않는다. 그 여자라니? 재우는 정말 답도 없는 병신이다. 저러니 여자한테 인기도 없고, 밴드도 안 팔리고, 기껏 음악을 그만둬봤자 저게 공무원 나부랭이나마 될 수 있을지 없을지. 동사무소에서 저런 놈을 써주기나 할까? 철건은 재우가 하는 말이 무슨 뜻인지 알 수 없을뿐더러 알고 싶지도 않고, 다만 고기를 사온 사람을 대하는 태도가 방자하기 이를 데 없다는 생각뿐이다. 고깃값이 엄청 올랐는데도 아줌마는 무척이나 통이 컸다. 묵직한 비닐봉지를 주물럭거리며 철건은 몇 번이고 감탄한다.

배기는 딸꾹질을 멈추려 숨을 억지로 참는지 얼굴이 터질 것만 같다. 으…… 어떻게 찾아왔어요? 집은 어떻게 알았어요? 배기는 침을 한데 모아 꿀떡 삼킨 후에야 진정이 된 듯하다. 엄마가 아들 사는 데도 모를 것 같니. 아줌마는 그걸 말이라고 하냐는 듯한 표정이다. 방석이 없어 이불을 접어 아줌마에게 앉을 자리를 권한 재우는 안절부절못하고 있다. 자리를 잡은 아줌마가 재우에게 건넨 갈색 카디건에는 곧 피어날 봄꽃들을 옮겨놓은 것 같은 털실 꽃들이 만개해 있다. 겉옷을 벗은 아줌마는 더욱 가관인데, 맞는 속옷이 없어서인지 가슴이 티셔츠를 뚫고 앞으로 쏟아질 것 같다. 그나마 다행인 것은 가슴이 처진 탓에 거대한 유두가 땅을 향하고 있다는 점일 텐데, 그럼에도 재우는 자꾸만 고개를 외로 틀지만 철건은 마냥 멀뚱하기만 하다. 철건에게 아줌마의 가슴, 아니, 젖이라고 부르는 게 더 어울릴 것 같은 그것은 그저 어린 시절 배기를 먹였던 밥통에 불과하다. 실상 아줌마는 노브라의 여성에게서 느낄 수 있는 어떤 종류의 설렘도 불러일으키지 못하고 있다. 호피 무늬 스판 티셔츠에 땡땡하게 싸인 아줌마는 벽에 걸린 달력의 같은 무늬 비키니를 입은 여자와 심각한 대조를 이룬다.

밥을 해주겠다며 아줌마가 엉덩이를 들썩이자 철건이 넉살 좋게 도로 앉힌다. 철건이 소매를 걷어붙이고 나서지만 쌀이 없다. 밥 대신 라면은 어떠세요? 철건이 묻자 난 두 개, 아줌마가 흔쾌히 대답한다. 철건이 부엌으로 나가자 재우는 더욱 좌불안석이다. 철건이 빠져나가 생긴 공간을 재우가 초조하게 서성이며 메운다. 마침내 재우는 널브러져 있던 『갈매기의 꿈』을 집어들고 구석에 가 앉는다. 하지만 배기는 재우가 아까부터 자꾸만 그 책을 만지작거리는 게 못마땅하다. 그건 배기가 기억도 나지 않는 어린 시절에 아버지에게 받은 생일 선물이었다. 첫 페이지를 넘기면 배기 아버지가 꾹꾹 눌러쓴 볼펜 글씨를 볼 수 있었다.

'이런 갈메기가 돼어라.'

맞춤법도 틀린 그 문장은 배기에게 있어 아버지의 유언이나 다름없었다. 글씨를 읽을 줄 알게 된 순간부터 배기의 꿈은 갈매기가 되는 것이었다. 그가 갈매기를 닮은 구석이라곤 괴상한 웃음소리뿐이었지만 배기는 어느 누구보다 진지했다. 그러나 재우의 표정을 보고 있자니 지금 책을 뺏는 건 너무 잔인하다는 생각이 들어, 배기는 한숨을 내쉬며 엄마에게로 고개를 돌린다.

아줌마는 아들의 방이 신기한지 구경 나온 사람처럼 방안을 둘레둘레 보고 있다. 배기가 헛기침을 하며 목을 가다듬는다. 어, 형은 잘 지내요? 재우가 힐끔 배기를 본다. 형이 있다는 말은 처음 듣는데. 아줌마는 대답도 없이 방의 이곳에서 저곳으로 시선을 옮긴다. 배기는 제 엄마의 눈이 달력의 금발 미녀에게서 떨어지질 않자 손에 땀이 난다. 배기는 손가락을 쥐어짜기 시작한다. 저러다 탁자 밑의 잡지에까지 눈길이 닿을 것 같다. 닿을 때까지 넘겨본 레이싱걸 각선미 특집, 절대 그걸 보일 순 없었다. 엄마, 형은요. 이제 배기는 목소리까지 쥐어짠다. 아줌마는 고개도 돌리지 않은 채로 대답한다. 글쎄, 요즘 교회엘 다니는지 어쩐지 얼굴 보기가 쉽지 않다. 교회요? 엄마의 말을 들은 배기는 어처구니가 없다. 웬 교회요? 형은 하나님 알기를 똥같이 아는데. 형이 교회라니, 그건 철건이 정말 어부가 됐다는 것과 비슷한 수준의 얘기라고 배기는 생각한다. 어…… 교회가 아니라, 뭐라고 하더라만. 아줌마는 형의 대변인처럼 고심하여 말을 고른다. 그러나 형의 전적을 떠올려낸 배기는 답답하기만 하다. 언젠가 엄마를 속여 다단계에 투자하게 해 모자가 쪽방살이를 해야 했던 악몽이 생생하다. 또 이상한 데 엮인 거 아녜요? 형은 그럴 만해. 배기의 목소리에 날이 서자 형에게 유독 약한 아줌마가 변명처럼 늘어놓는다. 아냐, 그런 거라도 관심을 갖고 집밖으로 나가는 게 얼마나 장한지…… 무슨 진리교? 그래, 우주진리연구회라고 하더라. 응, 아주 열심이야. 아줌마의 말이 끝나기도 전에 부엌에서는 와장창 소리가 나고 재우는 『갈매기의 꿈』을 북 찢는다. 뭐, 우주진리연구회요? 떨어뜨렸던 국자를 손에 쥐고 부엌 문간에 선 철건과 찢어진 책을 들고 앉은 재우, 입이 떡 벌어진 배기의 눈빛이 허공에서 교차된다. 그 부딪침으로 점화된 웃음이 폭죽처럼 터진다. 쏟아지는 불꽃이 되어 방안을 가득 메운다. 크, 크하하하. 배기네 형이 우주교라고요? 우주진리연구회래. 푸하하. 그런 게 진짜…… 크크크. 야, 어디 자궁교도 있는 거 아니야? 풉, 그럼 교주 김자궁? 낄낄낄…… 끼룩, 끼루룩. 셋은 정신없이 웃고 영문을 모르는 배기 엄마도 덩달아 웃는다. 창밖엔 가는 달이 떠오르고 라면물은 끓어간다. 오늘의 반찬은 삼겹살이다.

마니차

1

솔직히 말하면 나는 단 한순간도 내 죄가 사해지리라고 믿었던 적이 없는 것 같다. 단지 그러길 바랐을 뿐이다. 그렇다. 나는 죄인이고, 이 점에 이견은 없다. 나는 여러분이 열거한 모든 혐의를 인정한다. 나는 죄를 짓기 위해 죄를 지었고 바란 대로 죄를 지었다. 그러니 내게 어떤 벌이 내려진다고 해도 항소하지 않을 것이다. 물론 누굴 원망할 리도 없다…… 반성하진 않을 것이다. 나는 반성할 수 없는 사람이니까. 마음은 오히려 후련하다. 이제야 모든 게 정리된 느낌이다. 차라리 처음부터 이렇게 되었어야 했다. 그러니 그들에게 전해주면 좋겠다. 더는 날 위해 기도하지 말아달라고.

2

나는 김준규의 마지막 희생자가 될 뻔했던 사람이었다. 이보다 정확하게 내 소개를 하는 것은 불가능할 것 같다. 나는 김준규의 옆집에 사는 사람이었고, 그는 범죄의 피날레를 장식하기 위해 나를 선택했다고 했다. 살아 있어 듣게 된 말이었지만 그는 나를 강간하고 죽이고 시체를 훼손할 생각까지 품었던 모양이었다. 이웃을 사랑하고 간음하지 말며 살인하지 말지어다와 같은 금기를 오로지 나 한 사람의 인생을 파괴하는 것으로 범할 수 있으리라는 그의 신념은 실현 불가능한 것만은 아니었다.

김준규를 처음 만난 것은 그의 집에 방문 전도를 갔을 때의 일이었다. 아이를 떠나보내고 남편과 별거한 후 내겐 아직 내가 썩지 않았다는 증거가 필요했고 그 종교는 나를 그 수렁에서 건져줄 단서처럼 여겨졌다. 매주 금요일, 집회가 열리는 회당은 나의 유일한 외출 장소였다. 의무가 전무했던 내게 전도는 하나뿐인 그것이었고, 나는 그것을 필사적으로 붙잡았다.

목자는 말했다. 여러분, 지금도 어디선가 어린양이 구원을 요청하고 있습니다. 메에에, 메에에. 들리지요? 신도님들, 들리지요? 들립니다, 아멘. 사람들은 울부짖었고 몇 명은 실신하듯 고꾸라졌다. 오, 여러분. 목자는 말을 이었다. 지금도 제 귀를 파고듭니다. 심장을 파고듭니다! 어린양의 외침, 그 비명을 무시한다면, 여러분. 여러분은 신을 섬길 자격이 없는 분들입니다. 천국 문에 손가락 하나 델 자격이 없는 사람들입니다. 움직이십시오! 가장 가까운 곳에 있는 어린양부터 회당에 모시고 오십시오. 불러들이십시오! 그리고 천국에 있는 가장 값진 집을 분양받으십시오. 선착순입니다. 여러분. 집은 한정되어 있습니다. 뛰십시오! 행복한 당신의 모습을 상상해보십시오!

나는 매일 상상했고 상상은 상상으로서 완전했다. 마당에 순금 자갈이 깔리고 에메랄드와 사파이어로 장식된 나만의 저택, 너무 잘생겨 눈뜨고는 볼 수 없을 다정한 내 남자와 뺨이 붉은 귀여운 아이. 롤스로이스나 BMW를 몰고 마당에 들어설 때마다 금으로 된 돌조각이 튀고, 근육질의 그가 맨발로 달려나와 차문을 열어주면 아이가 목에 매달리는 달콤한 상상. 그것엔 내가 살고 있는 열 평 남짓한 남편의 담보 주택을 아주 잊게 할 만큼의 힘이 있었다. 나는 죽어서라도 갖고 싶었고 목자는 내게 그 모든 것을 약속했다. 그러나 그것은 행동을 조건으로 한 보상이었다.

목자의 논리는 그런 식이었다. 하느님은 진리 그 자체로 옳지 않은 일을 하실 리가 없는 분이시기 때문에 불필요한 재화를 생산하는 멍청한 일을 하실 리가 없고, 그렇기 때문에 내세, 특히나 천국은 실로 한정된 공간이다. 그런 곳에 사람이 바글거리면 무엇이 생겨나느냐? 그것은 계급이다. 큰 건물을 짓고 남은 자투리땅에는 작은 건물을 지을 수밖에 없고, 그래도 자리가 모자라면 반지하방을 만들 수밖에 없다. 빛이 있으라 하니 빛이 있었고 어둠이 있으라 하니 어둠이 있었던 것처럼, 양지가 있으면 음지가 있는 것이 당연한 법이고 음지는 말 그대로 어둡고 비참한 곳이다. 용케 천국에 들어가기만 하면 뭐하냐, 기왕이면 저택에서 하인을 부리고 살아야지. 기껏 천국에 가서 반지하방에서 살면 대체 무슨 의미가 있겠느냐. 그러니 노력하라. 노력하지 않는 자에겐 복이 없다고, 신께서 말씀하시지 않았느냐. 움직여라. 뛰어라. 어린양을 데리고 오라. 당신이 갖고 싶은 것은 당신 손으로 쟁취하라.

어느 날, 설교를 마친 목자가 나를 따로 불러 일렀다. 박양희씨, 이래서는 아무것도 얻을 수 없어요. 김춘경씨 봤지요? 그분은 이미 타워팰리스 펜트하우스급이에요. 이렇게 전도를 못해서야 쓰나. 몇 번이나 말했잖아요? 천국에도 계급이 있다고. 믿음이 좋은 사람이 더 큰 보상을 받는 건 당연한 얘기잖아요. 모를 사람도 아니면서 대체 왜 이래요? 목자는 언성을 높이다가도 속살거리며 나를 타일렀고 나는 실적 미달의 영업사원처럼 몇 번이고 머리를 조아렸다. 나는 무척 숫기가 없는 편이었지만 그것은 핑곗거리가 될 수 없었다. 그날 목자가 내게 쥐어준 전도 책자는 총 열 권이었다. 나는 아이 기저귀 가방으로 썼던 낡은 캔버스 백에 그것들을 집어넣고 자리에서 일어났다. 목자가 어깨를 툭툭 두들기며 나를 격려했다. 박양희씨, 저쪽 아파트 사는 거 맞죠? 그럼 이웃부터 시작하면 되잖아요. 어이구, 한 층 사람들만 전도해도…… 24K 금방이에요!―24K, 그것은 우리 회당의 인사 같은 것이었다. 목자가 전도한 사람의 수에 따라 마당에 깔릴 금 자갈의 순도까지 달라진다고 말했기 때문에, 신도들은 눈이 마주칠 때마다 서로를 격려하듯 속삭였던 것이다. '내일은 24K!'―목자의 사무실을 나서며 나는 그 숫자와 영문의 조합을 입안으로 여러 번 굴렸다. 자갈이 깔린 주차장을 지나 회당 건물을 완전히 빠져나올 때쯤, 나는 옆집 사람을 전도하리라고 결심했다.

하지만 막상 책자가 든 가방을 들고 복도에 서니 심장이 전에 없이 빠르게 뛰는 것이 느껴졌다. 일면식도 없는 사이에 이런 식의 방문은 무례할 것이 틀림없었다. 회색 페인트가 칠해진 이웃의 현관문이 여리고의 성벽만큼이나 견고해 보였다. 감색 면 스커트를 쥔 손바닥에서 식은땀이 흠씬 배어났다. 다 그런 거예요. 시작이 어려운 거지요. 나는 가슴을 왕왕 울리도록 굵직하고 멋진 목자의 목소리를 떠올리며 마음을 다잡으려 애썼다. 나는 행복해질지도 몰라. 행복해질 수도 있어. 아연 현기증이 돌아 나는 눈을 질끈 감았다. 잠시 후 눈을 뜬 나는 심호흡을 크게 하고 초인종을 눌렀다. 늦여름의 햇살이 복도 창을 뚫고 따갑게 내리쬐고 있었다.

옆집 사람은 벨을 세 번 누른 뒤에야 느릿느릿 문을 열었다. 그는 처음 보거나 봤어도 기억에 남진 않을 만한 평범한 남자였다. 키는 보통이었고 약간 호리호리했으나 왜소하진 않았다. 얼핏 이십대 후반으로 보이는 얼굴 생김은 눈가의 깊은 음영 탓인지 자칫 마흔이 다 된 사람처럼 보이기도 했다. 눈매가 약간 처진 것을 제외하고는 별다른 특징을 찾을 수 없었지만 그 탓에 어딘지 어수룩해 보였고, 그것이 나의 긴장을 완화시켜주었다.

"무슨 일이십니까?"

열린 문틈으로 인상을 가늠하는 중에 이웃이 내게 물었다. 그의 목소리는 낮고 깊었고 내 가슴은 다른 의미로 요란하게 뛰기 시작했다. 나는 그런 목소리를 좋아했다. 남편도 그런 목소리를 갖고 있었는데, 그것 빼곤 아무 장점도 없는 사내였다. 그것은 피아노 음계로 치면 가운데 다에서 두 옥타브쯤 아래의 음으로, 특별한 울림이 있어 악기로 치면 파이프오르간과도 같은 느낌이었다. 나는 나도 모르게 수줍어져 고개를 떨어뜨렸다. 그런데 이웃이 퉁명스럽게 내뱉었다.

"안 사요."

느닷없이 잡상인 취급을 받은 나는 얼굴이 돌연 달아오르는 것을 느꼈다. 나는 그런 사람이 아니었다. 이렇게 끝낼 순 없었다. 수세에 몰린 나는 좁아지는 문틈에 발을 끼워넣고는 다짜고짜 이렇게 말했다.

"형제여, 당신은 죄를 지었습니다."

나는 간신히 김준규의 집에 들어설 수 있었다.

나는 어깨를 움츠리고 쭈뼛거리며 이웃의 집안을 훑었다. 현관에는 그의 것으로 보이는 운동화와 밑창이 얇은 자그마한 고무 슬리퍼가 놓여 있었다. 내부에서는 근원을 알 수 없는 퀴퀴한 냄새가 감돌고 있었는데, 그저 환기를 시키지 않은 실내의 냄새라고 하기엔 어딘지 찝찔한 구석이 섞여 마치 오래도록 씻지 않은 체취처럼 느껴졌다.

"어떻게 마십니까?"

내게 방석을 권한 김준규가 주전자를 가스레인지에 올리며 물었다. 나는 그가 꺼내든 건조 커피 병을 보고서야 질문의 의도를 깨달을 수 있었다. 둘, 둘, 둘이요, 라고 작게 대답한 나는 고개를 수그리고 방석에 가 앉았다. 잠시 후 그가 머그잔 두 개를 들고 와 맞은편 바닥에 자리했다.

잠시 정적이 흘렀다. 김준규는 내가 말하기를 기다리고 있는 듯했지만 벌써 잡상인 취급을 받고 난 탓인지 얼른 운을 떼기가 어려웠다. 나는 손을 더듬어 뻗어 뜨거운 커피를 한 모금 마셨다. 커피는 알맞게 달고 적당히 썼다. 나는 얼마간 진정되는 것을 느끼며 한숨을 조그맣

42

게 내쉬었다. 나를 물끄러미 쳐다보던 그가 담배를 꺼내 불을 붙였다. 연기를 길게 뿜으며 그가 내게 물었다.

"내가 무슨 죄를 지었단 겁니까?"

그것은 화두에 대한 내 고민을 덜어주었다. 나는 지을 수 있는 가장 친근한 미소를 지으며 입을 열었다.

"신 앞에 모든 사람은 죄인이지요."

그는 경청할 준비가 된 듯 보였고 나는 침을 크게 삼키며 말을 이었다.

"원죄라는 것 알고 계시죠? 원죄의 원이 근원 원 자인 것도 아실 테고요. 사람은 근본적으로 죄를 갖고 태어납니다. 살아가는 동안 그 죄는 더욱 불어나게 되는데 그 또한 원죄 때문이지요. 죄인은 죄인이라서, 죄를 짓게 될 수밖에 없거든요. 그렇게 자꾸만 죄가 쌓이게 되면 우리의 내세는 어떻게 될까요? 물론 엉망이 되겠죠."

나는 기저귀 가방에서 책자를 꺼내 펼치며 계속 말했다.

"사람이 일생 동안 짓는 죄는 일종의 주머니에 들어가 쌓이게 되는데 이것을 우리는 죄낭罪囊이라고 부릅니다. 심판의 날이 오면 우리는 기로에 서게 되는데, 죄가 있는 사람은 지옥, 없는 사람은 천국이란 것은 실은 틀린 말이죠. 원죄라는 게 존재하니까요. 결국 죄낭의 무게에 따라 행로가 정해지게 되는데, 문제는 천국이 한정된 공간이라는 거예요."

"왜 그렇죠?"

김준규가 의아한 듯 묻자 나는 정답이 준비된 질문을 받은 어린애처럼 빙긋 웃었다. 나는 목자의 이론을 짧게 설명한 뒤 덧붙였다.

"그렇지 않다면 왜 다들 천국에 가려고 아등바등하겠어요. 게다가 신은 거기서 행복한 생활을 약속하지 않았습니까? 모두가 풍족하다면 대체 누가 행복하겠어요."

그가 고개를 끄덕여 보이자 나는 이어 말했다.

"신은 인간을 긍휼히 여기기 때문에 가능하면 많은 영혼을 천국에 두고 싶어하실 거예요. 하지만 미어터지도록 집어넣는데도 탈락하는 사람은 생겨나기 마련이겠죠. 죄낭의 무거움을 기준으로 하위권자들은 천국에 가고 상위권자들은 지옥에 가겠지만 문제는 우리가 중간계층이라는 거예요. 아주 착한 사람이거나 아주 나쁜 사람이라면 상관이 없겠지만, 우리 같은 평범한 사람들의 죄낭 무게는 거기서 거기, 오십보백보란 말이죠. 사정이 이렇다보니 우리가 천국에 가느냐 마느냐 하는 건 결국 죽는 날의 운에 달린 일이 되어버리고 맙니다. 말하자면 이런 거예요. 당신이 숨을 거두는 날, 악한 사람들이 많이 죽는다면 당신이 천국에 갈 확률은 늘게 됩니다. 하지만 반대의 경우엔 어떻게 될까요?"

김준규가 대답은 않고 머그잔 손잡이만 더듬고 있자, 나는 가만히 손을 뻗어 그의 손에서 그것을 잡아 빼며 말했다.

"갈리는 건 순식간이에요. 가산점 조금으로 당락이 결정되듯이, 죄낭 무게 한끗 차이로 유황불에 떨어질 수 있다는 거지요. 이게 바로 우리가 착하게 살아야 하는 동시에 죄낭의 무게를 최대한 가볍게 해두어야 하는 이유입니다. 문제는 이 죄낭을 비우는 일이 쉽지 않다는 거예요. 우리가 직접 기도하는 방법도 있겠지만, 그건 비효율적이죠. 우린 그것 말고도 할 일이 많잖아요? 돈도 벌어야 하고 밥도 먹어야 하는데, 세상엔 마음의 죄라는 것도 있어서 앉은자리에서 여러 죄를 짓는 게 어렵지 않은 일이니까요."

나는 잠시 말을 멈추고 커피를 홀짝였다. 김준규는 머그잔을 수평으로 가만가만 흔들어 밑에 깔린 설탕을 녹이고 있었다. 그는 무슨 상념에 잠긴 듯했고, 나는 그가 생각하도록 내버려뒀다. 짧은 정적을 깨고 김준규가 나지막이 물었다.

"그럼 어떻게 해야 합니까?"

"우린, 이렇게 해야 합니다."

그 순간 나는 거의 다 되었다고 생각했다. 용기가 생긴 나는 그의 눈을 똑바로 쳐다보며 힘주어 대답했다.

"몸이 아플 때 의사를 찾아가듯이 그 분야의 전문가를 찾아가 부탁하는 겁니다. 언제 심판의 기로에 서게 될지 모르는 인생이니만큼 단기전이 중요하다는 건 이해하시겠죠. 기도를 전문으로 하는 분이 대신 해주시는 만큼 죄가 감해지는 효과는 탁월합니다. 자연 치유와 병원 치료의 차이라고나 할까요? 물론 병원에 진료비를 지불하듯, 얼마간의 대가는 치러야 하겠지만요. 우리는 그 접수증을 감죄부減罪符라고 부르는데 기본기도권에서 통성기도권, 방언기도권까지 여러 가지가 있죠."

말을 마친 나는 감죄부 리스트가 있는 마지막 페이지를 펼쳐 김준규의 앞에 밀어놓았다. 그가 상품 목록을 찬찬히 훑기 시작했다.

"이걸 돈 받고 판다고요?"

이윽고 김준규가 고개도 들지 않고 내게 물었다. 그의 말투가 달라진 것을 눈치채지 못한 나는 '가격 문의'라고 적힌 책자 하단을 손가락으로 짚어가며, 생각보다 비싸지 않고 세트 할인도 있다고 대답했다. 김준규가 눈을 치떠 나를 꼬나본 건 그때였다.

"거, 얼만데요?"

문득 고개를 들어 마주한 그의 얼굴은 온갖 감정의 기로에 선 듯 일그러져 있었다.

그제야 분위기를 파악한 나는 말문이 막혀 허둥거렸다. 그 순간 김준규의 표정이 뭉근한 조소를 향해 느직하게 기울었다.

"티켓 다방처럼 긴 밤 끊으면 길게 해주고 짧게 끊으면 짧게 해주고 그런 겁니까? 죄가 줄어들었는지 어찌되었는지 확인할 방도라도 있습니까?"

티켓 다방 운운하는 김준규의 비아냥에 나는 얼굴이 화끈 달아오르는 것을 느꼈다. 구부정했던 허리를 쭉 들어 펴고 히쭉거리는 그의 모습에선 좀 전의 어수룩함은 찾아볼 수 없었다. 놀란 탓인지 꿇어앉은 무릎이 잘게 떨려오는 게 보였고, 괜스레 눈물이 날 것만 같아 눈을 크게 떠야만 했다. 나는 목이 메어 한층 낮아진 목소리로 어물거리며 설명했다.

"선택의 다양성을 주는 거죠…… 그런 불경한 것과 비교하시면 벌받습니다. 우리에게 주어진 시간이 하루 스물네 시간이듯 목자님의 시간도 그와 같으니까…… 그분이 하루를 쪼개 대신 기도를 해주신다면 대가를 치르는 건 당연한 거예요…… 형제님, 의심병에 걸리셨군요."

끝내 눈물이 뺨을 타고 흐르자 김준규가 소리내어 웃기 시작했다. 나는 훌쩍거리면서도 계속해서 주워섬겼다.

"보지 않고 믿는 게 진짜 믿음이에요. 정 증명이 필요하시다면……
여기 산증인이 있지 않습니까? 지금 저는 그 어느 때보다도 평온합니
다…… 이젠 미래에도 행복할 자신이 생겼어요. 예전엔, 이전의 저
는……"

하지만 김준규는 고개를 내저으며 몸을 일으켰다. 머그잔 둘을 한
데 모아 집어든 채였다. 그의 몸짓이 나를 배웅하고 있다는 것을 깨달
은 나는 주섬주섬 기저귀 가방을 챙겼다. 눈물이 멎지 않아 옷소매로
자꾸만 눌러 닦아야 했다. 김준규가 성큼성큼 앞서 걸어 현관문을 열
어주었다. 그의 집에서 완전히 떠밀려 나가기 직전, 나는 김준규의 손
에 억지로 책자를 쥐여주며 말했다.

"형제님, 여기 제 번호가 있으니까…… 혹시라도 생각이 바뀌시
면……"

하지만 김준규는 망설임 없이 문틈을 좁히며 쌀쌀맞게 대꾸했다.

"그럴 일은 없을 겁니다. 제겐 대가 없이 종일 기도해주는 사람이
있거든요."

3

박양희씨가 김준규……씨를 회당으로 데리고 온 것은 전도 주간의
끝 무렵이었습니다. 그때를 정확히 기억하는 것은 그날이 두 달에 한
번 있는 부흥회 날이었기 때문입니다. 강단에 서서 설교 내용을 정리
하고 있는데 박양희씨가 들어와 외쳤지요. 목자님, 이웃 어린양이 왔

어요! 라고요. 박양희씨는 김준규씨의 손목을 붙들고 만세라도 하듯 양팔을 위로 흔들어댔고, 저도 물론 두 손 들어 환영했지요.

저는 다행이다, 싶었습니다. 네, 다행이라고요. 신도가 하나 늘고 안 늘고를 떠나서 그건 박양희씨의 사기를 진작시킬 만한 일이었거든요. 그쯤 박양희씨는 한창 의기소침해 있었어요. 자신이 전도에 소질이 없다는 것을 새삼 깨달은 거죠. 영영 불행해야 할지도 모른다는 불안이 그녀를 궁지로 몰아넣은 모양이었습니다. 저는 그녀를 격려하려고 무진 애를 썼어요. 목자로서 말이죠. 당신은 재능이 없는 게 아니다, 커피를 얻어 마시지 않았느냐, 보통은 문전박대를 당하기 일쑤다, 그것만으로도 정말 대단한 거다…… 별 소용은 없었지만 결국 그녀가 성공하긴 했지요. 글쎄요, 뒷일을 생각해보면 그게 꼭 좋은 일이었다고 말하긴 어렵겠지만요.

김준규씨는 나쁜 사람은 아니었습니다. 네, 굳이 나누자면 선량한 쪽이었죠. 무엇보다 그는 기도권을 많이 사는 열성 신도 중 하나였으니까요. 첫인상? 글쎄요. 특별히 인상이 남는 사람은 아니었어요. 다만 그날의 대화가 기억나는군요. 저는 그에게 물었습니다. 하루종일 기도해주는 사람이 있다고 하지 않았느냐, 왜 생각이 바뀌었느냐, 라고요. 그러니까 그가 이렇게 대답하더군요. 그분은 이제 기도 못해요, 라고요.

4

나는 그 여자애의 옷을 벗겼어. 그리고 식탁 위에 배를 대고 엎드리게 했지. 아주 쉬웠어. 그앤 작고 마르고 가벼웠거든. 솔직히 난 그렇게까지 하고 싶진 않았어. 이건 네게만 말하는 거야. 그래야 네가 더 잘할 수 있을 테니까. 나는 여자애의 속옷을 끌어내렸어. 작고 앙증맞은 삼각팬티였지. 여자애가 병든 강아지처럼 자꾸만 낑낑거려서, 나는 좀처럼 집중할 수 없었어. 그래서 억지로 발기를 해야만 했지. 나는 손으로 거길 문질러 세운 뒤 앙상한 엉덩이 사이에 박아넣었어. 여자애는 억, 소리를 내며 허리를 퉁겼지. 그앤 처음인 여자처럼 꽉 끼는 조그만 성기를 가지고 있었어. 내 물건이 다 아플 정도였지. 나는 움직였어. 움직였다. 이렇게, 이렇게…… 하지 마세요, 그애가 우는 소릴 내면서 몸을 꿈틀댔어. 하지만…… 멈추어선 안 됐지. 나는 억, 소리를 내며 사정을 한 뒤에야 여자앨 놓아줬어. 그앤 울먹이며 쪼그리고 앉아 손가락으로 제 밑구멍을 긁어내기 시작했지. 나는 별수없이 바닥에 뚝뚝 떨어진 걸 훑어 그애에게 도로 넣어주어야 했어. 그러고는 생각했지. 난 정말 이러고 싶지 않았다고. 듣고 있어? 듣고 있어?

5

저는 한동안 김준규……의 집에 갇혀 있었습니다. 가구라곤 하나뿐인 작은 방이었죠. 낡은 서랍장 위에 보자기로 싸인 작은 보퉁이가 놓여 있었고 벽에는 시계와 십자가에 못박힌 예수 그리스도상이 걸려 있었어요. 아, 성경도 한 권 있었던 것 같네요. 그리고 한가운데 제가 있었죠. 앉은 채로, 쭉, 내내요. 네, 차라리 제가 가구나 마찬가지였죠.

저는 의자에 묶여 있었습니다. 튼튼한 목재 의자였어요. 종일 묶여 있는 탓에 화장실도 제때 갈 수 없었어요. 소변은 어쩔 수 없이 지렸고 대변은 하루 한 번 밤에만 볼 수 있었지요. 그것도 그가 절 안고 변기에 앉혀주어야만 가능한 일이었습니다. 그게 발도 꽁꽁 묶여 있었거든요. 저는 그가 지키는 문 뒤에서 볼일을 봐야 했어요. 그는 제가 갑자기 사라질까봐 걱정하는 사람처럼 굴었거든요. 일을 마치고 그를 부르면 그가 제 뒤를 닦아주고 도로 의자에 앉혔습니다. 매일이 그런 식이었어요.

처음 얼마간은 누군가 저를 발견해줄지도 모른다는 기대를 버리지 못했습니다. 신도 중 누구라도 제가 김준규의 집에 심방 간 것을 알게 되지 않을까 하는 생각이었죠. 하지만 마지막 순간까지 저를 찾으러 오는 사람은 없었습니다. 그 방엔 끝내 그와 나, 둘뿐이었어요……저는 탈출 시도조차 할 수 없었습니다. 그는 거의 외출하지 않았고, 그가 나간다고 해도 상황은 바뀌지 않았어요. 입을 막아놓아 소리를 지를 수도 없었고, 용케 포박을 푼다 해도 잠금장치가 문 바깥쪽에 있었으니까요. 달아날 궁리를 하는 게 우스울 지경이었고, 전 정말 어떻게 할 도리가 없었습니다. 대체 무슨 짓을 당한 거냐고요? 무슨 짓이라기보다는…… 특별히 그가 제게 해를 끼친 일은 없었습니다. 가둬 놓은 것 말고는요. 김준규는 제게 그럴 수가 없었어요. 저는 그에게 아주 중요한 존재였거든요. 여러모로 말이죠.

매일 밤 아홉시 뉴스가 끝나면 그는 방문을 따고 들어와 제 앞에 앉

있습니다. 손에는 늘 물에 만 밥이 들려 있었어요. 목자님, 목자님. 그는 순진한 표정으로 저를 올려다보며 말했습니다. 배고프지 않아? 오늘은 특별히 참치를 땄어. 그는 제 입에 붙인 테이프를 떼고 밥을 떠 먹여주었습니다. 처음 며칠간은 먹지 않고 버텼지만 시간이 지나자 허기를 견디기 힘들더군요. 밥을 먹긴 했어도 한동안 저는 그에게 대꾸조차 하지 않았습니다. 마지막 자존심을 세우는 기분으로, 묵비권을 행사하는 사람처럼 말이죠. 하지만 그건 정말 의미 없는 반항이었습니다. 그가 필요로 했던 건 다름 아닌 제 귀였거든요.

밥을 다 먹이고 테이프를 다시 붙이면 그는 제 앞에 앉아 하루 동안 저지른 나쁜 짓들을 이야기했습니다. 처음 얼마간 그것은 그가 회당에 와서 한 고백과 비슷했어요. 무단횡단을 했다거나 돈을 주웠는데 경찰서에 가져다주지 않은 일 같은, 아주 사소한 것들이었죠. 그래요, 어쩌면 제 실수였을 거예요. 그를 포악하게 만든 것은요. 어느 날 제가 말했거든요. 테이프가 떨어진 틈을 타서 말이죠. 이렇게까지 하지 않아도 된다고, 그래도 당신은 천국에 갈 수 있다고요. 그런 죄들은 별게 아니니까, 날 가둬두고 기도시킬 필요까진 없다고 말예요. 기본기도권만 사도, 아니, 그냥 회당에 나와 회개하기만 해도 그런 죄는 금세 씻겨버릴 거라고요. 그건 저를 놓아달라는 회유의 발언이었습니다만, 그에겐 그렇게 받아들여지지 않은 모양이었습니다. 그래요, 제가 일종의 불을 지른 거였죠.

그는 잠시 생각에 잠기는가 싶더니 자리에서 일어나 제가 발행한 교리집을 들고 돌아왔습니다. 그러고는 조목조목 묻기 시작했어요. 무엇이 큰 죄인지, 무엇이 씻기 어려운 죄인지 말이죠. 저는 이런저런 종

교를 접목한 도덕률을 만들어놓았었거든요. 물론이죠, 저는 그다지 창
의적인 사람이 못 되거든요. 저는 영문도 모른 채 대답했습니다. 그야
살인, 강간, 간통, 방화, 강도와 같은 일반적인 나쁜 짓들이 무거운 죄
라고요. 그런 죄를 감하려면 아주 많은 노력이 필요하다고 말입니다.
평생 당신만을 위해 기도해도 죄가 사해질지 어떨지 모르는 일이라고
요. 지금 생각해보면 아마 그 부분이었던 것 같습니다. 김준규가 폭주
하게 된 건 말이죠. 평생. 그래요, 평생. 그는 외로운 사람이었거든요.

　그날부터 김준규는 나쁜 짓의 수위를 점점 높여갔습니다. 첫번째로
그는 제 회당의 헌금을 훔쳤어요. 벗겨놓은 제 바지를 뒤져 꺼낸 열쇠
로 사무실에 들어간 거였죠. 그는 돈뭉치가 든 검정 비닐봉투를 제 앞
에 던져놓으며 말했습니다. 목자님, 목자님. 이건 충분히 나쁜 일이
지? 물론 그건 무지하게 나쁜 짓이었습니다. 제 돈을 훔치다니요. 하
지만 저는 그가 대체 무슨 생각으로 그런 짓을 하는지 짐작조차 할 수
없었습니다. 두번째로 그는 회당에 불을 질렀지요. 그는 타버린 회당
의 상징물을 들고 와 제게 보고하듯 정황을 설명했어요. 무슨 날씨 얘
기라도 하는 투였죠. 나는 열쇠로 문을 따고 사무실 안으로 들어갔어.
듣고 있어? 오른손엔 시너가 든 통을 들고 있었어……

　그쯤부터 저는 두려움에 떨며 끊임없이 기도하기 시작했어요. 그가
마침내 본색을 드러냈다는 생각이 들었거든요. 글쎄, 기도하면서도
의문이 들긴 했죠. 절대자여, 구원하시옵소서, 했지만 그 절대자란 게
누군지, 신이란 게 뭔지, 대체 나를 어떻게 구원할 것인지, 저는 도무
지 알 수 없었습니다. 그저 신이건 악마건 인간이건 나를 도와주길 바
라는 마음이었어요. 하지만 모르긴 몰라도 신이 절 구해줄 것 같지는

않았죠. 제 죄는 제가 제일 잘 알고 있었으니까요. 저는 매일이 암담했고 당장 다음날의 청사진도 그려지지 않았지만 나와 달리 그는 아주 계획적인 사람이었습니다.

그는 차례를 정해놓은 듯 보였어요. 세번째는 강간이야, 목자님. 그가 그렇게 말한 며칠 뒤, 방문 밖에서 여자의 비명소리가 들렸습니다. 말할 것도 없이 강간이었어요. 네, 강간요. 그건 캐비닛을 털고 빈 회당에 불을 지르는 것과는 전혀 다른 수준의 범죄였습니다. 그건 정말 남을 해하는 범법 행위였어요. 여자의 비명을 듣고 있자니 저는 반쯤 정신이 나갈 지경이 되어버렸습니다. 그는 미친 게 틀림없었어요. 분명해진 순간이었죠. 저는 이가 딱딱 맞부딪칠 정도로 덜덜 떨었습니다. 그가 날 죽일 거야. 날 찢어발길 거야. 살인의 차례가 오게 된다면, 그 대상은 바로 나야…… 그렇게 생각하니 나도 모르게 눈물이 솟구치더군요. 김준규가 방안으로 뛰어들어온 것은 그때였어요. 아랫도리는 벗은 채로, 덜렁덜렁 흉하게도 말이죠. 목자님, 목자님. 그는 제 입에 붙은 테이프를 떼어내더니 다급하게 물었습니다. 지금 제대로 기도하고 있는 거 맞아? 나 어쩐지 전혀 좋아지지 않잖아. 정말로 내 죄가 사해지고는 있는 거야?

참, 팬티 바람으로 의자에 묶인 채 그런 말을 듣고 있으려니 기가 찰 노릇이었습니다. 죄 사함? 그 상황에서 대체 그게 무슨 소용이란 말입니까. 죽음이 목전에 있다고 생각한 나는, 정말 아무것도 거리낄 게 없었습니다. 손만 움직일 수 있다면 당장에라도 그의 목을 조를 기세였죠. 설움에 북받친 나는 두서없이 소리를 질러대기 시작했습니다. 당신은 에미 애비도 없소? 법도 도덕도 당신에겐 의미가 없단 말이오? 당신은 미친 게 틀림없소. 미친 사람은 회개할 필요도 없어. 왜냐, 뭘 잘못했는지 모르니까. 반성을 해야 할 거 아뇨. 용서받고 싶다면 말이오. 회개가 뭔지나 아오? 마음 깊이 그 죄를 뉘우쳐야 내 기도가 먹히든 말든 할 거 아뇨. 그런데 당신은 죄를 저지르고만 있지 않소? 죄를 감하고 싶긴 한 거요? 왜 자꾸 새로운 죄를 저지르는 거요? 이래서야 내 기도 따윈 소용이 없지 않소. 더는 못하겠소. 더는 기도할 수 없단 말이야. 이렇게 오줌 지린 팬티를 입고 기도하는 게 대체어떤 식의 소용을 갖는단 말이오. 내가 기도를 하건 말건, 당신의 죄는 사라지지 않을 거야. 당신은 절대 천국에 갈 수 없어!

거기까지 외친 저는 꺽꺽 소리내어 오열했습니다. 정말 눈알을 쏟아낼 듯 울어댔어요. 나는 김준규가 일말의 죄책감이나 동정심을 품길 바랐습니다. 저를 좀 불쌍히 여기길 바랐어요…… 하지만 김준규는 저를 한참 동안 쳐다보더니 말없이 방을 나가버렸습니다. 저는 홀쩍이며 생각했죠. 그래, 아주 떠나버리라지. 차라리 굶어 죽는 편이 나을 거야. 그러나 그는 금세 돌아와 제 팬티를 끌어내렸습니다. 따뜻하게 데운 수건으로 사타구니를 꼼꼼히 닦아준 다음 새 속옷으로 갈아입혀주었어요. 그러더니 제 머리를 쓰다듬으며 이렇게 말하는 것이었습니다. 저기…… 힘들겠지만, 힘내.

6

그 남자요? 아, 정말 미친놈이었어요. 가끔 그런 새끼들이 있긴 해요. 묘한 체위를 요구한다거나 때려달라거나 하는 놈들. 응, 강간 플레이 같은 것도 해요. 전문적인 건 아닌데, 미리 말만 해주면 시늉만 하는 건 나쁘지 않죠. 그런 건 좀더 받을 수 있거든요. 아니, 아무 언니들이나 해주는 건 아닌데, 난 뭐, 쩐만 잘 챙겨주면 할 만하더라구. 그래서 뭐, 처음엔 그 새끼두 그런 놈들 중 하나라구 생각했죠. 출장 안마 부르면서 대뜸 강간할 여자가 필요하다구 하니까. 그런 말을 누가 곧이곧대로 듣겠냐구, 대체. 그러니까 아, 새끼 거 취향 참, 하구 나간 거지. 내가 미쳤다구 일부러 강간을 당하러 가요? 근데 막상 가보니까, 미쳐두 보통 미친 새끼가 아니었던 거지. 아니, 그 새끼가 말예요. 존나 말 한마디 없이 대뜸 엎어놓고 박아놓구, 엉? 콘돔도 안 쓰구, 막 안에다 싸질러놓구 말야. 돈을 못 주겠다구 막 뻗대기 시작하는 거예요. 진짜 열라 좆같이 말야. 알다시피 이쪽 세계에두 매너란게 있잖아요. 그런 걸 지켜줘야 우리두 할 맛이 날 거 아녀요? 하긴, 첨부터 느낌이 안 좋긴 했어. 삘이 오더라구요. 거길 가다가 힐이 부러졌거든. 아, 오늘 진짜 재수 황이네, 하면서 가긴 했는데 진짜 걸려도 개좆같은 새끼가 걸린 거예요, 진짜. 가끔 배 째라구 돈 안 주려는 새끼들이 있긴 한데, 솔직히 삼촌들 좀 팔구 하면 어지간하면 준단 말예요. 근데 걘 유독 개같이 구는 거예요, 짜증나게. 그래서 막 소릴 질렀더랬죠. 왜 돈 안 주냐구. 어디서 똥 매너냐구요. 아, 솔직히 그렇잖아요. 난 그게 밑천인 사람인데, 해놓구 안 주면 그게 착취지, 섹스냐구. 안 그래요? 근데 그 새끼가 되게 무서운 표정을 지으면서 하는 말이, 지가 나한테 돈을 주면 지가 나한테 한 일이 죄가 되질 않는다는 거예요. 나 참, 어이가 없어서. 그래서 내가, 왜 죄가 아니냐구, 니가

마니차 55

지금 한 게 성매매구, 그걸 돈까지 안 주면 이건 사기죄라구, 막 성을 냈어요. 근데 걔가 고개를 막 가로젓는 거예요. 아니래, 그럼 죄가 아니래. 허, 그래서 내가 신고하겠다구 되게 으름장을 놨어요. 근데 그 새끼 어깰 으쓱해 보이곤, 지 그거 안 흐르게 잘 돌아가라는 거예요. 애가 생기면 그앨 위해 기도해주겠다나 뭐라나 하면서. 씨발, 날 병신으로 안 거지. 기가 차서 옷부터 주워 입고 있는데, 그 새끼가 갑자기 작은 방으로 들어가더라고요? 아, 계산도 안 끝났는데 저건 또 뭐하자는 플레이야, 싶었죠. 그래서 옷 다 입구 마저 따지려구 따라가보니까, 거기 웬 남자 하나가 속옷 바람으로 의자에 묶여 있는 거예요. 난 그때, 뭐랄까? 본능적으로 느꼈어요. 하, 어지간히 잘못 걸렸네. 끽하다 좆되겠다, 하구요. 그래서 뒷걸음질로 나가서 굽 나간 구두를 손에 들구 막 달아나는데, 뛰다보니까, 그 집에서 좀 멀어지니까, 또 막 승질이 나는 거예요. 숨은 차지, 아랫도리는 욱신욱신하지, 삼촌들한테는 또 뭐라구 해. 되씹을수록 짜증이 나는데, 한편 다행이란 생각두 드는 거예요. 있죠, 나 삶에 미련 없는 년인 줄 알았는데 또 죽긴 싫었는지, 무섭긴 존나 무섭더라구. 솔직히 나두, 거기 묶인 사람만 아니었음 신고할 생각까진 없었어요. 왜냐면 나도 잡혀갈 수 있는 문제잖아요. 근데 내가 또 기본적으론 착한 사람이거든, 내가. 삼촌들이 똥 밟은 셈 치라구 말려가지구 좀 늦게 신고하긴 했는데, 내가 또 공사는 분명한 년이거든요. 그게 돈을 받았어야 성매매지, 솔직히 난 피해자잖아요. 안 그래요? 그래 경찰이 믿더냐구? 거의 사실대로 말했는걸, 뭐. 말 만드는 거야 쉽지. 사람 하나 병신 만드는 건 더 쉽구. 애초에 그 새끼가 날 깡통 취급한 게 잘못 아니에요? 내가 자선냄비도 아니

구, 짜증나게 어디서 꽁씹질이냐구…… 암튼 내 잘못은 아니잖아요,
그쵸? 그냥 그 새끼가 별 개 같은 새끼였어요. 나 참. 더 말하고 싶지
도 않아요.

7

  그날 김준규가 우리집 초인종을 누른 것은 새벽 네시가 조금 넘은
시간이었다. 나는 자고 있었고 누군가 찾아오리라고는 예상하지 못
했기 때문에, 반쯤 잠긴 목소리로 누구냐고 물었고, 그인 걸 확인하곤
잠옷 바람으로 문을 열었다. 어둠 속에 서 있던 준규는 이상할 정도로
흥분한 상태였다. 그는 숨을 몰아쉬며 잠깐 안으로 들어가도 되냐고
물었고, 나는 망설여졌지만, 오랜만의 방문이었으므로, 당황해하면서
도 그를 안에 들였다. 그가 그토록 흐트러진 모습을 보인 일이 처음이
어서 그에게 뭔가 안 좋은 일이 생겼다고 느꼈고, 그렇다면 이웃으로
서 또 아는 누나로서 당연히 도와야 하리라는 생각이 든 탓이었다.
  회당에 함께 나가게 되면서 준규와 나는 꽤 친해졌다. 금요일 다
섯시가 되면 초인종이 울렸고 나는 그를 기다리며 세시부터 단장을
했다. 우린 함께 엘리베이터를 타고 함께 아파트 현관을 나서 함께 회
당으로 향했다. 발맞춰 걷는다는 것. 그건 전에 없는 설렘이었다. 준
규를 만날 때 나는 사춘기 소녀가 된 것만 같은 기분이었다. 꼭 금요
일이 아니더라도 그는 종종 놀러왔고, 나는 그를 위해 밥을 안치고 반
찬을 만드는 일이 기꺼웠다. 식사를 마치고 인스턴트커피를 마시며

우린 오래도록 이야기를 나누곤 했는데 그러는 중에 그의 어머니가 최근에 돌아가셨다는 것과 그가 혼자 산다는 것, 만나는 여자가 없다는 것을 알게 되었다. 아니, 나는 준규가 만나는 여자를 알고 있었다. 그건 바로 나였다. 나는 인정해야 했다. 그를 마음에 두고 있었다는 것을.

남편과 별거한 지 한 해가 넘어서고 있었다. 나는 사고로 죽은 아이에 대한 기억을 종종 잊을 정도로 준규에게 집중하고 있었다. 우리가 사귀는 것은 아니었지만, 나는 준규 역시 내게 마음이 있을 거라고 생각했다. 그러나 그건 다른 방향의 마음이었던 모양이다…… 난 아직도 가끔 생각하곤 한다. 그날 새벽 그가 찾아왔을 때, 문을 열지 않았다면 우린 괜찮았을까? 내가 그의 제안을 수락했더라면, 무언가 달라졌을까?

급히 신발을 벗은 준규는 나를 이끌고 안방으로 들어갔다. 나는 영문도 모른 채 그를 따라 방바닥에 앉았다. 나는 열에 달뜬 듯한 그가 걱정되었고, 그의 흥분이 불길하여 일단 진정하라고 말했다. 준규는 자신이 충분히 진정하고 있으며, 지금부터 할말은 진심이라고 먼저 못박았다. 나는 알겠노라고 대답하며 그의 손을 모아쥐었다. 그 순간 눈이 마주쳤고, 그의 눈동자가 심하게 흔들리는 게 보였다. 그의 눈빛에는 가늠할 수 없는 열기가 담겨 있었다. 설마. 나는 생각했다. 준규의 시선이 내 잠옷 차림을 훑자 심장이 빠르게 쿵쾅대기 시작했다. 모든 일이 너무도 갑작스러웠지만 혹시, 그도, 나를……

하지만 그때, 준규는 붉어진 눈으로 날 응시하며 이렇게 말했다.

"양희씨, 우리 간통하지 않을래요?"

8

솔직히 저는 김준규가 어디까지 갈지 궁금하기도 했습니다. 그가 절 풀어주지 않을 것이 분명하지만 해칠 생각도 없다는 것을 알게 된 후부턴 더욱 그랬던 것 같아요. 나중엔 그가 찾아오는 시간을 기다리게까지 되더군요. 달리 할 일이 없었던 게 가장 컸겠죠. 제게 주어진 오락이란 오로지 그의 고백뿐이었으니까요.

여자를 범한 뒤 김준규는 한동안 멈춰 있었습니다. 이렇게 말하긴 좀 그렇지만, 그러니까 당신에게만 말하자면 말이죠. 저는 점점 지루해졌습니다. 네, 정말 지루했어요. 그쯤 되니 그는 제게 납치범도 뭣도 아니었어요. 차라리 말하는 법을 잊은 앵무새나 전원이 나간 오디오 기기 같은 거였달까요. 사람이란 간사한 동물이어서…… 어쩔 수 없이 그렇게 됐던 것 같습니다. 그 여자의 생김새가 어땠는지, 김준규가 그녀를 어떤 생각과 마음으로 범했는지, 그의 움직임에 상대가 어떻게 반응했는지에 대한 세세한 묘사를 듣고, 발기하고, 속옷을 한 장 버리고, 일말의 죄책감을 갖고, 그것을 던져버리고 나니까…… 길을 걷다 꽃을 꺾었다거나 폐지 줍는 노인의 리어카를 밀어주지 않았다든가 하는 고백은 포르노를 보던 사람에게 성교육 비디오를 억지로 보여주는 것과 다름없이 맥빠지는 일이었거든요. 급기야는 그가 고백을 마칠 때마다 머릿속으로 묻게 되더군요. 뭐 더 없소? 다른 거 한 건 없어? 안타깝게도 김준규는 상상력이란 게 전무한 인간이었습니다. 정말이지 제가 다 답답해질 지경이었어요.

그러던 어느 날, 김준규가 제게 묻더군요. 목자님, 목자님. 내가 아직 뭘 저지르지 않았지? 뭘 더 해야 당신이 날 위해 계속 기도해줄까? 솔직히 저는 갈등했습니다. 그래요. 심심하지만 않았더라도 입을 다물었을 거예요. 하지만 저는 결국 사실대로 대답하고 말았습니다. 살인이오, 김준규씨. 당신은 아직 아무도 죽이지 않았어. 그는 생각에 잠기는가 싶더니 제게 다시 물었습니다. 목자님, 사람을 죽인다는 건…… 그건 어떻게 해야 하는 거야? 당연히 저는 말해주지 않았습니다. 뭐, 너무 깊이 발을 담그고 싶지 않았다고나 할까요? 저는 이렇게 대꾸했습니다. 회당 털 때 내가 가르쳐줘서 털었소? 당신 알아서 하시오, 하고 말이죠. 솔직히, 솔직히 말하자면 조언을 몇 마디 하긴 했지요. 그저, 이런 거였어요. 모든 일엔 연습이 필요한 법이니, 강요는 아니지만, 혹시라도 내킨다면, 개나 고양이 같은 거로 시작해보는 건 어떻겠냐고요. 대수로운 말은 아니었지요. 이를테면, 배가 고픈데 빵이 없어요, 라는 말에 그럼 케이크를 드시오, 라고 답한 것과 비슷한 수준이었다고나 할까요? 글쎄, 이게 도의적으로 문제가 되진 않았으면 좋겠군요.

이튿날부터 김준규는 부지런히 밖을 나다니기 시작했습니다. 저는 대단한 영화의 예고편을 본 어린애처럼 그를 기다렸지요. 다소곳이, 무슨 조강지처처럼요. 하지만 며칠이 지나도 그는 빈손으로 돌아왔습니다. 그게, 어떤 녀석을 잡아야 할지 모르겠단 거였죠. 참…… 바보 같죠? 네, 저도 그렇게 생각했습니다. 그래서 흘리듯 말해주었어요. 일전에 요 근방에서 삼색 얼룩 고양이를 본 일이 있다고요. 사실 좀 모자란 애들을 행동하게 하려면 정확한 지령을 내리는 게 중요하거든요…… 바로 다음날, 그 고양이의 사체가 제 발치에 놓였습니다. 길게 빼문 혀와 기묘하게 가느다란 목을 보니 녀석의 사인쯤이야 금방 알 수 있었죠. 하지만 저는 그에게 빨리 고백하길 종용했어요. 어떻게 죽였는지, 고양이가 대체 어떻게 반항했는지 말이에요. 김준규는 말하고 싶지 않은 눈치였지만 떨리는 목소리로 느릿느릿 이야기를 시작했습니다. 나는 녀석을 유인하는 데 성공했어. 어려운 일은 아니었어. 천하장사 소시지 하나를 건넸을 뿐인데, 녀석은 너무 쉽게 날 따라왔어…… 자초지종을 모두 들은 저는 그제야 눈을 감고 목소리를 높였습니다. 오, 주여. 이 어린양을 용서하소서. 죄 없는 짐승을 목 졸라 살생한 이 못된 영혼을 구원하여주옵소서…… 그는 제 앞에 무릎 꿇고 앉아 경건하게 기도를 받았습니다. 그런 식으로 검은 고양이 한 마리와 하얀 푸들 한 마리가 더 죽임을 당했지요. 그가 그러는 걸 보니 참, 상념에 빠지게 되더군요. 죄인은 죄인이니까, 죄를 지을 수밖에 없다는 제 교리집의 문구가 생각나면서 말이죠.

김준규가 죽은 푸들을 뒷산에 매장하고 돌아온 날, 저는 슬슬 때가 되었다고 생각했습니다. 이제 연습은 충분하지 않느냐고 묻자, 김준규는 대답 대신 고개만 깊숙이 끄덕였지요. 그쯤 그의 말수는 부쩍 줄어 있었거든요. 저는 그에게 누굴 죽일 생각이냐고 물었습니다. 점찍어둔 사람이 있냐고요. 그러자 김준규는 고개를 가로저으며 저를 올려다보았습니다. 떼꾼하게 꺼진 흐리멍덩한 눈동자로 말예요…… 우습게도 제가 두려움을 느낀 것은 그 순간이었습니다. 그의 공허한 눈동자에 어떤 폭력성이 스치는 것을 본 듯한 느낌이 들었어요. 아뿔싸, 잠시 잊고 있었던 거죠. 그가 심각한 수준의 미치광이라는 것을 말예요. 그 즉시 저는 저의 무기력한 상황이 무자비하게 환기되는 것을 느껐습니다. 의자에 묶인 채 감금되어 있고, 내가 여기 있다는 것을 아무도 모른다는 사실이, 갑자기 무슨 철퇴처럼 저를 엄습했어요. 그가 살인을 하기로 마음먹었다면, 나만큼 손쉬운 대상이 또 있었을까요? 그는 제 귀와 기도가 필요한 듯 보이긴 했지만, 글쎄요. 그는 이미 짐승 세 마리의 숨을 잔혹하게 끊어버린 사람이었어요. 어쩌면 산 것을 죽이는 데서 희열을 느꼈는지도 모르는 일이었다고요. 그래서 저는 하는 수 없이 추천했습니다. 그래요. 비겁하다고 욕할지도 모르겠지만요. 말했어요. 박양희씨는 어떻겠냐고요. 그녀에겐 미안한 일이었지만, 그렇잖습니까. 난 죽기 싫었거든요. 솔직히 누구라도 그러지 않았을까 싶어요. 당장 내 목숨이 간당간당한 판에 물불 가리겠느냐 이거죠.

다행히 김준규의 눈빛엔 별 의미가 없던 모양이었습니다. 저물녘까지 제 곁에 앉아 얌전히 교리집만 뒤적이더군요. 마침내 고개를 든 그가 제게 물었습니다. 여러 잘못을 동시에 저지르면 그 죄가 더욱 가중되지 않겠냐고요. 저는 속으로 쾌재를 부르며 당연하다고 말해주었습니다. 그러고는 덧붙였어요. 박양희씨가 당신을 좋아하는 눈치니까 어렵지 않을 거라고요. 어쩌면 몸집이 작고 날렵한 고양이를 상대하는 것보다 쉬울 수도 있다고 말이죠. 그건 순전히 그의 용기를 북돋기 위해 한 말이었습니다만, 김준규는 누군가 자신을 좋아할지도 모른다는 사실에 놀란 눈치였습니다. 그가 흔들렸을까 걱정이 되기도 했으나, 어차피 그에게 동정이란 없는 감정이나 다름없었습니다. 그게 그래 보였어요. 그런 게 있었더라면 진작 절 풀어줬었겠죠.

아무튼 김준규는 한참 동안 생각에 잠긴 듯하더니 새벽이 깊어서야 집을 나섰습니다. 저는 흥분으로 온몸이 덜덜 떨릴 지경이었어요. 남자보다 여자에게 저지를 죄가 더 많다는 것이 제게 행운으로 작용한 거였죠. 그렇잖습니까? 어째서인지 그는 죄를 많이, 아주 많이 짓고 싶어하는 눈치였으니까요. 하지만 그가 돌아온 것은 겨우 한 시간 남짓밖에 지나지 않은 때였어요. 킁킁거리며 그의 냄새를 맡았습니다만, 피비린내는 느껴지지 않았습니다. 목을 조른 모양이지? 저는 다소 격양된 목소리로 물었습니다. 그러나 그는 대꾸도 않고 제 입에 테이프를 발라 붙이고는 방을 나가버리더군요. 그 순간 저는 김준규가 박양희씨를 죽이지 못했다는 것을 직감했습니다. 죽이기는커녕…… 다 차려진 밥상을…… 아, 뭐랄까. 그때 제가 느낀 것은 실망을 넘어선…… 그래요, 일종의 배신감이었어요. 생각해보면 그때부터가 아닌가 싶어요. 제가 본격적으로 달아날 궁리를 하게 된 건 말이죠.

그날부터 김준규는 고뇌에 찬 표정만 짓고 있었습니다. 대체 박양희씨와 무슨 일이 있었냐고 물어도 답은 들려오질 않았죠. 문제는 그가 식음을 전폐한 나머지, 제가 먹을 밥까지 챙겨주질 않는다는 거였어요. 저는 짜증이 나서 도무지 견딜 수가 없었습니다. 그렇잖아요. 그곳에서 저는 늘 배고팠거든요. 먹지도 못해, 이야기를 들을 수 있는 것도 아냐. 엉덩이는 아프고, 등허리도 뻐근해. 저는 좀이 쑤셨고 이제 슬슬 나갈 때가 되었단 생각을 했어요. 재미도 없고 긴장도 없는데다 김준규는 이미 제게 공포의 대상이 아니었으니까요. 사실 그쯤 되어서는 정이 많이 든 상태였기 때문에, 그와 있는 게 싫어졌다기보다는 별 볼 일 없어졌다고 하는 게 맞을 것 같아요. 그렇지만 제 계획은 그를 위한 것이기도 했습니다.

신의 사자가 손을 사용하는 일이 많지는 않지요. 두 손 모아 기도하라는 말이 있긴 하지만, 실제론 굳이 양손을 모으지 않더라도 기도할 수 있으니까요. 무엇보다 포박을 풀고 자리에서 일어나 움직여야 했으니 그런 게 가능한 의식은 세례나 축복쯤 되었습니다. 저는 그 상황을 만들기 위해 머리를 짜내기 시작했어요. 단서는 생각보다 가까운 곳에 있었죠. 서랍장 위에 있던 보퉁이, 그 안에 든 것은 김준규 모친의 유골함이었거든요.

9

준규가 돌아간 뒤, 나는 무릎을 꿇고 앉아 쉴새없이 기도했다. 까무룩 잠이 들었다가도 발작하듯 깨어나 두 손을 모았다. 내겐 시간이 없었다. 나는 더 많은 기도를 해야만 했다. 그쯤 목자는 '기쁜 날'이 되어도 회당에 나오지 않고 있었다. 그가 잠적한 것이 화재가 나기 전이라는 말도 있고 후라는 얘기도 있었지만 관계없는 일이었다. 어차피 내 수중엔 기도권을 살 수 있는 돈이 남아 있지 않았으니까. 내가 미래를 위해 할 수 있는 일은 기껏해야 죄를 더이상 늘리지 않는 것뿐이었다. 그래서 나는 간통할 수 없었다. 그런데도 끊임없이 기도해야만 했다. 나는, 마음의 죄를 짓고 말았으므로.

양끝이 살짝 처진 도톰한 준규의 입술에 입맞추는 상상을 했다. 마디 굵은 그의 손이 내 가슴을 움켜쥐는, 그와 내가 뒤얽혀 한몸이 되는 상상. 그는 시도 때도 없이 내 안을 가득 채워 나를 달아오르게 만들었다. 멈출 수 없었고, 실은 멈추고 싶지 않았다. 하지만 나는 죄를 지어선 안 되는 사람이었다. 나쁜 상상, 그것조차 내겐 사치였다. 행복해질지도 모른다거나 행복해질 수도 있을 거란 기대만이 나를 버티게 했으니까. 이게 전부라면, 지금 살고 있는 이 세상이 다라면, 나는 진즉에 모든 것을 놓아버렸을 테니까. 나는 행복하지 않았다. 주로 불행했고, 나를 둘러싼 모든 상황들이 너무나도 피폐했다. 이곳에서 나는 행복할 수 없는 사람이었다. 하지만 목자는 내게 천국을 약속했다. 꿈은, 꿈으로서 늘 완전했다.

준규의 제안에 놀란 나는 대체 왜 그런 소릴 하느냐고 몇 번이나 물었다. 그는 시뻘겋게 달아오른 얼굴을 내 무릎 사이에 박더니 한참을 울며 미안하다고 웅얼거렸다. 나는 그의 등을 쓸어주며 괜찮다고 말하긴 했지만, 이유를 알고 싶었다. 왜 나와 간통을 해야 하는지, 왜 그런 생각을 품게 되었는지. 간신히 울음을 그친 준규는, 잔뜩 목멘 소리로 고장난 수도꼭지처럼 뚝뚝 말을 흘렸다.

"약속, 했어요…… 나한테, 나를, 나를 위해서, 늘, 언제나, 기도해주겠다고…… 그러면, 그러려면, 나는, 양희씨를, 내가, 박양희씨를……"

몇 가지 후회되는 일 중 하나는, 그때 내가 아무런 대꾸도 하지 못했다는 것이다. 나는 비척비척 방문을 나서는 그를 잡을 수도 있었다. 내가 그를 위해 평생을, 늘, 기도해주겠다고 약속할 수도 있었다. 하지만 나는 그렇게 하지 않았다. 나를 향한 기도시간을, 그를 위해 줄일 수 없었다. 그는 내 아들이 아니었다. 나는, 그의 엄마가 될 수 없었다.

준규를 위해 평생을 기도해준 사람은 그의 모친이었다. 언젠가 함께 커피를 마시다 가족에 관한 이야기가 나왔을 때, 나는 남편의 부주의로 감전사한 아이에 대해 말하며 잠시 흐느꼈다. 준규는 안쓰러운 듯 내 등을 토닥여주며 아이를 위해 짧게 기도하고는, 아이도 나를 위해 기도하고 있을 거라고 속삭였다. 눈물을 훔치며 나는, 아이는 이 종교에 대해 알지도 못한다고 말했지만 그는 고개를 가로저었다.

"아니에요, 양희씨. 그런 게 가족이에요. 아무것도 몰라도 기도해주는 게, 진짜 사랑이에요."

그러면서 그는 자신의 엄마 얘길 해주었다.

김준규의 엄마가 그를 위해 기도하기 시작한 것은 그에게 죄벌의 관념이 서기도 전의 일이라고 했다. 엄마는 김준규가 학교에서 돌아오면 그를 앞에 앉혀두고 이렇게 물었다.

'오늘은 무슨 잘못을 했니.'

어린 아들이 눈을 굴리며 더듬더듬 하루의 잘못을 주워섬기면 그의 엄마는 그를 절도 있게 끊어 때리며 악마야, 물러가라, 했고 그 의식이 끝나면 김준규를 안아주며 기도해주었다고 했다. 아프다고 울어도 소용이 없었다. 아픈 만큼 순결해지는 거란다. 고백하는 것이야말로 깨끗해지는 길이야. 엄마는 하나뿐인 아들을 품에 안고 이렇게 속삭였다. 엄마는 항상 널 위해 기도할 거야. 언제나 너를 품고 갈 거야. 엄마에게 거짓을 말해선 안 된다. 하느님은 다 알고 있어요. 그렇게 김준규의 일거수일투족은 늘 모친의 시선 아래 있었다.

'오늘은 무슨 잘못을 했니.'

그 의식은 김준규가 성인이 된 뒤에도 이어졌고 그는 맷집이 좋은 사내로 성장했다.

"거짓을 말한 적은 없지만, 엄마는 날 몰랐어요. 그래도 날 위해 기도했어요. 당신 아들도 그럴 거라고 믿어요."

말을 마친 준규는 내 손을 포개 잡으며 위로했다. 나는 약간 떨떠름했으나, 그의 파르라니 순박한 눈빛에 차마 반박할 수 없었다. 평생에 걸친 모친의 기도, 거기 사랑이 없었다고는 말할 수 없을 것이다. 그렇게 자란 모든 아이들이 김준규가 되지는 않는다. 하지만……

준규가 잡혀갔다는 얘긴 들었다. 다른 몇 가지 일들에 대해서도. 나는 그가 무사하길 기원한다. 그리고 후회한다. 진작 그를 위해 기도할 걸 그랬다고. 또다른 후회는 이런 것이다. 내가 아이를 위해 기도할 때, 그의 엄마가 그를 위해 기도할 때 일말의 수고로움도 느끼지 않았듯, 그와 내가 가족이 되었더라면 어땠을까. 별거중인 남편과 이혼하고 그와 결혼해 서로의 평생기도권을 약속했더라면, 그리고 그 값이 사랑이었다면. 그랬다면 나를 죽이려 들지는 않았을 텐데. 그랬다면 적어도 내게 간통을 청하진 않았을 텐데. 그랬더라면 혹시, 그도, 나도, 여기, 이곳에서……

10

저는 마니차라는 것에 대해 알고 있었습니다. 종교를 만들자고 생각해 떠난 여행에서 본 것이었어요. 저는 모든 종교를 통합할 만한 대단한 걸 만들고 싶었거든요. 아무튼 티베트 쪽에 가면, 경통이라고도 하지요. 금속으로 된 원통 안에 경전을 둘둘 말아넣고 사원을 빙 둘러 설치해놓는 방식으로 쓰이는 건데 티베트의 문맹률이 굉장히 높았던 시절에 승려들이 고안해낸 물건이었어요. 네, 겉에 경문을 새기기도 하고요. 손바닥으로 그것들을 돌리며 사원을 한 바퀴 돌면 경문을 한 번 완독한 것과 같은 효과가 있다는, 이를테면 대신 기도해주는 물건 이라고도 할 수 있었죠. 저는 그것에 착안해 김준규를 설득했습니다. 유골함을 열어 마니차를 만들자고요. 나보단 그 편이 효과가 좋을 것 이라면서요. 어쩌면 정말 그렇게 믿었던 것 같기도 해요. 어쨌거나 그 뼛가루는 그의 엄마였으니까요.

저는 김준규에게 말했습니다. 아직도 불안하지 않으냐고. 내가 기 도해도 당신이 나아지지 않는 걸 보면 우린 구원자와 어린양의 관계 가 될 수 없는 사람들인 거라고. 집요한 설득 끝에 그는 철물점에서 누렇고 얇은 금속판을 비롯한 몇 가지 재료들을 사왔습니다. 그는 제 게 제작 방법을 물었습니다만, 뭐, 전들 알았겠습니까? 저는 일단 철 판을 둥글게 말아 위아래로 뚜껑을 씌우라고 말했습니다. 그후에 거 기 엄마를 향한 마음, 그러니까 그의 죄를 없애달라는 진심을 담은 글 귀를 새기면 된다면서요. 엄마가 자주 하던 말이라든가, 유언 같은, 뭐 그런 거 있잖습니까. 어디에나 형식은 중요한 거니까요. 고개를 끄 덕인 김준규는 구석에 앉아 물건을 만들기 시작했습니다. 그 틈을 이 용해 저는 넌지시 말했습니다. 잠깐 나를 풀어달라고, 신의 사자인 내 가 거기에 신력을 더해주겠다고. 절대로 도망가지 않겠다고 맹세하면 서 말이죠. 하지만 그는 묵묵히 물건을 만드는 데만 열중했어요. 저는 약간 초조했지만 내색하진 않았죠. 일단 그걸 만드는 시점에서 그는 제게 사로잡힌 거나 마찬가지였으니까요.

　금속판을 둥글게 말아 가장자리를 맞물리고 뚜껑을 위아래로 씌웠을 뿐인데 모양만은 그럴싸하더군요. 양쪽 뚜껑에 구멍을 뚫어 봉을 장치하고 나니 영락없는 마니차였습니다. 마침내 유골함의 뼛가루를 옮겨 담은 김준규는 설치 장소를 물색하는 눈치였습니다. 뭐, 방에 가구랄 게 서랍장 하나였으니 선택의 여지는 없었지만요. 서랍장의 서랍을 모두 들어낸 김준규는 봉을 세로로 빡빡하게 끼워넣었습니다. 그러고 나니까 웬걸요. 생각보다 아주 잘 돌아가는 게 아니겠습니까? 저는 그를 칭찬해준 뒤 축하한다며, 엄마가 돌아왔다고 말해주었습니다. 그는 대꾸도 않고, 송곳으로 철판을 긁어가며 글귀를 새겨 넣기 시작했지요. 뭐였지, 생각보단 짧은 문장이었어요. 오늘은…… 어쩌고 그런 말이었던 것 같네요.

　마침내 의자에서 풀려난 저는 김준규의 눈을 감게 하고는 짐짓 축복을 내렸습니다. 돌리라. 당신의 죄가 사해지리라. 어머니와 당신, 자손만대까지, 죽음과 삶에 평안 있으라. 이에 기도하노라…… 아주 엄숙한 순간이었죠. 사실 제가 그런 분위기를 내는 데는 특화된 사람이잖습니까. 그런 다음 그에게 눈을 감고 마음을 다해 기도를 하라고 시켰죠. 엄마가 돌아왔다고 생각하라면서요. 그는 시키는 대로 했고, 그사이 저는 문을 향해 잽싸게 몸을 날렸습니다. 뭐, 옷이요? 어휴, 말도 마세요. 당연히 속옷 바람이었어요.

　김준규가 잡힌 것은 제가 탈출한 지 세 시간 만의 일이었습니다. 현관문을 박차자마자 미친듯이 뛰었는데, 와중에도 방문 잠금장치를 잊지 않은 게 신의 한 수였죠. 씻고 밥 먹고 하니까 잡았다는 연락이 오더군요. 네, 소갈비요. 갇혀 있을 때 그게 어찌나 먹고 싶던지. 당분간 참치 캔은 쳐다보지도 않을 것 같아요…… 글쎄요, 그가 그 세 시간 사이에 제 엄마에게 뭘 고했을지는 저도 모르겠습니다. 사람이 저지른 죄의 무게 같은 거, 사실 제가 어떻게 알겠습니까. 저한테 죄낭 저울이 있는 것도 아니고 말이죠. 그래도 정말 내 기도에 효력이 있다면, 이제 와서 진심이라고 하긴 뭐하지만요. 그를 위해 기도할 의향이 있긴 합니다. 제가 신고하긴 했는데요. 잡혔다는 소식을 들으니까 괜히 마음이 안 좋더라고요. 그야 죗값은 제대로 치러야겠죠. 그가 이런저런 죄를 저지른 건 사실이니까요. 뭐, 법정에서 그가 기도하지 말아달라느니 하는 소릴 했단 얘긴 들었습니다만, 그게 나를 향한 말인지 아닌지조차 모르겠지만요. 아주 잠깐이라도 좋으니 그를 위해 기도하고 싶은 마음이 들긴 하네요. 좀 멍청하긴 했지만, 어쨌거나 나쁜 사람은 아니었거든요.

11

어쩌면 나는 확인하고 싶었는지도 모른다. 당신들의 기도가 어떤 힘을 가졌는지, 날 위한다며 한 그것에 대체 무슨 의미가 있는지, 그게 나를 어떻게 구원할 수 있는지에 대하여. 어떤 문제들은 누군가가 죽고 나서야 일어난다. 나는 당신의 임종을 기억한다.

숨을 거두기 직전 당신은 내 손을 붙잡고 말했다. 걱정하지 말라고. 아무런 걱정 말고 지금처럼 살아가면 된다고. 당신이 내 죄를 전부,

앞으로 살면서 지을 죄까지 전부, 안고 갈 테니 나는 내 마음대로 살아도 좋다고 말했다. 당신은 죽어서라도 기도하겠노라고. 마지막 호흡을 내뱉는 순간까지 내게, 오늘은 무슨 죄를 지었느냐고 물었던 그 입으로. 당신은 내게 약속했고 나는 당신을 믿겠노라고 대답했다. 단 한순간도 의심하지 않고 당신의 죄 사함을 받아들였던 평생의 시간처럼, 묵묵히 가라앉은 강바닥의 침전물 같은, 차갑지만 흔들리지 않는 삶이 계속 이어질 거라고. 당신의 기도 덕분에 내내 평온할 수 있었던 것처럼, 앞으로도 나는 계속 평온할 것이라고. 당신은 눈을 감았고 나는 오래도록 강마른 손을 붙들고 있었다. 곱은 손가락을 억지로 떼어내야 할 때까지 당신을 내려놓지 못했다. 나는 간신히 당신을 불에 태웠고, 당신은 한 상자의 뼈가 되었다.

당신이 든 상자를 들고 집으로 돌아오며 나는 생각했다. 당신이 여기 있으니 앞으로도 난 괜찮을 거라고. 그런 게 당신이 말한 사랑이라고. 그런데 이상하기도 하지. 아직 따끈따끈한 당신의 유골함을 들고 집안에 들어서는 순간, 당신의 체취가 남아 있는 우리의 집에 들어선 순간, 양수기를 작동시킨 것처럼 강바닥이 뒤집어지기 시작했다. 밑바닥보다 더 아래 가라앉아 있던 의심이 위로 떠올라 출렁거렸다. 당신은, 당신 이후의 것까지 안고 가겠다고 말했지만, 그게 가능한 일인가? 숨을 거두는 순간까지의 죄는 알고 껴안았다지만, 앞으론 대체 어떻게, 얼마나, 어느 정도까지. 죽은 당신이 그걸 해낼 수 있는가, 당신의 입과 귀와 손이 존재하지 않는데도?

기름막처럼 떠올라 강 표면을 덮은 것은 불안이었다. 앉은 자리를 떠나지 않는데도 마음이 놓이지 않았다. 당신이 물어주지 않으니 잘 잘못을 추릴 수조차 없었다. 숨쉬고 살아가는 모든 일이 죄인 듯 여겨졌다. 고백하지 못한, 뱉어내지 못한 과오들이 매 순간 쌓여갔다. 당신은 거기 있는데도 없었고 없는데도 있었다. 검푸른 안개 같은 그림자로 온종일 나를 둘러싸고 짓눌렀다…… 그러므로 나는 알아야만 했다. 죽은 당신에게 물어야 했다. 당신의 손이 얼마만큼이나 내 죄를 거둬갈 수 있는지를. 내가 더 많이, 더 깊은 죄를 지어도 나를 계속 깨끗하게 할 수 있는지를. 나는 당신들에게 묻고 싶었다. 나는 대체 얼마만큼의 죄과를 허락받았는가. 엄마는, 왜, 날, 이렇게, 이렇게까지……

12

그러나 나는 뼈다. 하얗고 버석버석한 가루다. 나는 아무것도 할 수 없다.

아버지 축제

발이 통 보이지 않으면 아무래도 허공을 가르는 것처럼 보이는 일을 나는 다른 각도에선 생각하고 싶지 않았다. 가운데에는 배가 부른 패가 몰려 있고 끝의 여러 마리는 아직 새끼였다. 잿빛 파도같이 녀석들은 몰려만 갔다. 바람이 배를 떠밀듯 앞으로, 앞으로 밀려만 갔다. 크고 작은 짐승들이 블라인드의 기다란 뼈대 사이로 진득하게 움직이고 있었다. 지속적이고 도저한, 막을 수도 돌이킬 수도 없는 흐름이 거리 위에 내려앉아 있었다. 뺨에 닿은 블라인드가 덜그럭거렸다. 얼굴을 떼자 뺨 언저리에서 한기가 천천히 가셨다. 나는 창가에 앉아 비를 기다리고 있었다. 옅은 안개가 우무처럼 바깥을 감싸고 있는 게 보였다. 어쩐지 비가 올 것만 같았다. 맑고 축복받은 날씨가 될 것이라고, 라디오는 얘기했지만 모두가 속고 있는지도 몰랐다. 모두를 속이는 일은 아주 쉽다. 둘이나 셋을 속이는 것보다 훨씬 간단하다. 그런 것은 선언으로 진행되기 마련이고 그것들 대다수가 그렇듯 증명을 염두에 두지 않는다. 그러니 비가 올 수도 있는 것이었다. 쉬운 일이 벌어졌다면. 비가 올지도 모르는 일이었다. 모두가 속았다면. 오거나 오지 않거나, 비의 가능성이 둘 중 하나라면, 나는 비가 오면 좋겠다고 생각했다. 안개가 그 단초가 될 수 있다면 얼마나 좋을까? 비, 비가 내리는 일에 대해.

나는 비가 오리라 단언할 수 없는 것이 불편했다. 기상관측기였더라면 나는 좀더 살기 편했을지도 모르겠다. 나는 살기 불편했던가? 그건 아니었고. 살게 되어버려 그렇다면 모를까, 내 불편함은 살아서 느끼는 것은 아니었다. 이를테면 이날 아침 내가 비를 기다린다는 것을 눈치채고 아버지가 웃었을 때, 그가 아버지인 게 근거가 되는 일이 그랬다. 비라니, 원. 아버지는 그렇게 말하고 웃었는데, 아마도 농담이었을 테지만 나는 웃지도 대꾸하지도 않았다. 나는 아버지가 웃는 것이 불편했는데, 아버지의 울음은 편했을지? 그것은 생각해보지 않았고. 어쩌면 아버지는 웃은 것이 아니었을 수도 있는데, 비라니, 원, 그렇게 말하고 나를 비웃었을 수도 있지만, 그것들은 거의 비슷한 빈도수를 가지곤 해서 내게 혼란을 주곤 했다. 웃음과 비웃음, 이 둘의 공통점은 아버지의 입술에 있었는데, 그것은 평소 패배자의 활처럼 아래로 휘어 있었지만 웃거나 비웃을 때마다 시위가 끊어진 활대처럼 볼품없이 휘청거렸고, 그건 말도 못하게 불쾌한 움직임이었다. 그래서 나는 아버지가 입술을 가만히 좀 두길 바랐는데, 그게 그에게 아주 힘든 일이 될지라도.

하지만 아버지는 그럴 생각이 없는 것 같았고, 나는 도로 창에 달라붙어 비를 기다리기 시작했다. 내 곁의 크고 투명한 창은 셋으로 구획

76

되어 있었는데, 상단은 막혀 있었지만 하단의 두 창 탓에, 창은 창으로서의 정체성을 언제까지나 고민할 수밖에 없었다. 불쌍한 창문. 실은 하단의 둘 중 왼편만이 문제가 되었다. 열리다 말기 때문에 더욱 그랬을 텐데, 그건 열린다기보다는 단지 틈이어서, 간신히 내 손날이 비집을 정도밖에 되지 않았다. 그곳에 언제부터 틈의 가능성이 있었는지는 알 수 없었다. 처음부터 그랬을 수도 있고 어딘가 고장나버렸는지도 몰랐다. 얼마 전까지만 해도 나는 창이란 게 다 막혀 있는 줄로만 알았기 때문에 밀어볼 생각조차 하지 않아서, 창이 밀리기도 한다는 것을 알게 된 건 우연한 일이었다. 내 곁, 왼편 하단의 창도 그렇다는 것은 이후에 알았지만, 나는 아버지에게 보고하지 않았다. 그 문제에 대해 얘기하기 위해서는 창이란 본디 열리기도 한다는 것을 어떻게 알았는지에 대해 설명해야 했는데, 내게 어려운 많은 것들 중 하나가 바로 그것이었기 때문에, 이를테면 건너편 식료품점의 창을 엿본 일과 그 구조를 상상해본 일, 창의 위아래를 자꾸만 더듬다 아버지가 보기 전에 지문을 닦아냈던 일에 대해, 또 어째서 그래야만 했는지를 진술하는 것은 내게 자신 없는 일이었으므로 필연적이라 해도 좋았다.

아무튼 비를 기다리는 일을 들켰음에도 불구하고, 내가 계속 이곳에 머물 수 있는 것은 다행한 일이었다. 어쩌면 그건 당연한 일이기도 했는데, 이날이 아니라도 나는 대부분 창가에 있었기 때문이었다. 나는 충실한 당직자처럼 그곳에서 눈을 떴고, 많은 이들이 오고가는 것과 아주 가버리는 것을 본 뒤에야 잠이 들곤 했다. 그곳, 그 망루에서, 내게 세계는 평면이었으며 하늘은 좋은 관찰 대상이었다. 야트막한 건물들은 하늘의 발목까지밖에 가리지 못했으므로 나는 거대한 자연의 흐름을 마음놓고 살피곤 했다. 구름이 끼는 것은 세계의 음영을 조절하는 일이었고 햇빛이 쏟아지는 것은 세계의 선명도를 높이는 것이었다. 내게 기상관측은 지금, 이곳이라는 점에서 중요했다. 그 평면이 의심할 필요가 없어 온전했던 까닭에 나는 때때로 신물이 나도 그곳을 떠나지 않았다.

그건 비가 오는 날이라도 마찬가지였는데, 빗줄기가 창을 때리고 흘러내리는 일은 내게 세계를 일그러뜨리는 투명한 왜곡 현상에 불과했다. 하지만 어느 날부터 더이상 관측자로만 남을 수 없게 되어서, 그 순간부터 나는 쭉 괴로웠고 구체적으로 괴로웠다. 갈망이 생겨나는 바람에, 그건 이 세계를 휩쓰는 비에 참여하는 꿈이었는데, 그게 내게 닿을 수도 있는 종류라는 것을 알게 된 건 지난해 축제 때의 일이었다. 아버지는 평소 내 곁을 떠나지 않았고 감시 역시 소홀하지 않았지만 그날만큼은 나를 홀로 두었으므로, 나의 어떤 시도들은 언제나 그때에만 일어났다. 그건 대체로 작고 하찮은, 몸을 마음껏 움직이거나 멋대로 목소리를 내어보는 일이었으나 내게 해방감을 주었다. 나는 살아온 내내 아버지의 시선을 피해 머무는 방법에 대해 골몰했지만, 그와 함께 있는 한은 불가능했다. 어려운 일이었다. 누군가의 누군가가 누군가의 눈 밖에서 움직이는 것, 단단한 외연에서 벗어나는 일은, 어물쩍한 외면만으로는 이룰 수 없는 성취였다.

지난해 축제일엔 비가 내렸다. 나는 아버지의 우산이 풍경 너머로 완전히 사라지는 것을 확인한 뒤에야 움직였다. 언젠가 보았던 식료품점의 창을 떠올려낸 나는 커다란 창의 이곳저곳을 힘주어 눌러보기 시작했다. 하지만 왼편 하단의 창이 정말로 밀려 열렸을 때, 나는 조금 후회했던가. 막면을 빠르게 연타하는 양철북 같은 소리가 터무니없이 크게 들리고 창과 창틀 사이에 용암처럼 빗물이 들끓었을 때, 겁먹지 않았다면 거짓말이 될 것이다. 바깥과 안의 균열에 빗줄기가 따갑도록 쏟아져내리고, 범람한 빗물이 내가 앉은 선반 위로 길을 내며 미끄러졌다. 흘러내린 빗물은 거실 바닥에 야트막한 웅덩이를 만들어냈다. 하지만 나는 다만 서슴을 뿐, 창을 피하거나 멀리하거나 닫지는 않았는데, 창틈이 좁은 탓에 빗방울이 내게 직접 튀지는 않아서, 그런 까닭으로 나는 손을 집어넣어볼 충동까지 가졌던 것 같다.

하지만 그런 쑤석거림은, 별것처럼 보이는 것이 별게 아님을 확인하는 단서가 되기도 하지만 가끔은 멈출 때를 지나치도록 지나쳐 너무 많은 것을 바꾸는 계기가 되기도 했다. 빗속에 내밀어진 손바닥, 욱신거리도록 짜릿하고 달구어진 금속에 덴 것처럼 화끈거리는. 나는 깜짝 놀라 손을 거두었고, 다급히 창문을 당겨 틈을 좁혔다. 창은 순식간에 도로 벽이 되었으나 달아나지 못한 빗물이 덩그러니 남아 있었다. 나는 창을 두들기는 빗소리를 들으며 손바닥을 내려다보았다. 살갗에 방울진 빗물들이 툭툭 굴러 웅덩이에 동그랗게 파문을 그렸다. 거의 환희, 마지막은 아니어야 할 처음. 이 감각이 허상일지도 모른다는 근거야말로 전무했다. 꿈이라 말할 수도 없이 이것저것 흥건했다.

축제에 갔던 아버지가 은빛 쟁반을 들고 돌아왔을 때, 그는 비가 다녀간 것을 눈치채지 못했다. 꼼꼼하게 닦인 빗물은 흔적조차 말라 있었다. 하지만 세계가 평면만이지 않다는, 무언가 다른 감각이 가능할지도 모른다는 내 의식은 쉽게 건조되지 않았다. 그러니 아련해지는 것은 불가피했다. 그건 단일한 무언가를 포착했다기보다는 어딘가에서 뻗어져나와 어딘가로 뻗어가는, 기민하고 끝이 없는 영구적인 실타래의 실마리를 잡아낸 것처럼 내게 남았다. 우연과 운명의 조화로 완벽한 한 곡을 켜냈던 악사처럼, 나는 악기를 틀어쥐고 준비된 손가락과 현을 가슴에 품었다. 다시 한번 그것을 느낄 수 없게 된다면 나는 옛 선율에만 골몰하는 몰락한 연주자와 같은, 그런 안타까움 속에서 여생을 살아야만 할 것 같았다.

그러니 내가 비를 바라지 않고 무엇을 더 바랄 수 있었겠는가. 하지만 창가에 앉아 비를 기다리거나 맞이하는 일, 그건 대체로 절망이었다. 그날 이후, 화면은 지나치게 선명하거나 아버지가 보고 있을 때에만 무참히 얼룩졌다. 창을 두들기는 빗줄기 소리가 들릴 때마다 시선을 피해 깊이 꺼져드는 내 눈은 무슨 수를 써도 아버지를 벗어날 수 없음을 의미하는 듯했다. 아버지의 눈초리야말로 제약이었고 맑은 하늘을 포함한 모든 장애가 그와 같았다.

아버지가 내게 간여하는 모든 근거는 생산자로서의 버젓함에 있는 듯했다. 자신을 자신하는 사람들은 자신과 닮았더라도 자신이 아니면 그것을 그르다 판단하곤 하는데, 아버지 역시 그랬다. 옳은 적이 없다는 것, 하기야 그건 나로서도 반박하기 어려운 문제였다. 그러한 판단은 인식을 기반으로 했으나, 그 부분에 있어 나는 언제나 불투명했기 때문에. 하지만 때때로 열박하지만 주로 영광스러운, 전자는 나로 인한 것이라고 아버지는 말하곤 했는데, 그의 삶, 그의 세계는 화창한 날의 바깥처럼 선명해 보였다. 그건 내가 그를 부러워하는 동시에 진지하게 경멸하는 부분이었는데, 모든 가졌다고 확신하는 것들에 대한 관조, 태연자약함…… 나는 가질 수 없는 것들이었다.

왜냐하면 창가는, 안온하긴 했지만 어떤 확신을 만들어내기에는 부적당했는데, 그야 창밖의 풍경과 장면, 창과 틀의 질감, 그것들이 달리 무엇이 될 수 있었겠는가? 그렇기 때문에 내가 무엇을 가지고 있는지, 같은 의미로 무엇을 소모하고 있는지에 대해 아버지가 물을 때, 만족스런 대답을 들려주는 일은 결코 쉽지 않았다. 그렇다고 내가 그곳을 벗어나 다른 어딘가, 이를테면 거실의 구석빼기나 식탁 밑에 자리할 수도 없는 노릇이었는데, 내 기억이란 게 늘 창가에서 시작하곤 했으며, 아주 처음부터 거기 앉아 있었던 것만 같아서였다. 더 이전의 것을 더듬어보려 해도 매우 어렴풋하게 역겨운 누린내 외에는 떠올릴 수 없었고, 그건 차라리 모태의 기억을 빙자한 망상인 듯했다. 나의 시작을 모른다는 것, 또 그것을 외면할 수 없다는 것이 내 고착의 먹이가 되었다.

그러나 나의 주인이 누구인가 하는 문제에 있어서 아버지의 말이 옳았다면 무엇도 내 것으로 온전하지는 못했을 테니, 그 질문은 나를 비웃기 위한 전조에 불과해 보였다. 아버지는 내 몫까지 알았을 것이다. 암, 알았을 테지. 나의 불분명한 소유의 감각에도 불구하고 아버지가 매일 그것의 감쇄를 일깨웠으니까. 그 태도로 보았을 때 그가 주긴 주었으되 무엇보다 마음에 들지 않아하는 한편 가장 생색을 내는 게 그것이었다. 그는 그것을 무시하고 멸시하고 또한 못마땅해했는데, 그럼에도 때때로 치켜세웠다는 것이 우습지 않은가.

나의 것인 듯 나의 것이 아닌 것들. 나는 모든 것을 빌어먹는 듯했다. 어중간한 저당은 잃어도 그만, 잃지 않아도 그만인 것처럼 생각되지만, 그럼에도 부담스럽기 마련이었다. 혹여 내 안의 어둡고도 비린, 해구 밑바닥의 아귀 치어같이 미끌미끌하고 역겨운, 그러나 가끔씩 발광發狂하거나 발광發光하여 나를 곤혹스럽게 하는 그게 바로 그것이라면, 그건 내가 다룰 수 있는 종류도 아니었다. 때때로 그건 내게 천형 같기도 했는데, 몸뚱이처럼, 나로선 의식되지 않는 순간에 갖게 된 것이어서, 그렇게 주어진 것은 어떻게도 소중하기 어려웠다. 설령 그게 내가 가진 유일하게 할애할 만한 것이라 해도 사정은 마찬가지였는데, 그것을 감지할 때마다 나는 마치 올무에 붙잡힌 것만 같고, 결코 퍼덕이지 못할 날개를 늘어뜨린 채 거꾸로 매달려 두들겨 맞는 것만 같았으니까.

젊음. 어쩌면 그건 타인에 의해 명명되어서나 알 수 있지 결코 자신이 확신할 수 있는 종류는 아닌지도 몰랐다. 자신의 젊음에 기뻐하는 이는 이미 젊다고 할 수 없고, 자신이 젊었던 것을 뒤늦게나마 인식할 수 있을 때는 노인이 되었거나 관에 묻혔거나 벌써 돌아가 흙이 된 후의 일이 아닐까. 말하자면 언제나 돌이킬 때에만 알 수 있는데, 내게는 돌이킬 만한 것이 거의 없고 지팡이나 판자로 짠 관, 흙을 헤집을 삽 역시 곁에 놓여 있지 않았으므로 마냥 흐리터분했다. 그런데도 기뻐해야만 했을까? 그저 내 소모의 정체가 다소 선명해졌다는 면에 있어서. 만약 내가 정말로 그런 것을 가지고 있다면 나는 그것을, 창가에 앉아 뿌연 유리를 닦아내며 자주 의심하는 식으로, 절망하고 기대하며 그 너머에 쏟아부을 수 있을 뿐이었다. 블라인드 사이에 눈을 박은 채 달그락거리고 차게 머물며, 소모에서 소진으로. 아버지의 지배를 무화시키고 내 실재의 증거가 될 비, 비에 닿기를 기대하며.

용케 손을 집어넣긴 했지만 창이 누인 손날만큼의 틈만 가졌던 까닭에, 꼭 그만큼의 납작한 태도로 나는 집요한 시선이 외출할 날을 다시금 기다려왔다. 그리고 마침내, 바야흐로 축제. 밝아온 사위에 창가에서 눈을 뜬 순간부터 나는 떨리는 박동을 가눌 수 없었다. 나는 창에 머리를 기대고 앉아 아버지가 집안을 오가는 것을 흘깃댔다. 아버지는 나갈 준비를 하고 있었는데 그 행동은 결코 빠르지 않았다. 아버지는 서랍장에서 셔츠를 꺼내 걸치고 기계로 짠 바지를 입고 양말을 꺼내 신었다. 그러고도 한참이나 거실의 이쪽에서 저쪽으로 산책하듯 거닐었다.

아버지는 훑듯이 거실을 보고는 다시 서랍장 앞으로 가 섰다. 그보다 한 뼘 위 떨어진 벽에는 검은 액자가 걸려 있었는데, 아버지의 시선은 거기에 머물렀다. 사진 속에는 젊은 아버지가 크고 작은 두 짐승 사이에 뒷짐을 지고 서 있었다. 아버지는 앳되어 보였고, 두 짐승의 주름은 종유석의 내력보다도 더 잘고 심란한 겹겹을 이루고 있었다. 오래된 흑백사진은 창에 비치는 어둑한 나의 음영을 탑본한 듯 거무스름했다. 사진 속 휘장은 매끈한 잿빛이었는데 아마도 붉었으리라 여겨졌고, 지반을 이루는 검은 아스팔트는 지금보다 더 검어 보였다.

나 역시 그 사진을 잘 알고 있었다. 아버지의 시선이 이따금 걷히는 일은 그걸 볼 때뿐이었으므로. 그건 아버지가 처음으로 축제에 참가했을 때의 사진이었다. 그 앞에서 아버지는 종종 그날의 이야기를 꺼내곤 했다. 그 얘길 할 때 그의 태도는 어떤 자랑스러움을 가장하고 있었지만 사진 속 그는 결코 으스대는 것처럼 보이지 않았다. 정면을 응시하는 크게 뜨인 눈은 약간 겁먹은 듯 보이기까지 했다. 그러다 아버지는 언제나 무슨 얘길 더 하려다 말았는데, 아버지가 아버지라는 단어를 들먹일 때는 그때뿐이었지만 이야기를 끝마친 적은 없었고, 나 역시 묻지 않았다. 그건 아버지의 축제였다. 그의 그림자가 가뭇하게 박제된 순간이었다.

아무튼 액자를 올려다볼 때마다 아버지의 정신은 그때의 축제로 기꺼이 돌아가는 듯 보였는데, 아련한 표정으로 곱씹으며, 잊을까 안달하는 것처럼 집요하게. 나는 잘 알 수 없었지만 다만 짐작하기에, 그것이 매년 같은 날 나를 두고 외출하는 것과 비슷한 맥락에 있지 않을까 생각했다. 매년 같은 날을 기념하는 일은, 매년 태어난 날을 잊어버리고 싶은 나로선 이해할 수 없는 일이었지만, 중요한 것은 아버지가 외출한다는 사실이었고 나는 오로지 그런 식으로만 축제일을 기념할 따름이었다.

여러분, 축제의 막이 올랐습니다. 라디오가 축제의 시작을 얘기하자 아버지는 정신이 든 듯 사위를 두리번거렸고, 무언가를 깜빡했다는 듯 약간 허둥거렸다. 아버지가 겉옷에 팔을 꿰자 내 가슴은 마구 방망이질쳤다. 아버지는 이제 다 된 것처럼 보였다. 아버지가 밖에 나가면 그는 나를 막을 수 없고, 그러니까 내가 기대하고 갈망하는 모든 시도들에 대해. 아버지가 아니라면 누구도 나를 막을 수는 없을 것이라고, 나는 생각했고 그건 정말이었다. 나는 얼른 아버지에게서 눈을 떼고 블라인드 틈을 넓게 벌렸다. 하늘은 아직 잠잠했지만 거리는 벌써 요란했다. 붉은 휘장이 이쪽 가로등에서 저쪽 가로등까지 늘어져 있었다. 새끼의 목을 조른 모태의 탯줄처럼 전선들이 가로수를 휘감고 있었다. 흐름에 다른 흐름들이 옮아 붙어 점층적으로 몸뚱이를 불리는 게 보였다. 거칠고 투박하게 꼬인 흐름 위로 깃발들이 치솟았다. 화면으로 본 흐름은 커다란 구렁이의 한 토막 같았다. 보이지 않는 잿빛 뱀의 머리와 꼬리를 상상하고 있을 때 아버지가 나를 불렀다. 작별 인사라면 낯설었지만 원한다면 골백번이라도 머리를 조아려줄 수 있었다. 그러나 아버지를 돌아보았을 때, 그는 내게 말했다. 밖에 나갈 테니 옷을 입어라.

나는 아버지의 얼굴을 전에 없이 빤히 쳐다보았는데, 대체 그 말의 함의를 밝혀내는 일에 매달려야 하는지 혹은 내 귀를 의심해야 하는지 혼란스러웠던 까닭이었다. 둘 모두 힘이 쓰이는 일이었지만 아버지의 그 말이 농담이거나 내가 잘못 들은 것임을 밝히기 위해서라면 고단할 게 없었다. 혹여 그것이 내가 비를 기다린다는 것을 알게 된 까닭에 그냥 해본 말이라면 더욱이 비열했다. 배신감을 느낄 만큼의 신뢰를 가진 적도 없었으나 내게 스친 감정은 분명 그것이었다. 나는 바깥이나 옷에 대해 생각하기보다는 아버지의 언급 자체가 부정되길 바랐다. 그러므로 나는 기다린다고 해도 좋았는데, 평소처럼 아버지가 나의 무가치에 대해 얘기하기를. 그렇다면 나는 기꺼이 아버지를 존경할 수 있었다. 그것이야말로 아버지가 그 순간 보일 수 있는 통찰이니까. 그러나 곧이어 아버지가 내게 내미는 옷과 신발을 보자, 나는 그 말이 농담도 그냥 해본 말도 아니며 옷을 입으라는 말은 옷을 입으라는 뜻임을 알게 되었는데, 오늘은 너도 나가야 한다고 이어 말하는 아버지의 표정은 평소보다 음울했으나 그 이상 단호했다.

하지만 나는 옷을 받아들지 않고 가만히 앉아 있었는데 일종의 시위로서, 아버지의 말을 듣지 못한, 그가 내민 것을 보지 못한 시늉을 한다면 어떨까 생각했던 것이다. 그렇게 어렴풋이 복종치 않으며, 나는 주춤주춤 그를 외면했다. 가로수를 감싼 이른 전구들이 몸을 밝힌 것이 보였다. 미처 어둡지 못한 가운데 전구들의 빛은 너무도 가녀린 나머지 죽은 생선 비늘만큼도 빛나지 못하고 있었다. 그대로 힐긋거리지 않을 수 있었더라면 좋았을 텐데. 부지불식간에 곁눈질한 아버지는 그 자리에서 미동도 않고 서서 나를 가만히 응시하고 있었다. 아버지의 시선, 저것을 무시할 수 있었더라면 정말로 많은 것이 나아졌으리라. 나는 따가운 눈길을 받아내며 생각했다. 무시는 신경이 쓰이지만 그 힘이 자신에게 미치지 않거나 아주 조금만 미칠 것을 아는 한에서 가능했다. 어떤 일이 어떤 영향을 얼마만큼 끼칠지 모른다면 사람은 불안해지고, 불안이 커지면 무시를 시도했던 것이 무색해질 정도로 신경을 갉는다. 신경이 너덜너덜해진 뒤에는 꼭두각시보다 못한데, 제 발로 일어나 따르게 되는 것이다.

아버지의 시선은 나를 꾸준히 지분거렸고 나의 불안은 부풀어올라 맑고 투명한 고름을 뚝뚝 흘릴 때까지 방치되었다. 나는 창밖의 전광이 다소 선명해질 만큼의 시간 동안은 앉아 있었지만, 종내는 항상 그래왔듯이 불분명한 시점에 아버지가 손짓하는 대로 움직여버리고 말았는데, 어떤 계기적 이해가 일어난 것은 아니었고 단지 버티는 게 불가능해졌기 때문이었다. 창가의 선반에서 몸을 일으키며 나는 생각했다. 더 기다려도 아버지는 말을 주워 담지 않을 것이다. 전에 없는 짓을 한대도 아버지는 아버지이고, 그는 언제나 선언, 선언뿐이므로. 어떻게 후회하지 않을 수 있는지, 나는 다만 그 체계를 알 수 없었다.

나는 미적거리며 아버지가 건네는 것들을 받아들었는데 모두가 낯이 익었다. 하나같이 아버지가 외출할 때 입던 것들이었다. 나는 셔츠에 머리를 밀어넣고 바지에 다리를 꿰었다. 그것들이 내게 맞춤해서 나는 진심으로 불행하다 느꼈다. 나는 아버지의 차림으로 아버지 뒤를 따라나섰다. 걷는 데 익숙한 인간이 아니었으므로 나는 다소 어기적거렸다. 하지만 곧 물렁한 발을 재게 놀리는 데 집중해야만 했는데, 계단을 내려가는 아버지의 걸음이 겁도록 빨랐기 때문이었다. 숨도 쉬지 않고 내리 딛는 와중에 발밑이 점점 밝아왔다. 아버지와 나는 건물 밖으로 튀어나갔다. 태어나 처음 딛는 땅이었다. 나는 자꾸만 히뜩거렸다. 그러나 걷는 게 힘겨워서만은 아니었고, 인도에 깔린 포석들이 신경 쓰인 탓이었다. 하나의 길쭉한 선으로 여겨졌던 길은 점묘화의 조각조각들을 딛어야 앞으로 나아갈 수 있는 것이었다. 나는 무어라도 잘못 밟을까 자꾸만 저어됐다. 내가 걷는 길은 창가에서 내려다보던 그 거리임에 틀림없었으나 조금도 익숙하지 않았다. 이곳저곳이 파여 있어 발 디딤을 불안하게 했으며 더 길고 더 넓고 더 메스껍고 더 파렴치했다.

바람이 비가 아닌 것들을 몰고 휘몰아쳤다. 아버지와 나는 행렬 너머로 가기 위해 육교를 건넜다. 인도 오른편에는 아주 어린 짐승들이 길을 따라 걷고 있었고, 왼편으로는 관찰하던 식료품점이 눈에 들어왔다. 노란 양각 활자가 새겨진 평소의 진녹색 포치는 붉은색 우단 휘장으로 가장자리를 꾸며놓았다. 항상 바쁘게 움직이던 식료품점 주인은 여전히 분주해 보였다. 그러나 실상 내가 그에 대해 아는 것은 그의 둥근 모자 꼭대기뿐이었다. 그의 인상은 상상했던 것보다 훨씬 괴팍해 보였다. 양장점과 의수족을 파는 가게를 지나 아버지와 나는 집 근처를 벗어났다.

나는 자꾸만 허청거리며 아버지를 따랐다. 읽어본 일도 없는 길을 걷는 것은 나를 금세 지치게 했다. 줄기가 얼룩진 가로수의 기울기가 나를 예민하게 했고, 양옆을 스치는 행인들의 시선이 내게 머물 때는 심장이 짧게 널뛰었다. 나는 아무 구석에나 드러눕고 싶었고 이대로 나동그라져 불구가 되고 싶었다. 하지만 아버지는 거슬리는 게 전혀 없다는 듯 내달았다. 아버지에게 길은 길에 불과한 듯했다.

광장의 입구에 들어서자 지독하게 달콤한 향이 코를 찔러왔다. 마구 넘쳐나는 무른 단내가 어디선가 풍겨오는 타오르는 누린내와 섞여 역겨웠다. 신경이 곤두선 나는 코를 감싸쥐었다. 축제의 화려함이 시시각각 혹독하게 느껴졌다. 배가 불러 축 처진 암컷들이 힘겨운 걸음을 옮기는 게 보였다. 휘감긴 전선이 버겁다는 듯 가로수들이 붉은빛을 뚝뚝 흘려댔다. 나는 도망자를 따르는 공범처럼 초조하게 아버지의 뒤를 좇았다. 나는 거의 뛰었고 몇 번인가 깨금발로 걸었다. 서너 번 발목을 접지르고 두 번은 나동그라졌으나 불구가 되지는 못했다. 나아갈수록 인파가 늘고 있었다. 아버지는 바람처럼 내달았고 절뚝이는 나를 뒤돌아보지 않았다.

무심코 올려다본 하늘에는 먹구름이 몰려들고 있었다. 곧 비가 쏟아질 것만 같았다. 그러나 이 순간 비를 만나는 것이야말로 가장 처참한 일이었다. 아버지 앞에서 흠씬 젖어 환희에 겨울 일을 생각하니 암담해졌다. 아버지를 따르기 위해 안간힘을 쓰면서 나는 전에 없이 물었다. 대체 왜 오늘이며 하필 왜 지금이냐고. 그러자 아버지는 망설이지도 않고, 네가 더이상 젊지 않다고 대꾸했다. 나는 그것의 의미를 알 수 없었으므로 주춤했다. 하지만 곧바로 발걸음을 떼어야 했는데 아버지가 멈추어주지 않아서였다. 그 잠깐 사이 아버지는 나를 앞질러 있었다. 그 틈으로 행인들이 자꾸만 들어섰다.

아버지와의 거리는 좀처럼 좁혀지지 않았다. 정신없이 뒤따르면서도 나는 당혹스러움을 감출 수 없었다. 아버지의 말뜻이 이해되질 않았고, 그가 무엇을 원해 그런 말을 했는지도 알 수 없었다. 그러니까 더이상 젊지 않다는 것, 그 성장이, 아버지가 주었다던 나의 그것에 어떤 껍질을 뒤집어씌운 결과물임은 틀림없는 듯 보였으나, 그 어떤 변덕스러운 포장이 그것을 이루었는지, 그 어떤 포장이기에 그게 가능한지. 이제껏 나의 미급함을 지적할 요량으로만 그것을 언급해왔으면서, 어떻게 지나서야 의미가 있다고 말할 수 있단 말인지. 집요하게 허공을 휘젓게 만들고, 무언가가 오거나 오지 않는 때를 더듬더듬 점치는 일에 매달리게 하는 원천, 그러나 그 외의 어떤 할 수 있는 것을 찾아낼 만한 힘은 되어주지 않는 얄팍하고 천한 것. 아버지는 내게 젊음을 그렇게 인지하게 만드는 일 외의 어떤 가르침도 주거나 보이지 않았다. 맹렬하게도 고요하게도 그런 일은 벌어진 적 없었다.

그런데 아버지는 왜 지금, 고개를 빳빳이 들고 내게서 한참이나 떨어져서 그 앞을 헤치고 더 멀리 나아가고 있는지, 모든 상황이 나를 아득하게만 하였다. 아버지가 못박아온 대로, 나는 무능하고 우울하고 생각이 없고 말은 하지 않느니만 못하고, 하잘것없는 망상이나 하고 사는 아무짝에도 쓸모없는 핏덩이였다. 그렇다지 않았던가. 나는 결코 그것들을 부인한 적 없었다. 비, 비는 절대 오지 않을 것이었고,

올 리가 없었고. 라디오가 분명히 얘기했으므로, 맑고 축복받은 날씨가 되리라고. 아버지가 비웃어온 내 검은 머리카락이 아직 검고 흰 손이 여전히 흰데, 전날에 비해 나의 무엇이 어떻게 달라졌단 말인가. 이날의 내게서 아버지는 대체 무엇을 발견해낸 것인가.

발목이 꺾이는 바람에 세번째로 나뒹굴었을 때, 나는 아버지를 완전히 놓치고 말았다. 납작하게 구겨진 채 정신을 차리니 엄니를 뺀은 짐승이 눈앞을 어슬렁거리고 있었다. 넓적하고 끝이 얇은 귀가 두툼한 귀뿌리에 의지해 펄럭였고, 털이 드문드문 돋은 주름진 옆구리는 무언가를 소화시키듯 끊임없이 꿀렁거렸다. 내장이 드러난 쥐의 더미 옆에서 나는 몸을 반쯤 일으켜 주위를 둘러보았다. 나는 어느새 거대한 구렁이의 머리 부분에 도달해 있었다. 잿빛 파도같이 몰려만 가던 녀석들이 방파제에 닿은 것처럼 일렁거리고 있었다.

피로감이 눅진하여 나는 아스팔트 위에 다시금 등을 대고 널브러졌다. 왜 이렇게까지 갑작스러운지. 나는 씨근거리며 생각했다. 어떤 징조라도 있지 않았을는지. 혹시 아버지가 사진 앞에서 삼켰던 말이 그것이었던 건 아닌지.

그렇다면 나는 귀기울일 수 없었다. 가능한 한 딴청을 부려야만 했다. 아버지가 아버지에 관해 말하려 할 때마다. 왜냐하면…… 왜냐하면 나는…… 정말로 듣고 싶지 않았기 때문이었다! 대체로 영광스러웠다던 아버지 삶의 역사는 나를 비참하게 만들기나 할 것 같았다. 다락에서 안온한 내게 너는 나락에서 썩어 있다고 선언할 게 분명했다. 그런 비웃음은 시선으로 족했다. 아버지는 그것만으로도 충분히 나를 짜부라뜨리고 있었다. 그러나 대체 아버지에게 이렇게까지 할 권리가 어디에 있단 말인가. 아버지가 나를 좀 내버려두는 상상을 하지 않는 때는 없었지만 이런 식은 아니었다. 어떻게 내가 받아들인 적 없는 것을 박탈함으로써 나를 내몰 수 있단 말인가. 별안간 태어나버리게 한 것 외에 어떤 사건도 아버지는 내게 줄 자격이 없었다!

벽과 벽 사이로 구획된 우중충한 하늘을 노려보던 나는 이윽고 이를 악물어가며 몸을 일으켰다. 인파를 비집고 들어가 까치발로 두리번거리니 아버지의 희끗한 뒤통수가 저만치 멀어지는 게 보였다. 뒤섞인 짐승들 사이로 아버지의 머리가 조그만 부표처럼 둥실 떠올랐다 가라앉길 반복했다. 나는 어떤 포석을 밟을지에 대한 의식을 접어두고 아버지를 향해 뛰기 시작했다. 좀 전처럼 빠르지는 않았으나 너무 많은, 아버지 같고 아버지처럼 보이는 회색 머리들이 도처에 떠다녔기 때문에 그에게로 가는 길은 순탄치 않았다. 내가 거슬러야 하는 것은 회색 머리들이 이루어놓은 안개, 질기고 메마른 그들의 목 아래 붙어 있는 어깨들의 안개였다. 그들은 검고 아래로 축축 흘러내렸으며 매번 발에 거치적거렸고 내게 무언가 한마디씩 말을 건넸다. 충고 같기도 하고 비난 같기도 한 그 말들 중 알아들을 수 있는 것은 한 가지도 없었다. 나는 숨을 헐떡이며 그들을 피해 바쁘게 발을 디뎠다.

어느새 정면에 높다란 무대가 눈에 들어왔다. 나무판자로 짓고 천을 덮은 무대 위에는 금속으로 된 거대한 기계들이 나란히 놓여 있었다. 이곳에서 흐름이 시작된 것인가. 심장이 곧이라도 터질 듯이 옥죄어 여러 차례 숨을 골라야 했다. 군중이 무대를 향해 나를 등지고 있었고 그 가운데 아버지의 파리한 뒷덜미가 위치해 있었다. 내게 그건 일종의 과녁처럼 여겨졌다. 나는 아버지가 내게 하려는 파렴치한 유기 행위를 저지하기로 결심했다. 아버지가 내게 하려는 짓은 내가 가장 바라지 않는 일이었다. 아무짝에도 쓸모없는 것은 아버지, 이럴 바엔 아버지가 없는 편이 나았다. 나는 아버지가 하는 모든 것, 아버지의 아버지 노릇과 아버지의 아버지 시늉을 모두 지워버리기로 마음먹었다. 이 비열한 상황을 끝마쳐야만 했다.

나는 아버지에게서 눈을 거두어 쓸 만한 것을 찾기 시작했다. 허물어진 건물의 잔해에서 벽돌 한 장을 집어든 나는 붉은 벽돌을 더 붉게 만들기 위해 아버지에게 다가갔다. 다른 어깨들과 마찬가지로 아버지는 엄니가 돋은 수컷 뒤에 서 있었다. 발을 뗄 때마다 아버지와의 거리가 빠르게 좁혀졌다. 거의 다 다다랐을 때 나는 그를 소리내어 불렀다. 아버지! 그러자 수많은 잿빛 머리들이 동시에 나를 돌아보았다. 시선들이 쏟아지는 가운데 아버지는 기다리던 사람처럼 나를 응시하고 서 있었다. 아니, 아버지는 나를 기다리고 있던 게 분명했다. 이것이야말로 아버지가 내게 줄 수 있는 가장 큰 인정이 아닌가. 나는 벽돌을 고쳐 쥐며 아버지에게로 다가섰다.

아버지의 둥근 이마를 향해 벽돌을 쳐들었을 때, 우레와 같은 나팔 소리가 천공을 갈랐다. 나는 반사적으로 몸을 움츠리고 두리번거렸다. 열을 지어 선 짐승들의 길쭉한 꼬리가 채찍처럼 치솟는 게 보였다. 코를 위로 뻗어 드러난 세모진 입이 깊이 붉었다. 하나같이 움직이는 일사불란한 발소리에 귀청이 터져버릴 것 같았다. 그사이 아버지가 내게서 시선을 거두고 정면을 향해 부동자세로 섰다. 나는 눈을 똑바로 뜨려 애쓰며 아버지를 노려보았다. 길게 끌어서는 안 되었다. 한 번에 까부수어야 했다. 나는 벽돌을 거머쥔 손을 머리 위까지 들어올렸다. 다시 한번 나팔 소리가 커다랗게 울려퍼졌다.

아버지가 앞에 놓인 수컷의 엉덩이를 움켜쥔 건 그 순간의 일이었다. 양손으로 잿빛 몸뚱이의 엉덩이를 벌려가며, 아버지는 뒷구멍에 대고 정수리를 비비기 시작했다. 아버지의 희끗희끗한 머리가 연분홍색 테두리를 가진 짐승의 구멍을 우악스럽게 비집었다. 아버지의 이마와 눈과 코가 점진적으로 구멍을 파고들었다. 절대 벌어지지 않을 것 같던 좁은 구멍이 집요한 압박으로 인해 틈을 넓히고 있었다. 수많은 뼈와 관절들이 내는 파열음이 광장에 메아리쳤다. 질척이는 회반죽 같은 이들이 거꾸로 가동된 레미콘처럼 흐름 속으로 녹아들고 있었다. 바드득 소리를 내며 탈구된 어깨가 하나둘 삼켜지자 등허리부터는 부드럽게 쑥 빨려 들어갔다.

나는 움직일 수 없는 관객이었다. 누군가 나를 단단히 묶어둔 채 눈꺼풀만 도려낸 것 같았다. 어느새 아버지는 바짓단과 구두만으로 버둥질치고 있었다. 가죽구두의 까만 밑창까지 모조리 먹혀버리자, 아버지는 완전히 사라졌다. 잠시도 지나지 않아 횡대로 선 잿빛 짐승들 뒤에는 아무도 남아 있지 않았다.

아버지. 나는 부지불식간에 탄식했다. 부름에 응하듯 잿빛 짐승들이 동시에 뒤를 돌아보았다. 뿌리 쪽이 두툼한 짐승들의 코가 초승달 모양으로 허공을 휘저었다. 사내들을 삼킨 수컷들이 계단을 오르기 시작했다. 진을 치고 있던 암컷과 새끼들이 쿵쿵 소리내어 발을 굴렀다. 무대에 오른 수컷들은 나란히 서서 엄니를 정면으로 뻗었다. 그들 앞에는 연속된 금속 기계들이 앞뒤를 벌리고 서 있었다. 하나의 기계는 네 면이 막힌 금속으로 된 방처럼 보였다. 수컷들이 걸음을 옮겨

한가운데 들어서자, 남은 두 면의 쇠창살이 내리 닫혔다. 남아 있는 짐승들이 길게 소리내어 울부짖었다.

무대 아래편에 자리한 악대가 활기찬 음악을 연주하자 인파가 크게 울렁거렸다. 가까이 선 이들과 인사를 나눈 사람들이 서로 팔짱을 끼고 폴카를 추었다. 그사이 제복을 입은 남자들이 성큼성큼 걸어나와 기계 옆에 나란히 서 천천히 레버를 당겨 내렸다. 양옆의 벽이 빠르게 좁아지기 시작했다. 아버지를 삼킨 짐승들이 금속판 사이에서 납작해지고 있었다. 그 비명에 대해서는 말하지 않는 편이 나을 것 같다. 피가 튀고 짐승들이 판판해지면서 철판에 난 일정한 간격의 둥근 구멍들에서 검붉은 소시지가 쏟아져나왔다. 줄지은 소시지들이 컨베이어벨트에 실려 앞으로 옮겨졌다. 벨트 옆에 서 있던 하얀 가운을 입은 요리사 무리가 즉석에서 그것들을 구워냈다. 검은 냄비 아래로 푸르고 붉은 불이 솟구칠 때마다 역겨운 누린내가 진동했다. 그것은 동물의 내장 안에 든 오물을 유황불에 던져넣은 냄새와 흡사했다.

구워진 소시지들이 커다란 양푼에 담기자 춤을 추던 사람들의 대열이 순식간에 흩어졌다. 아귀처럼 달려든 군중이 각자의 은빛 쟁반에 소시지를 옮겨 담았다. 나는 그 쟁반의 모양과 색이 익숙하다는 것을 깨달았다. 그것은 아버지가 매년 축제에 갈 때마다 들고 나섰던 것과 완전히 같아 보였다. 그 순간 창가에 앉아 있는 것보다 더 이전의 기억이 선명하게 떠올랐다. 역겨운 누린내의 정체, 무언가를 게워냈던 기억. 그 이전에, 무언가를 삼켰던 기억. 탄성을 가진 가느다란 용수철처럼 악취가 비강을 타고 뇌 속까지 파고들었다. 나는 헛구역질을 하며 뒤로 물러섰다. 담벼락에 등을 기대자마자 입에 고인 쓴 물이 턱을 타고 흘러내렸다. 나는 뒤돌아 벽을 짚고 울컥 토사물을 게워냈다. 곤죽이 된 검붉은 고깃덩이가 검은 아스팔트 위로 쏟아졌다. 숨도 쉴 수 없을 만큼 고약한 피비린내가 몸속 깊은 곳에서부터 피어올랐다. 언제 저런 것을 삼켰던가. 나는 내 내장 안에 무엇이 있는지도 모른다. 입가가 마구 비틀렸다. 웃는다고도 비웃는다고도 말할 수 없는 표정이 지어졌다.

나는 손등으로 입가를 비벼 닦고, 절뚝이며 걸음을 재촉했다. 당장에 그곳을 벗어나고 싶었다. 아무도 없는 곳이 절실했다. 그때 누군가 나를 부르는 소리가 들렸다. 뒤를 돌기도 전에 억센 손이 내 어깨를 거머쥐고 당겼다. 나는 거리 한가운데 팽개치듯 세워졌다. 고개를 드니 머릿기름을 바른 한 사내가 카메라를 들고 서 있는 게 보였다. 여기 보세요. 사내가 말하는 순간, 섬광이 번쩍였다. 뒤를 돌아보니 한 발짝 떨어진 내 양옆으로 크고 작은 짐승 둘이 나란히 자리하고 있었다. 나는 나를 앞에 두고 셔터를 누른 낯선 사내를 멀거니 쳐다보았다. 문득 아버지의 사진을 찍었던 누군가에 대한 생각이 머릿속을 스쳤다. 두 짐승 사이에 아버지를 놓고 셔터를 눌렀던 사람, 언제나 사진 바깥에 존재하는 이에 대해. 사진 속 아버지의 표정이 별안간 떠올랐다. 아버지의 뒷짐진 손에 무엇이 들려 있었는지 알 것 같았다. 사내가 건네는 액자를 받아들기 위해 손을 뻗자, 내가 놓아버린 붉은 벽돌이 아스팔트 위를 함부로 굴렀다.

나는 옆구리에 액자를 끼고 뒤돌아 걷기 시작했다. 어떻게 걸어야 하는지 처음부터 알고 있던 사람처럼 성큼성큼 나아갔다. 방향은 분명했고 걸음마다 거슬리는 것은 하나도 존재하지 않았다. 사물들은 완전히 죽어 있었고 사람들은 그림자에 불과했다. 나는 고개를 빳빳이 들고 정면을 응시하며 걸었다. 휘청거리지도 절뚝거리지도 않았다. 나는 식료품점 앞에서 육교를 건넜다. 도로는 어느새 텅 비어 있었다. 허드레 종이들만이 간간이 바람을 타고 위로 솟구쳤다.

나는 출입문을 밀어 열고 건물 안으로 들어섰다. 전등이 들어오지 않은 복도가 어두침침했다. 그러나 나는 백야의 사람처럼 계단을 디뎠다. 빙글빙글 돌았고 거침없이 올랐다. 수많은 대문들 중 나는 내가 나온 곳을 찾아냈다. 문이 잠겨 있었지만 자연스럽게 주머니를 뒤져 열쇠를 꺼내 열었다. 집안에 들어서니 구석구석 진득한 습기가 고인 게 느껴졌다. 창밖에서 툭툭 잔돌을 던지는 것 같은 소리가 들려왔다.

나는 서랍장으로 다가서 위쪽 벽에 걸린 액자를 떼어냈다. 오른쪽 벽의 붙박이장을 열어젖히자 침침한 안쪽으로 검은 액자들이 빼곡히 쌓여 있었다. 나는 아버지의 것을 벽장 구석에 쑤셔넣고 문을 닫았다. 옆구리에 끼고 있던 새 액자를 서랍장 위에 걸었다. 그사이 밖에서 들려오는 소리는 날짐승이 푸드덕대는 것처럼 바뀌고 있었다. 점점 거세졌고 하염없이 불어쳤다. 바깥이 안을 두들기고 있었다. 나는 거실의 이쪽에서 저쪽으로 산책하듯 거닐었다.

훑듯이 거실을 보던 나는 다시 액자 앞에 가 섰다. 기묘한 표정을 한 젊은 내가 두 짐승과 함께 나를 내려다보고 있었다. 비라니, 원. 나는 히쭉 웃었다. 내가 웃었으므로 그것은 아마도 농담이었을 것이다. 거센 바람이 활엽수림 깊이 휘몰아치는 소리가 들려왔다. 실개천이 점점 몸뚱이를 불려가듯 흐르기가 시끄러웠다. 나는 걸음을 옮겨 소파에 가 앉았다. 손바닥으로 얼굴을 감싸쥐고 잠시간 그대로 앉아 있었다. 나는 양철북 안에 들어앉은 한 마리였다. 이곳은 안온해야만 했다. 나는 마침내 손을 뻗어 라디오 다이얼을 돌렸다. 예의 목소리가 지지직거리며 흘러나왔다. 이것으로 아버지 축제를 모두 마칩니다. 성원해주신 여러분, 고맙습니다. 나는 창가로 다가가 블라인드를 더욱 굳게 여미었다. 이대로 바다가 되어 잠겨도 좋을 것 같았다.

머리 위를 조심해

0

눈을 떴을 땐 전봇대를 끌어안고 있었다. 더러운 개 한 마리가 널브러진 음식물 쓰레기를 핥아먹고 있었다. 몸을 일으켰지만 현기증에 무릎을 꿇고 말았다. 지갑도 휴대폰도 없었고 머리는 빠개질 것 같다. 나는 억지로 몸을 추슬러 비틀비틀 걸음을 옮겼다. 낯선 동네였고 어딘지 짐작도 가지 않았다. 까투리와 투다리, 세거리삼계탕과 짚불삼겹살을 지나 나는 계속 걸었다. 내가 지난밤 어떻게 되었는지를 알기 위해서는 뭔가 표지가 필요했다. 나는 체인 편의점을 찾아 두리번거렸다. 학동점이든 풍암점이든 적힌 것을 보면 적어도 감이 올 것 같았다. 그러나 그 흔한 미니스톱도 세븐일레븐도 보이지 않았다. 나는 아득한 무력감을 느꼈다. 어제 누구와 술을 마셨던가. 어디서 어떻게 나를 잃었는가.

갑작스런 변의가 밀려왔다. 그건 나를 찾는 것보다 훨씬 급박하게 느껴졌다. 상가를 벗어나 작은 아파트 단지에 들어선 시점이었다. 개불이나 해삼, 멍게 같은 것들이 뱃속에서 데굴데굴 구르기 시작했다. 꿈틀거리는 것이 금방이라도 쏟아져나올 것 같았다. 화장실에 가고 싶다. 그렇지만 아무데서나 쌀 순 없어. 그건 내 마지막 자존심이야. 나는 식은땀이 배어나는 등허리를 푸드덕거리며 단지 내를 두리번거렸다. 공중변소는 보이지 않았다. 놀이터와 아파트 뒤뜰, 주차장까지 찾아 헤맸지만 어디에도 없었다. 그럴싸한 구석을 찾아 바지춤을 풀어 헤치다가도 도로 여며야 했다. 무당이 뿌린 팥처럼 행인들이 아무렇게나 널려 있었다. 물고기 눈알 같은 시시티브이 역시 곳곳에 박혀 있었다. 나는 시선을 피해 그늘에서 그늘로, 그림자에서 그림자로 옮겨다녔다. 그사이 속엣것들은 점차 커져, 삼치나 고등어가 되어가고 있었다.

두번째 놀이터 앞을 지날 때 나는 더이상 종종대지 못하고 아파트 안으로 방향을 틀었다. 106동 중간 라인이었고 책가방을 멘 초등학생들과 정장을 입은 남자들이 걸어나오고 있었다. 방향을 바꾸기 직전 나는 지하실을 떠올렸고 그건 꽤 그럴싸한 생각처럼 여겨졌다. 시선이 없는 곳, 싸고 나서도 노출이 쉽지 않은 곳. 지하실은 두 조건을 모두 충족시키는 장소였다. 나는 머리를 굴리며 발걸음을 재촉했다. 산재된 페트병 묶음이나 박스 더미 뒤에 숨어 누면 되겠지. 계단을 타고 내려가 어둑한 구석에서 바지를 까자. 뱃속이 요동치는 걸로 봐선 힘을 주지 않아도 흘러나올 거야. 이삼 분이면 충분하고도 남는다. 그다음 폐휴지를 비벼서 뒤를 닦는 거야. 좋아. 나는 나름의 계획에 만족하며 안으로 들어섰다.

지하실로 향하는 계단은 엘리베이터 바로 앞쪽에 있었고 거기까지 쭉 뻗은 통로는 대단히 탄탄해 보였다. 나를 막아설 이는 보이지 않았고 존재할 수도 없을 것 같았다. 그러나 초조하게 걸음을 옮겨 막 그 앞에 당도했을 때, 나는 밀걸레로 엘리베이터 앞을 닦고 있던 청소부와 맞닥뜨리고 말았다. 뭐여, 똥 마려운 개 같은 표정을 하고 어딜 들어가려는 거여? 그녀의 표정에는 나의 지하실행을 허락지 않으리라는 의지가 확고해 보였다. 빌어먹을. 나는 틀렸다는 것을 직감했다. 나는 즉각 몸을 틀어 이층으로 연결된 계단을 올랐는데, 원래 오르려던 듯 태연함을 가장한 것은 물론이었다. 옥상이 더 나을 수도 있겠지. 남들보다 높은 곳에 똥을 누는 셈이니. 나는 자위했다. 햇볕과 바람에 삭아 없어질 때까지 누구도 내 똥의 존재를 알 수 없는 곳. 나는 차라리 잘됐다는 식으로 요추를 꿈틀댔다.

하지만 생각보다 옥상은 멀고 높았다. 끝나지 않을 것처럼 계단이 펼쳐졌다. 그렇다고 도로 내려가 밖으로 나갈 수도 없는 노릇이었다. 이제 와 화장실을 찾아내리라는 보장이 없었다. 지옥과 연옥 그 어디쯤을 걷고 있는 기분이었다. 걸음을 옮길 때마다 온몸이 타협안을 제시했다. 계단에 눌까 하는 생각도 스쳤으나 근원을 알 수 없는 발소리들이 거슬려 엄두가 나지 않았다. 나는 집요하게 계단을 밟아나갔다. 이건 내 자존심이야, 자존심이야 되뇌며 한 걸음 한 걸음 위로 올랐다. 오른손으로 항문을 틀어막으니 긴장으로 딱딱해진 둔근이 만져졌다. 식은땀이 목덜미를 타고 진득하게 흘러내렸다.

일반적으로 변의는 네 단계로 나뉘는데,

1. 약간 높은 파도: 참을 수 있을 거라는 믿음이 분명하다.
2. 폭풍의 시작: 이러다 지리고야 말겠다는 위기감에 휩싸인다.
3. 갑작스런 썰물: 참을 수 있을지도 모르겠단 희망이 고개를 내민다.
4. 마지막 단계, 해일: 그땐 정말, 하늘빛이 노랗다.

내게 네번째 단계가 찾아온 것은 사층과 오층의 중간에서였다. 그때 내 뱃속에 든 놈은 고래, 그것도 향유고래였다. 희뿌연 시야에 들어오는 모든 것이 변기로 보였다. 안팎의 괄약근이 불수의근으로 변모된 것처럼 제멋대로 움직이기 시작했다.

기다시피 계단을 올라 가까스로 오층에 닿았다. 떨리는 손으로 엘리베이터 상행 버튼을 누르고 고개를 들었다. 십팔층짜리 아파트였다. 엘리베이터는 꼭대기 층에 서 있었다. 나는 몸을 배배 꼬며 전광판의 빨간 숫자를 하염없이 올려다보았다. 아, 십팔. 왜 안 내려오는 거야, 십팔. 나는 붉게 빛나는 십팔을 꼬나보며 웅얼거렸다. 단 한 번의 이완이 모든 것을 망칠 것이었다. 이성의 끈은 당겨질 대로 당겨져 믿을 수 없을 정도로 가늘어져 있었다. 이제 틀렸다는 생각이 드는 찰나, 축축하고 음흉한 목소리가 귓속을 파고들었다. 그냥 싸버려. 알게 뭐야. 어차피 모르는 동네잖아. 더이상 참을 수도 없잖아. 편해질 거야. 세상을 다 가질 수 있을 거야…… 제기랄, 입다물어. 난 아무데나 똥을 누진 않을 거라고…… 호기롭게 윽박았지만 목소리가 옳았다. 더는 참을 자신이 없었다.

이를 갈며 고개를 모로 틀자 엘리베이터 양옆으로 뻗은 복도가 눈에 들어왔다. 여남은 개의 현관문이 줄지은 게 보였고, 그 순간 내게 가정집이란 화장실이 있는 어떤 곳일 뿐이었다. 벽을 짚은 채로 걸음을 옮기니 앙다물린 윗니와 아랫니가 까드득 소리를 내며 맞부딪쳤다. 나는 아무 집이나 닥치는 대로 초인종을 눌러볼 심산이었다. 문이 열리면 죄송하지만 화장실 좀 쓸 수 있을까요, 하고 부탁할 작정이었다. 사색이 된 내 얼굴을 보면, 허락해주지 않을까. 왜냐하면 누구라도 이런 상황에 빠질 수 있으니까, 변의란 그런 것이니까. 그럼에도 불구하고 집주인이 나의 화장실 이용을 거절한다면, 그 잔악무도한 자식이 그런다면, 나는 바짓가랑이라도 잡고 매달릴 마음을 품었다. 뭐든지 하겠다고. 당신의 개가 되어도 좋다고.

508호에는 사람이 없었다. 다만 개가 오래도록 짖었다. 달달 떨리는 검지를 앞으로 뻗은 채로 나는 그 옆집, 509호로 향했다. 초인종을 연달아 누르고 기다렸지만, 역시나 대답이 없었다. 절망에 빠진 나는 현관문에 이마를 박고 고꾸라졌다. 다들 어딜 간 거야. 내가 필요한 순간에 왜 아무도 곁에 없는 거야, 왜. 말도 못하게 비참한 기분이 들었다. 이렇게 고독할 수가 있을까. 난 늘 혼자였고 앞으로도 혼자일 테지. 이제 바지에 똥을 지리면 더욱이 그렇게 될 거야. 평생 똥쟁이란 딱지를 달고 살게 될 테니까. 나는 눈물로 뺨을 씻으며 훌쩍였다. 이렇게 하겠다거나 저렇게 해야겠다는 계획들은 벌써 휘발되고 없었다. 이제 아무래도 좋다는 생각뿐이었다. 나는 무참한 기분으로 문고리에 지탱해 비척비척 몸을 일으켰다. 그런데 거짓말처럼 손잡이가 비틀려 튕긴 것이었다.

문고리를 놓치는 바람에 나는 엉덩방아를 찧고 말았다. 고개를 들었을 땐 현관문이 빠끔히 열린 게 보였다. 꿈인가 생시인가 멍청히 앉아 있으려니 돌쩌귀 우는 소리가 나를 재촉했다. 엉거주춤 일어나 문고리를 당기니 틀림없는 가정집이 눈에 가득 들어왔다. 거짓말도 꿈도 아니었다. 참깨로 동굴의 문을 연 알리바바처럼 눈앞에 기적이 펼쳐져 있었다. 금은보화로구나. 축제로구나. 사십 인의 도적이 감춰놓은 게 이거였구나. 나는 벨트를 풀어 헤치며 신발을 벗어던졌고, 바지와 속옷을 한 번에 내리는 동시에 화장실로 달려들었다. 마침내, 단단하고 아름다운 변기 위에 엉덩이를 내려놓는 순간, 나는 어떤 형용으로도 감당키 어려운 충만함으로 무장되었다. 변기는 싸늘한 듯 다정했고 나는 그와 내숭 없이 즐길 자신이 충분했다. 나는 여러 해 묵은 킹코브라 같은 똥을 거침없이 쏟아냈다. 허어어, 허어어. 나도 모르는 신음이 팡파르처럼 터져나왔다. 허어어, 허어어. 온 우주가 다 내 밑에 있었다.

하지만 휴지를 둘둘 말아 뒤를 닦자마자 제정신이 돌아왔다. 모가 벌어진 칫솔과 선반에 놓인 잡지, 금이 간 나무 발판과 눅눅해 보이는 수건들이 이곳이 주인 있는 공간임을 대변하고 있었다. 문이 잠겨 있지 않다는 게 마음대로 들어와도 좋다는 의미는 아니었다. 그러니까 이건 명백한 불법 침입이었다. 빨리 이 집에서 나가자. 나는 부러 소리내어 중얼거렸다. 레버를 누르자 킹코브라가 구멍 속으로 빠르게 쏠려 들어갔다. 금은보화는 도로 변기가 되었고 알리바바는 도적들이 오기 전에 몸을 감춰야 했다. 나는 손을 씻고 화장실을 나섰다. 곧바로 몸을 틀어 현관으로 향했다. 나는 이번에야말로 엘리베이터를 탈 계획이었다. 그때 고개만 돌리지 않았더라면.

뱃속의 평화와 함께 찾아온 호기심이 나를 머뭇거리게 했다. 집주인과 마주치면 골치 아플 것이 분명했지만, 비어 있는 타인의 공간은 흥미롭기에 충분했다. 남들은 어떻게 사는가, 그것이야말로 모든 인간들이 궁금해하는 화두였다. 현관에 신발이 없는 것으로 미루어 아무도 없다는 걸 알면서도 나는 계세요, 우물거리며 발을 디뎠다. 화장실과 현관 사이 오른편에 방문이 하나 닫혀 있는 게 보였고, 문고리를 비틀어 열자 좁다란 서재가 눈에 들어왔다. 두터운 먼지가 일정하게 쌓인 게 오랫동안 사용하지 않은 듯했다. 문을 닫고 뒤로 돌면 싱크대와 냉장고가 있었다. 방과 방들을 잇는 자투리 공간이 부엌으로 사용되는 것 같았다. 현관 정면의 나무틀로 된 미닫이문을 반쯤 밀어 여니 침실이었다. 그 뒤로 같은 종류의 유리창으로 구획된 베란다가 보였다. 무릎 높이의 턱을 넘어야 건너갈 수 있는 그곳에는 시든 화분 몇 개와 빈 빨래 건조대가 놓여 있었다. 혼자 사는 사람인지 세간이 전체적으로 간소하다는 생각이 들었고, 아니나 다를까 침실 벽간에 붙은 널찍한 침대에는 베개가 하나밖에 놓여 있지 않았다. 별거 없군. 나는 슬슬 나갈 생각을 하며 왼쪽으로 고개를 돌렸다. 그런데 내 시선은 한참이나 그곳에 붙박였다.

아닌 게 아니라 거기 이상한 것들이 놓여 있었기 때문이었다. 아니, 그건 이상하다기보다는 차라리 의외의 것들이었다. 베란다로 향하는 유리창 앞에 놓인 그것들은 변기, 변기들이었다. 빨갛고 까맣고 하얀 세 개의 변기가 녹색 아라베스크 문양의 카펫 위에 조형물처럼 서 있었다. 그건 책상이나 소파가 화장실에 놓인 것보다 훨씬 괴상하게 느껴졌는데, 결코 있어서는 안 될 장소에 놓인 사물인지라 무척이나 껄끄러웠다. 그것들은 침대에 걸터앉았을 때 정면, 보통 텔레비전 따위가 놓여 있을 위치에 일정 간격을 두고 자리해 있었다. 문간에 서 있던 나는 어느새 주춤주춤 변기들을 향해 나아갔는데, 그건 나도 모르게, 라는 표현이 알맞을 법한 움직임이었다.

변기들의 뚜껑은 하나같이 열려 있었고 물 빠지는 구멍이 깊고 검었다. 언뜻 보기엔 전부 비슷해 보였지만 디자인과 제조회사를 비롯해 낡은 정도가 모두 달랐다. 투피스형인 붉은색 변기는 흙물의 흔적이 남아 있었고 변좌 부분이 깨져 테이프로 감겨 있었다. 역시 투피스형인 까만 변기는 사용감이 엿보였지만 특별히 훼손된 곳은 없었고 다만 상표인 곰 그림이 반쯤 지워져 있었다. 가장 시선을 끄는 것은 하얀색 변기였는데 수조 부분에 아메리칸 스탠다드라는 영문 로고가 적힌 원피스형으로, 다른 것들보다 큼지막하고 세련된 생김새에 반짝일 정도로 새것이었다. 하지만 쓸어보고 살펴보는 일을 마친 나는 도리어 석연치 않았는데, 이것들이 역시나 변기일 뿐이라는 게 관찰의 결과인 탓이었다. 생각하기로 변기들이 이런 식으로 진열될 만한 장소는 화장실용 가구를 파는 가게뿐이었지만, 이곳은 여러모로 평범한 가정집에 불과해 보였다.

한참을 웅크리고 앉아 변기들을 살피려니 숙취가 올라오는 게 느껴졌다. 어쩌면 그것은 물이 들어 있지 않은데도 뭔가를 빨아 삼킬 듯한 구멍 탓인지도 몰랐다. 머리가 핑핑 돌고 위장이 가느다랗게 떨려오는 게 당장에라도 눈앞의 변기를 붙잡고 토악질을 할 기세였다. 나가야 하는데. 속이 울렁거리는 바람에 나는 양쪽 무릎 사이에 머리를 박고 생각했다. 슬슬 나가야 하는데. 도무지 나는 생각만 하고 있었다.

한참 만에야 가까스로 몸을 일으켰지만 다리에 힘이 풀려 꿈쩍도 할 수 없었다. 무너지듯 흰 변기 위에 주저앉은 다음부터는 나가야 한다는 생각조차 힘에 겨웠다. 아, 정말 나가긴 해야 하는데. 나는 머리통을 움켜쥐고 변기에 앉은 채, '해야 하는데'의 굴레에 갇혀버렸다.

아메리칸 스탠다드는 미국 사람의 엉덩이에 맞춤 설계되었는지 납작하고 단단해 안락했다. 변기에 늘어져 앉아 하우 아 유? 아임 파인 땡큐, 중얼거리고 있는데 현관문 열리는 소리가 들렸다. 놀라서 몸을 일으키려 했지만 어떤 자력 같은 것이 엉덩이를 붙들고 놔주질 않았다. 나는 결국 집주인을 변기 위에서 맞이하고야 말았다.

검은 비닐봉지를 들고 들어선 집주인은 내게 시선을 고정시키고 신발을 벗었다. 변명을 해야 한다는 생각이 들었지만 무슨 말로 어떻게 시작해야 할지 가늠이 되질 않았다. 그런데 집주인이 먼저 말을 걸었다.

"왔어요?"

그랬다. 나는 과연 와 있었다. 그래서 대답했다.

"네, 실례가 많습니다."

그리고 설명했다.

"미안합니다. 화장실이 너무 급해서, 문이 열려 있기에 이렇게 들어오고 말았습니다."

집주인은 이해한다는 듯 고개를 끄덕이며 짐짓 다정하게 대꾸했다.

"괜찮소. 배설욕이란 순수한 것이어서, 견딜 수 없는 법이지요."

집주인의 담담한 태도에 나는 도리어 말문이 막히고 말았다. 나를 용서할 셈인가, 어째서? 나는 무어라 대꾸해야 할지 몰라 집주인만 멍하니 쳐다보았다.

집주인은 머리카락이 희끗희끗하고 눈동자색이 옅은 중년 사내였
는데, 굳게 다문 입술이 인상적이었다. 끌로 파낸 듯 깊게 파인 미간
과 규칙 없이 새겨진 잔주름들이, 그가 견뎌온 시간들이 순탄치 못했
음을 일러주었다. 입고 있는 옅은 베이지색 폴로 티셔츠가 그에게 잘
어울렸다. 면 반바지 아래로 뻗은 정강이에는 자못 매끈한 흉터가 길
게 드러나 있었다.

"그래, 앉아 있는 미국은 어떻소?"

집주인이 빙긋이 웃으며 내게 물었다. 나는 얼떨떨한 표정으로 질
문에 대해 생각했고, 가능한 한 정제된 표현을 쓰려 애쓰며 대답했다.

"넓고, 깊습니다. 그리고 열전도율이 아주 좋네요. 앉은 지 얼마 되
지 않았는데도 벌써 땀이 찹니다. 겨울에도 엉덩이가 시리지 않을 것
같아요."

집주인이 흥미롭다는 표정으로 더 말해보라는 듯 턱을 치켜들었다.
나는 미간을 좁히며 '속이 좋지 않다'를 대체할 단어들을 골랐다.

"그리고 이 구멍은…… 제 내면을 살피고 싶게 만드네요."

집주인은 낮게 소리내어 웃으며 들고 온 검은 비닐봉지를 싱크대
옆에 내려놓았다.

"모든 구멍은 자아를 성찰하게 하지요."

나는 의미도 모른 채 그를 따라 웃어 보였다.

"라면…… 들겠소?"

찬장에서 냄비를 꺼내던 집주인이 나를 향해 물었다. 침이 꼴깍, 나
도 모르게 넘어갔다. 마침 속이 텅 빈 강정처럼 느껴지던 참이었다.

집주인은 사람 좋은 미소를 지어 보이고는 더 큰 냄비를 꺼내 물을 받기 시작했다.

나는 하얀 변기에 그대로 앉아 라면이 끓길 기다렸다. 앉은 자리가 어찌나 편안한지 숙취가 엉덩이를 통해 가시는 것만 같았다. 집주인은 라면이 담긴 쟁반을 건네주고서 빨간 변기 위에 자리했다. 까만 변기를 사이에 두고 나란히 벽을 등진 셈이었다. 나는 집주인의 눈치를 살폈지만 그는 아주 편안히 식사에 임하는 듯 보였다. 그가 라면을 먹는 방식은 놀랍도록 우아했는데, 스파게티를 먹듯 면을 돌돌 말아 수저에 얹어 입에 넣고는 몇 번 씹지도 않고 꿀꺽 삼켜버렸다. 어슷썰린 대파를 예리한 젓가락질로 낚아챌 때면 팔뚝이 매번 절도 있게 구부러졌다. 나는 국물을 튀기며 후루룩 소리가 나도록 먹는 데서 작은 부끄러움을 느꼈다.

집주인은 내가 라면을 다 먹을 때까지 진득하게 기다려준 다음 쟁반을 받아 개수대에 집어넣었다. 그러고는 제자리에 앉아 담뱃갑을 내밀었다.

"피우겠소?"

나는 고개를 꾸벅해 보이곤 한 개비를 꺼내 입에 물었다. 집주인이 불을 붙여주었다. 그와 나는 다리를 꼬고 앉아 나란히 담배연기를 뿜었다. 정적과 연기가 동시에 흘렀다. 힐긋거린 그의 연기는 내 것과는 달라 보였는데, 흘러나오는 대로 흩어지지 않고 형상을 이루는 듯했다. 어떤 의미를 발견할 수 있을 것 같은 연기였고 이상한 광경이었지만 상황만큼은 아니었다. 나는 집주인의 손끝에서 피어오르는 하얗고 가느다란 곡선을 멀거니 바라보다 입을 열었다.

"왜 저를 쫓아내지 않으십니까? 저는 당신의 집에 마음대로 들어왔는데요."

시선이 닿는 허공 어디쯤을 잠시간 보던 집주인이 픽 웃으며 대답했다.

"당신이 가고 싶어하지 않기 때문이지."

그러자 이상한 기분이 들었는데, 정말로 그런가 하는 의문이 든 것이었다.

하지만 그건 지금의 상황보다도 더 이상한 말이었고 의심할 필요가 없을 정도로 그럴 리 없는 일이었다. 나로 말할 것 같으면 집주인이 돌아오기 전부터 몇 번이나 슬슬 나가야겠다는 생각을 하지 않았던가. 집주인은 친절했고 라면은 맛있었지만 내겐 해야만 하는 일이 있었다. 변의가 찾아오기 전으로 돌아가서 나는 다시 길 위에 올라야 했다. 어제의 기억을 더듬어야 했고 보다 절실히 찾아야 했다. 누구와 마지막까지 함께 있었는지, 무엇을 말하고 행했는지. 휴대폰과 지갑 외에 무엇을 더 잃어버렸는지를. 나는 전봇대 근처로 다시 가보리라 마음먹었다. 맨정신으로 보면 뭐라도 찾을 수 있겠지.

"어쨌거나 실례가 많았습니다. 이제 돌아가보겠습니다."

생각 끝에 인사를 건네자 집주인이 놀란 표정을 지어 보였다. 의외라는 듯한 태도여서 내가 다 의외였다. 나는 공손한 태도로 고개를 숙여 보였다. 본의 아니게 신세를 진 셈이었다.

일어나 자리를 뜨려는데 옷자락이 슬쩍 당겨지는 게 느껴졌다. 의아해하며 뒤로 돌자 집주인이 입술을 삐죽이며 나를 올려다보고 있었다.

"갈 거요?"

집주인이 눈을 끔뻑이며 내게 물었다. 눈꺼풀이 느릿하게 다물릴 때마다 짙은 속눈썹이 빗살을 내리그었다. 툭 치면 울 것처럼 그의 눈시울이 축축했다. 볕을 받은 둥근 호박 같은 눈동자는 그를 심약해 보이게 만들었다. 도드라진 광대뼈와 깊은 볼우물, 희끗희끗한 눈썹의 영향인지 그는 무척 처연해 보였다. 가지 마. 나랑 놀아줘. 그의 표정에 나는 마음이 흔들리는 것을 느꼈다.

시선을 내리깔자 집주인의 핏기 없는 손가락이 티셔츠 자락을 꼭 쥐고 있는 게 보였다.

"정말 갈 거요? 세 번은 안 잡겠소."

그건 내게 선택을 떠넘기는 것처럼 느껴졌다. 난처해진 나는 반사적으로 사위를 둘러보았다. 변기들과 침대, 아무것도 걸려 있지 않은 벽이 시야에 담겼다 흩어졌다. 집주인도 내 시선을 따라 주위를 훑었다. 어느 순간 눈물 막에 싸인 집주인의 눈동자가 둔탁하게 빛나는가 싶더니, 그가 회유하듯 말을 덧댔다.

"더 있을 거면, 내가 변기를 침실에 두게 된 까닭을 말해주겠소."

솔깃한 제안이 아닐 수 없었다.

빨갛고 까맣고 하얀 변기들이 색을 번뜩이자 잃어버린 것들을 되찾겠다던 결심이 빛바랜 그림처럼 흐려지기 시작했다. 어쩌면 그것은 내가 이 집을 떠나지 못하도록 발목을 붙잡은 요인 중 하나일지도 몰랐는데, 변기들을 발견한 순간부터 나는 그 이유를 알고 싶어 견딜 수 없었던 것이다. 전봇대가 도망을 가면 어디로 가겠느냐는 합리화를 이뤄낸 나는 엉거주춤했던 몸을 도로 변기 위에 내려놓았다. 집주인이 그럴 줄 알았다는 양 입술을 비틀어 웃었다. 다소 민망해진 나는 그의 미소를 못 본 척 물었다.

"이 변기에도 볼일을 봅니까?"

그 질문에는 왜 침실에 변기들을 두었는지, 그 용도는 무엇인지, 일반적인 용도로 이것들을 사용한다면 물은 어떻게 내리는지, 다른 목적으로 이용된다면 그게 대체 무엇인지에 관한 의문이 전부 포함되어 있었다.

"아니, 이 변기들은 변기로서의 변기가 아니오."

집주인이 고개를 가로저었다.

"그럼 조형물로서의 변기란 말씀입니까?"

나는 혹시나 하는 마음에 물었다. 언젠가 텔레비전에서 변기에 '샘'이라는 이름을 붙인 예술작품을 본 기억이 떠오른 탓이었다.

"그것도 아니오. 차라리 설정으로서의 변기라고 할 수 있지."

집주인이 의미심장한 표정을 지어 보였다.

하지만 나로서는 이해하기 어려운 말이었는데, 설정이라니? 무엇을 위한 설정이란 말인가? 어리둥절해하는 내 반응에 집주인은 눈동자를 위로 굴리며 힉 쪼개 웃어 보였는데 그럴 줄 알았다는 표정, 그는 그걸 기가 막히게 잘 지었다. 그럴 줄 알았다, 네가 모르는 걸 난 다 알고 있다…… 민망함에 머리꼭지를 긁적이자 집주인이 놀리는 투로 묻기 시작했다.

"그래, 당신은 화장실이 무엇이라고 생각하오?"

나는 반사적으로 대답했다.

"그야 용변을 보는 곳 아닙니까."

"그렇지. 그럼 화장실을 이루는 요소가 무엇이라고 생각하오?"

"그야…… 변기와 세면대, 거울 같은 거겠지요……"

"거울이 없는 화장실은 많소."

"그럼 변기와 세면대겠지요. 손은 씻어야 할 것 아닙니까?"

"세면대가 없는 화장실도 많소. 예를 들어주지요. 전에 갈치 백반을 먹으러 갔던 식당 화장실에는 세면대가 없었지. 손은 씻어야 할 것 아니냐고 볼멘소릴 했더니 주인이 물티슈를 줬던 기억이 있소. 그뿐만이 아뇨. 이 년 전 인도 여행 당시 카주라호의 사원에 간 적이 있었는데, 그 카마수트라가 조각된 곳 말이오, 그곳 화장실에도 세면대가 없었지. 결국 문 앞에서 루피를 주고 손 씻을 물을 사서 썼지만, 물을 팔던 청년을 세면대라고 부를 수는 없는 일 아니겠소?"

듣자 하니 맞는 얘기였다. 나는 그제야 그가 어떤 대답을 유도하는지 알 수 있었다.

"그렇다면 변기입니다. 변기가 있는 곳이 화장실입니다. 풀숲에서 볼일을 본다고 해서 그곳이 화장실이 될 수는 없으니 역시 변기의 유무에 따른 분류겠지요."

나는 내심 자신 있게 대답했다. 집주인이 고개를 깊숙이 끄덕여 보였다. 하지만 의문은 해소되지 않은 채였다.

"그게 설정과 무슨 연관이 있습니까?"

그가 재촉하지 말라는 듯 고개를 좌우로 흔들었다.

집주인은 잠시 뜸을 들이더니 비밀 이야기라도 하듯 내 쪽으로 몸을 기울이며 속삭였다.

"난 지금 변기의 마법 같은 힘에 대해 얘길 하고 있는 거요. 그것의 유무만으로 공간의 이름이 변해버리는 일 말이야. 이해가 가오? 그러니 설정이라는 거지."

하지만 나는 도무지 알 수 없었고 결코 알 수 있을 것 같지 않았는데, 내게 변기란 변기일 뿐이었던 것이다. 볼일을 보는 문명의 산물, 변의 없인 찾지 않을 오물 같은 사물. 내 표정이 집주인을 답답하게 만들었는지 그가 어쩔 수 없다는 듯 말을 이었다.

"예를 들어 생각해봅시다. 아까 당신이 처음 말한 화장실의 구성 요소, 그중에 변기가 빠진다면 어떻게 될 것 같소? 다 두고 변기만 뜯어낸다면 말이오. 그래도 거길 화장실이라 할 수 있겠소?"

얼른 떠오른 것은 금방 다녀왔던 이 집 화장실이었다. 나는 변기를 떼어내고 가운데 서서 사위를 둘러보았다. 푸른 타일이 격자로 도배된 벽과 바닥, 곰팡이가 드문드문 피어 있는 천장, 세면대와 얼룩진 거울…… 이곳을 화장실이라고 말할 수 있을까? 이랬는데도 내가 성지를 밟은 순례자처럼 기뻐 날뛸 수 있었을까? 그가 내 생각을 읽은 듯 자답했다.

"아니, 그곳은 더이상 화장실이 아니오. 세면실이나 휴게실이라면 모를까 화장실이라곤 할 수 없지. 공간의 정수가 빠져버렸기 때문이라오. 마법 같지 않소?"

집주인의 희열에 들뜬 표정을 보자 나는 다시금 이상한 기분이 들고 말았다. 그는 변기의 힘을 맹신하는 모양이었지만 나는 그에게서 넘쳐흐르는 환희의 일할도 이해할 수 없었다. 그게 그렇다손 쳐도 뭐 그리 대수란 말인지. 하지만 집주인은 꿈꾸는 사람처럼 벌써 읊조리기 시작했다.

"오래된 사과 속심 같은 날들이었소. 메말라 발에 차이는 시간들이었지. 그런 기분이 든 적 없소? 무언가 중요한 것을 놓치고 있는 느낌, 세계가 나를 빼놓고 멋대로 굴러가버리는 느낌 말이오. 더는 견디기 힘들었을 때 나는 그 무언가를 찾아 나서기로 마음먹었소. 나는 세계를 온전히 지배하기를 원했고, 그러려면 세계의 정수를 알아야만 했지. 그러던 중 변기의 힘을 알게 되었고, 나는 계시를 받은 듯했소. 변기가 있어야만 화장실이라는 것, 화장실에서 변기를 제외시키면 더이상 화장실이 아니게 된다는 것. 그건 화장실이 아닌 곳에 변기를 두었을 때 그곳이 화장실이 됨을 의미하는 것은 아니었소. 외려 화장실이라고도 화장실이 아니라고도 말할 수 없는 공간의 탄생을 의미했지. 거긴 아무 곳도 아닌 동시에 어떤 곳이었소. 이전까지와는 전혀 다른 초월적인 공간이었지. 마침내 그것을 깨달았기에 나는, 아주 처음부터 세계를 구상할 기회를 얻게 된 거요. 어떤 변기를 놓을지에 대한 선택권까지 포함해서 말이야. 그곳의 주인은 변기의 주인, 그렇게……"

집주인이 내 눈동자를 똑바로 들여다보며 말했다.

"내 변기가 우릴 만나게 해준 거요. 운명적으로."

나는 그의 시선이 부담스러운 나머지 목을 움츠리며 웅얼거렸다.

"당신과 내가 만난 건 우연에 불과합니다. 전 똥이 마려웠을 뿐이라니까요."

"아니, 이 세계에 우연이란 없소. 모든 게 긴밀히 연결되어 있지. 모든 정수들이 그렇듯 변기 또한 인력을 갖고 있고, 당신은 거기에 끌린 게 틀림없소. 어느 집엔 욕정에 몸이 단 과부가 있었을지도 모르오. 황금 송아지가 있는 집도 있었을 테지. 그런데도 당신이 여기 앉아 있는 걸 보시오. 이래도 운명이 아니라고 생각하오?"

집주인은 동의를 구하는 듯했지만 나는 어떻게 생각해도 석연치 못해 쉬이 맞장구칠 수 없었다. 그저 화장실을 찾아 들어온 내게 운명이란 말은 너무 무거웠던 것이다. 하지만 집주인은 내 생각 따위야 아무래도 좋다는 듯 느긋하게 말을 이었다.

"부담 가질 필요는 없소. 나도 당신 같은 사람을 꿈꿔왔으니 말이오. 똥 마려운 개처럼 끙끙대며 기어드는, 이를테면 진정으로 쏟아내고 싶은 사람 말이지. 당신은 내 씨앗이오. 변기 위에 앉았으니 이제 시원하게 싸갈길 일만 남았지. 당신은 그러기 위해 태어난 거나 다름없소."

말을 마친 집주인이 나를 향해 사람 좋게 웃어 보였다. 더 큰 냄비를 꺼낼 때 보였던 것과 같은 종류의 미소였다. 하지만 나는 어쩐지 초조해지기 시작했는데, 그의 맹목으로 그와의 관계가 재정립되어감을 느낀 탓이었다.

물론 그건 내가 생각한 적도, 바란 적도 없는 진행 방향이었다. 집주인을 실망시킬 수밖에 없다는 것이 나를 불편하게 했지만, 그건 결국 시간문제에 불과했다. 나는 그가 원하는 사람이 되어줄 수 없었는데, 뱃속에 싸갈길 만한 것이 남아 있지 않았을뿐더러, 무엇보다 나는 변기에 앉기 위해 태어난 사람이 아니기 때문이었다. 하지만 동시에 의문이 들었는데, 그렇다면 나는 대체 어떤 사람이란 말인지? 그 순간 나는 내가 잃어버린 것이 어제의 기억만이 아니란 것을 깨달았다. 내 이름, 이름뿐 아니라 나이와 주소, 어느 것 하나 분명하게 말할 수 있는 것이 없었다.

심장이 불안하게 뛰기 시작하자, 나는 전봇대 근처 어디쯤에서 뒹굴고 있을 내 지갑에 대해 생각하려 애썼다. 거기 들어 있을 어떤 종류의 등록증, 그게 나를 증명해주리라 여긴 까닭이었다. 하지만 안간힘을 써보아도 지갑의 크기부터 재질, 무엇 하나 선명해지는 것이 없었다. 거기 신분증이 들어 있긴 했던가? 돈은 얼마나 들었던가? 휴대폰의 기종은, 색깔은? 내가 애초에 그것들을 가지고 있긴 했던가?

"글쎄, 무슨 말인지 잘 모르겠습니다. 그러니까 제가 왜 씨앗인지……"

나는 건성으로 고백하며 손거스러미를 만지작거렸다. 마음은 벌써 509호를 떠나 전봇대를 향해 내달리고 있었다. 잃어버린 게 나라는 사실이 나를 전전긍긍하게 했던 것이다. 지금이라도 당장 그곳으로 가야 한다는 생각뿐이었다.

말이 끝나기가 무섭게 집주인이 담배를 괴팍하게 비벼 끄는 게 보였다. 그는 짜증스럽다는 듯 두 손바닥을 탁탁 쳐 손에 묻은 재를 털었다. 힐긋 돌아본 집주인의 얼굴에는 웃음기가 완전히 사라지고 없었다. 시간문제라고 생각했던 것이 무색할 정도로 실망한 표정이 곧장 그 자리에 들어앉아 있었다. 아무려나, 나는 신경쓰고 싶지 않았다. 나는 입술 양끝에 말라붙은 침을 손가락으로 떼어내어 버렸다. 대화를 마무리지을 심산이었다.

나는 집주인이 다리를 바꿔 꼬는 틈을 타 말을 붙였다.

"그래서 변기를 모으게 된 거군요."

"모은다고?"

"여기 있는 변기들 말입니다."

"아니, 이것은 단순한 수집이 아니오. 당신에게 아주 약간의 심미안만 있었더라도 알았을 거라고 생각하지만 말이지. 이 변기들에 컬렉션으로서의 어떤 가치는 없소. 얼마든지 가게에서 살 수 있는 물건들이지."

그 순간 집주인의 얼굴에 노골적으로 무시하는 표정이 스쳐지났다. 그것조차 모르겠다는 거냐? 이런 얼간이 같으니.

그걸 본 나는 조금 당황스러웠는데, 실망은 예상한 데 반해 무시는 생각지도 못했던 까닭이었다. 집주인이 나를 우습게 본다고 생각하니 이상스러울 만큼 속이 타들어갔다. 입안이 껄끄러워 마른침을 연거푸 삼켜야 했다. 할말만 하고 일어서면 돼. 나는 머릿속으로 몇 번이고 되뇌었다. 할말이야 분명했다. 그래요, 안녕히 계세요. 그것이면 충분했다. 하지만, 하지만 어떻게 그가 감히 나를 무시할 수 있단 말인가!

나는 무언가를 증명하려는 듯 초조하게 말을 늘어놓기 시작했는데, 스스로 생각해도 다급하기 짝이 없었다.

"실은 당신이 들어오기 전에 조금 관찰을 해봤습니다만, 이 세 개의 변기 말입니다. 제조회사도 다르고 사용한 기간도 모두 다른 것 같던데요."

집주인이 나를 돌아보고 픽 웃더니 대수롭지 않다는 듯 대꾸했다.

"옳게 봤소. 그러나 보이는 것만 보는 사람을 예리하다 할 수는 없겠지."

결국 기분이 상한 나는 입을 꾹 다물었다. 병신만 피하자고 돌린 룰렛에서 병신에 당첨된 기분이었다. 그는 나를 한없이 낮잡아 보기 시작한 게 틀림없었다. 무시란 성애의 과정과 같아서 한번 시작되면 돌이킬 수 없는 종류의 것이었다. 전진은 있어도 후진은 없는 게 그것이었다. 어렴풋하게 남아 있던 고마운 마음이 순식간에 휘발되었다. 불쾌감만이 남아 끈끈이처럼 찐득거렸다.

자리를 뜰 셈으로 엉덩이를 두어 차례 들썩이자 집주인이 얼른 내 눈치를 살폈다.

"이제 당신 얘기를 해봅시다. 왜 하필이면 이 집에 들어오게 된 거요? 정말 화장실이 급했을 뿐이라면 더 낮은 층이 낫지 않았소? 여긴 오층인데 말이오."

어르는 투로 집주인이 내게 물었다. 그의 목소리에서 어떤 기대감이 느껴졌다. 알 수 없는 인력에 대해 말하길 바라는 거겠지. 그러나 그의 비위를 맞춰줄 생각은 추호도 없었다. 나는 그의 집에 발을 들이게 된 과정을 무뚝뚝하게 설명했다. 술에 취해 필름이 끊겼고 눈을 떠보니 낯선 동네였으며, 똥이 마려워 화장실을 찾아 헤매던 끝에 이곳까지 흘러들어온 전모를. 그러고는 덧붙였다.

"그게 제 자존심입니다. 아무데서나 똥을 누지 않는 것이요."

"그러니까 그것이 당신의……"

"의지이자 긍지입니다. 들킬 만한 곳에서라면 절대로 엉덩이를 까지 않지요."

그렇게 생각하지 않았던 것은 아니었지만 정말로 그렇게 말해놓고 나니 기분이 조금 나아졌다. 그가 나를 인정할지도 모르겠단 생각이 든 것이었다. 변기와 화장실에 이상하리만치 집착하는 집주인의 태도로 보았을 때, 그것들을 찾아 이 집에 들어오게 된 내 삶의 기준은 높이 평가되기에 부족함이 없어 보였다. 특별할 것도 없는 기대였기 때문에 나는 다소 우쭐하며 그를 돌아보았다. 하지만 집주인은 뜨악한 표정을 짓고 있었다.

"당신은 정말 재미없는 사람이로군!"

그렇게 외치는 그의 목소리는 지독한 비의로 가득차 있었다.

세상 모든 비극의 책임이 내게 있다는 양, 범죄가 횡행하고 전쟁이 발발하고 오존층이 파괴되는 등의 모든 좋지 못한 일들의 원인이 내가 재미없어서라는 듯, 집주인은 내처 절망스럽게 탄식했다. 나는 언짢았지만 그의 도발에 넘어갔다는 걸 인정하고 싶지 않았다. 그러나 평정한 척 꾸며대려 해도 끓어오르는 목소리까지 감출 수는 없었다.

"내가 왜 재미없단 말입니까?"

내가 따지고 들자 집주인이 울화통이 터진다는 듯 쏘아붙였다.

"당신은 마치 똥을 누기 위해 태어난 기계처럼 굴고 있지 않소! 은유도 모르는 멍청이 같으니라고. 당신의 자존심과 의지와 긍지가 겨우 그것이란 말이오? 오, 내가 이런 녀석을 기다려왔다니!"

"아닙니다. 나는, 나는……!"

나는 훅훅 대며 숨을 골랐다. 말도 못하게 화가 났다. 단지 화장실을 사용했을 뿐인데 이런 취급은 지나쳤다. 똥 누는 기계라는 말은 언짢고 말 수준이 아니지 않은가. 그는 이제 나를 모욕하고 있었다.

나는 씨근거리며 내뱉었다.

"적어도 나, 나는 당신보단 낫습니다. 당신은 늙었고, 추…… 추레해요. 결혼도 못한 것 같고, 했더라도 필시 이혼이라도 당했을 테지요. 평일 대낮에 집에 있는 걸 보니 백수임이 빤할 거고, 취미랍시고 있는 게 겨우 변기 수집이지 않습니까?"

더 비열한 말을 찾아내기 위해 머릿속을 재차 뒤졌지만 그것만으로도 그의 얼굴은 붉으락푸르락 색을 달리했다.

"이해를 못하는군. 취미를 위한 변기 수집이 아니라고 하지 않았소?"

집주인이 굳은 표정으로 씹어뱉었으나 나는 대꾸할 생각이 없었다. 잠시 얼음 같은 침묵이 흘렀다.

한낮의 태양이 무기력한 흰빛을 내뿜고 있었다. 손에 잡힐 것 같은 한기가 집안을 감돌았다. 앉은 자리가 점점 차갑게 느껴지기 시작했다. 나는 소름이 돋은 팔뚝을 거칠게 문질렀다. 부패된 어묵 위에 생긴 끈끈한 막처럼 식은땀이 말라붙어 있었다. 나는 변기에서 몸을 일으켰다.

"이제 가보겠습니다. 더 있을 이유를 모르겠군요."

집주인은 당황한 기색을 감추지 못하고 나를 올려다보았다. 덜덜 떨리는 손으로 담배를 꺼내 물더니 내게도 한 대 내밀었다. 내가 받아들지 않자 그가 기죽은 듯 우물거렸다.

"앉으시오. 당신은 아직 이야기를 끝까지 듣지도 않았잖소."

"더는 듣고 싶지 않습니다. 당신은 날 모욕했어요. 그건 견딜 수 없는 일이란 말입니다."

"미안하오…… 사과하겠소. 난 사실…… 당신이 굉장히 용감한 사람이라고 생각하오. 정말이오……"

집주인이 또다시 울 것 같은 표정을 지어 보였다. 나는 그의 커다랗고 길쭉한 눈이 가증스럽게 끔뻑이는 것을 싸늘하게 쳐다보았다.

"제발 앉으시오. 나는 당신을 더 알고 싶소. 당신 얘길 듣고 싶단 말이오. 당신은 흥미로운 사람이야. 무엇보다 타인의 공간에 들어와 욕망을 싸지르는 그런 부분에서 말이지. 아주 용감하단 말이오."

"내가 용감하다고요?"

"그렇소. 당신은 다른 사람들과 다르오. 당신은 내게 인물이란 말이오."

"인물…… 말입니까."

나는 한숨을 내쉬고는 되물었다.

나로선 집주인의 태도가 보통 이해되지 않는 게 아니었다. 그는 나를 무시하고 저평가하고 도발하는가 하면 나를 치켜세우고 인정하는 것처럼 보이기도 했다. 어쩌면 그는 그저 표현이 서툰 사람일지도 몰랐다. 그렇지 않고서야 조금 전의 태도는 무언가 바라는 게 있는 사람의 것이라고는 할 수 없었다. 대관절 그의 친절까지 없던 셈 쳐야 하는 걸까? 그가 끓여주었던 라면의 맛이 혀끝에서 맴돌자, 나는 짐짓 어쩔 수 없다는 듯 고개를 내저으며 그의 곁으로 다가섰다. 그러나 까만 변기 위에 엉덩이를 내려놓으려는 순간, 집주인이 나를 저지했다. 그는 아메리칸 스탠다드를 손가락질하며 다급하게 소리쳤다.

"아니, 당신 자리는 저기요. 인물이 설정 위에 앉아 있어야만 사건이 일어난단 말이오."

더이상은 참아주기 어려웠다. 나는 화닥닥 뒤로 물러섰다. 그가 나를 인물이라 칭했던 것은 대단한 사람이라는 뜻에서가 아니었단 말인가?

"대체 나랑 뭘 하자는 겁니까? 인물, 설정, 사건 그게 다 뭐냔 말이에요!"

집주인이 음울한 눈빛으로 나를 응시하기 시작했다. 드리운 속눈썹의 그늘이 불길해 보였다.

내가 눈길을 피하지 않자 집주인이 가라앉은 목소리로 입을 열었다.

"변기 소설가로 유명했던 작가를 아시오?"

나는 고개를 저었다.

"『황홀한 정신력』이라는 소설을 읽어본 일이 있소?『처녀의 수태』는?"

나는 다시 한번 고개를 저었다.

"내가 그 소설들을 쓴 작가요. 내 이름은…… 아니, 관두도록 하지. 나는 변기를 소재로 소설을 썼고, 당시 꽤 커다란 풍파를 일으켰소. 내 소설들은 전부 실제로 일어난 사건을 다룬 거였는데, 그때 쓴 변기들이 이것들이지……"

집주인은 자신이 앉은 빨간색 변기와 내가 앉으려 했던 까만색 변기를 가리키며 말했다.

"난 픽션을 쓸 줄 모르는 사람이었소. 내가 소설가가 된 것 자체가 기적이었지. 첫번째 작품인『황홀한 정신력』은 처음으로 제자와 화장실에서 관계 맺은 일을 쓴 것이었소. 공원의 공중변소였는데, 이 변기 위에서였지. 굉장한 상황이었고 한동안 그 일에서 벗어날 수 없었소. 거의 사랑이었다고 해도 무방할 거요…… 이건 나중에 그곳이 철거될 때 얼마간 돈을 주고 매입한 건데, 생각해보면 이게 설정이었지. 우리가 이 위에 앉자 사건이 일어났고, 그것이 감각을 일깨웠소. 맞물린 톱니바퀴를 기점으로 여타의 작용들이 완전함을 향해 움직이기 시작한 거요. 내겐 마치 기적 같았소……"

그때의 감정이 떠올랐는지 그는 말을 멈추고 잠시 생각에 잠겼다.

"그 사건으로부터 얼마 지나지 않아 나는 그 경험을 글로 적었소. 처음엔 기록이 목적이었으나 완성하고 나니 한 권의 책이 되어 있었지. 내 첫 세계였소…… 하지만 책이 출판되고 얼마나 지났을까. 나는 본의 아니게 소설가가 된 일을 후회하고 있었소. 다음 책을 원하는 이들의 기대에 부응할 수 없었던 게지. 도무지 써낼 만한 이야기가 떠오르지 않았을뿐더러 기껏 상상을 시작한대도 그걸 끝마치기 어려웠던 거요. 첫 소설이 성공적이었던 까닭을 알고 있었기에 더욱 헤맬 수밖에 없었지. 그 이야기가 내 것이기 때문이었소. 완전히 내 지배 아래 있는 세계였기에 장악할 수 있었던 거야. 그러니 내가 어떻게 해야겠소. 다음 세계를 찾아 나설 수밖에. 하지만 발품을 팔고 시간을 들여도 좀처럼 나타나질 않더군. 그렇게 절망에 빠져 있을 때, 후배 하나에게 전화가 걸려왔소…… 후배는 시답잖은 말로 안부를 묻더니, 별일이 다 있다며 본론으로 넘어갔소. 자신이 운영하는 호프집 화장실에 누가 애를 낳아놓고 도망을 쳤다는 거였지. 경찰에 신고를 하려다 일이 복잡해질 것 같아 내게 먼저 자문을 구하고자 전화를 걸었다고 했소. 그다지 왕래가 많던 사이도 아니었는데, 왜 나를 떠올렸는지 모르겠더군. 아마 내가 변기 소설가로 불린다는 걸 알았던 거겠지."

그가 옆에 놓인 까만색 변기를 물끄러미 건너다보다 말을 이었다.

"나는 당장에 택시를 잡아타고 호프집으로 달려갔소. 도착해 들여다본 변기 안에는 탯줄도 잘리지 않은 핏덩이가 익사해 있었지. 하지만…… 내가 무얼 할 수 있었겠소. 경찰을 부르고 뒷수습을 돕는 수밖에. 아기 엄마가 여고생이었기 때문에 후배는 호프집 문을 닫아야만 했소. 그는 여자애를 원망했지만 나로선 감사할 따름이었지. 그에게 변기를 얻어낸 이튿날, 나는 여자애를 수소문해 찾아냈소. 초범에 미성년자였기 때문에 여자애는 집에 있었지. 나는 용돈을 얼마간 쥐여주고는 여자애를 여기로 이끌었고…… 다시 한번 변기에 앉혀 이야기를 하게 했지. 그게 바로 『처녀의 수태』가 되었소."

"그래서요?"

나는 어느새 이야기에 빠져들어 흰 변기 위에 걸터앉아 있었다.

"세번째 책을 내자는 연락을 받았을 때 자신이 좀 붙은 상태였소. 세계를 장악하는 법을 깨달았다고 생각한 거였지. 변기의 비밀을 알게 된 것도 꼭 그쯤이었으니, 이전보다 더 단단하고 완벽한 세계를 만들어보리란 포부를 가질 만도 했소. 나는 당장에 가게로 달려가 새 변기를 사들였는데, 그게 당신이 앉아 있는 아메리칸 스탠다드요…… 하지만 우습게도 한 문장도 써 내려갈 수 없었고, 그건 도무지 이해가 가지 않는 상황이었소. 완벽한 설정을 가졌는데 어째서 쓸 수가 없는 걸까! 나는 머리를 싸매고 고민하기 시작했소. 그러던 중 깨달은 것이, 설정만으로는 안 되었던 거야. 빨간 변기 위에서 나와 제자가 관계했듯, 여고생이 까만 변기에 애를 낳았듯, 누군가 거기 앉아야만 했던 거요. 그날부터 나는 아메리칸 스탠다드 위에 앉아 살다시피 했소. 먹고 자고 도무지 그곳에서 엉덩이를 뗄 줄 몰랐지. 다시금 주인공이 되어도 좋으리란 생각이었지만, 여러 날을 앉아 있어도 감감무소식이더군. 그도 그럴 게, 나는 벌써 끝나버린 이야기였던 거야. 완결되어버린 변기였던 게지. 나는 결국 인물을 찾아 전국 각지를 쏘다니기 시작했소. 처음 트렁크에 변기를 싣고 운전대를 잡았을 때부터 내 바람은 유일무이했지. 누구라도, 아무라도 좋으니 이 변기 위에 앉아주기를! 그러나…… 허사였소. 계절이 두 차례 돌도록 돌아다녔지만 누구도 앉아주질 않았지. 그렇게 만신창이가 되어 귀가한 나는 지칠 대로 지친 나머지, 타협 아닌 타협을 하게 되었소. 아메리칸 스탠다드를 집안에 두기로 마음먹은 거였지. 우연을 가장한 운명이 찾아온다면 그곳이 어디라도 가능하지 않을까, 그런 기대에서였지만…… 상식적으로 불가능하다는 것 역시 잘 알고 있었소. 실은 포기한 셈이나 다름없었고, 나는 이만 소설가라는 직분을 내려놓기로 마음을 굳혔지. 그런데…… 그랬는데 당신이 찾아온 거요."

"그래서 저더러 인물이라고 한 겁니까?"

"그렇소. 게다가 당신은 처음부터 아메리칸 스탠다드 위에 앉아 있지 않았소? 그걸 본 순간 나는 느꼈지. 아, 저 청년은 내 소설이 되기 위해 찾아왔구나."

"아니에요. 저는 단지 화장실이 급했던 것뿐입니다. 난 당신의 인물이 될 수 없어요. 나는…… 내가 누군지도 잘 모른단 말입니다."

내 말을 들은 집주인이 침통한 표정으로 눈을 내리깔았다.

잠시 어둡고 깊은 정적이 흘렀다. 집주인은 시커멓게 죽은 눈빛으로 카펫을 응시하고 있었다. 문득 안쓰러운 마음이 든 나는 머뭇거리다 물었다.

"그럼 이제 이 변기는 어떻게 되는 겁니까? 인물이 없으면 설정은 쓸모없는 것이 됩니까?"

그 순간 집주인이 고개를 번쩍 치켜들고 대답했다.

"아니, 당신은 빠질 수 없어. 내가 원하지 않기 때문이지."

말끝에 나를 향해 부라리는 그의 눈동자가 어시장의 해체된 참치 눈알처럼 생기 없이 번뜩였다. 어디선가 비린내가 풍기는 듯해 괜스레 속이 울렁거렸다. 그의 표정은 동의를 허락지 않는 독재자의 것이 틀림없었다. 가라앉았던 숙취가 도로 치밀어 머리통이 지끈거렸다.

한동안 나를 노려보던 집주인의 눈빛이 점차 부드러워졌다. 그가 어린애 달래듯 내게 속살거리기 시작했다.

"우리 이렇게 합시다. 내가 당신을 멋지게 만들어주겠소. 당신도 당신을 갖길 원하지 않소? 모르는 당신 말이오. 인물을 빚어내는 건 내 의지이지만 원한다면 당신에 기반을 둘 터요. 부디 사양하지는 말아요. 당신은 이미 소설 안에 들어와 있으니. 여기 들어온 이상 당신은 내 사람이나 진배없소. 그러니 허심탄회하게 얘기해보시오. 당신은 어떤 사람이오? 당신이 잘하는 것은 뭐요? 나는 당신이 궁금하오."

"인물의 의지는요? 나의 의지는 어떻게 되는 겁니까?"

"당신의 의지는 아무데서나 엉덩이를 까지 않는 것에만 있는 게 아니었소?"

나는 말문이 막혀 입을 다물었다.

하지만 곰곰이 생각을 해보니 아주 일리 없는 얘긴 아닌 듯했는데, 내가 이곳을 나가 결국 하려던 것이 나를 찾는 일 아니었던가.

집주인이 자꾸만 채근하자 나는 못 이긴 척 손바닥으로 얼굴을 감쌌다. 말없이 생각에 잠겨 머릿속을 헤집기 시작했다. 내가 어떤 사람인지, 내가 잘하는 게 뭔지. 나는 나를 떠올리려 무진 애를 썼다. 그러나 정말이지 아무것도 떠오르지 않았다. 텅 빈 백지 더미를 뒤적이는 꼴이었다.

"저는…… 잘하는 게 없는 것 같습니다."

"중간이라도, 중간이라도 좋소. 도대체 견딜 수가 없군. 뭐라도 말해보란 말이오. 취미가 뭐요? 별명 같은 것은 없소?"

집주인이 펄펄 뛰며 나를 닦달했다. 뭐라도 말하지 않으면 이곳을 떠날 수 없을 것 같은 위기감마저 들었다. 나는 신음을 흘리며 물리적으로나마 머리통을 꾹꾹 눌러 짜냈다. 손가락을 머리카락 사이에 박아넣고 쥐어뜯다시피 했다. 그러다보니 어렴풋이 잡히는 게 없지 않아 있었다. 나는 주저주저 입을 열었다.

"저는…… 저는 침을 잘 뱉습니다."

집주인이 금세 흥미롭다는 표정을 지어 보였다.

"계속 말해보시오."

나는 약간 안심이 되어 천천히 말을 이었다.

"침이나 가래 따위를 뱉어 맞히는 일을 잘합니다. 독보적인 수준이었지요."

그가 고개를 끄덕여 보이자 용기를 얻은 나는 좀더 큰 소리로 설명을 늘어놓았다.

"제가 고등학생 때 유행하던 놀이가 있었는데, 지나가는 사람 머리 위로 침을 뱉어 명중시키는 일이었습니다. 저는 왕중왕이었죠. 친구건 선배건 가리지 않고 백발백중 정수리에 가래침을 꽂아주었으니까요. 학창 시절 제 별명은 '머리 위를 조심해'였습니다. 최고 기록은 사층에서였는데, 교감 선생의 가발을 벗게 만들어 전설이 되었죠."

침 뱉어 맞히기는 겉보기엔 우스워 보일지 몰라도 침의 농도, 입술의 각도, 목표물의 동선과 바람의 방향을 감안해야만 성공시킬 수 있는 고차원적인 놀이였다. 그리고 그것은 내가 가장 잘하는 일이기도 했다. 그래, 나는 '머리 위를 조심해'였다. 어떻게 이걸 잊고 있었던 것일까? 나는 너무나 들뜬 나머지 흐흐 소리내어 웃어버렸다. 다른 잃어버린 것들을 영영 되찾지 못한대도 괜찮을 것 같은 기분마저 들었다. 그 종목이 올림픽에 있었다면 못해도 동메달쯤은…… 어디선가 애국가가 울려퍼지는 듯해 가슴이 벅차올랐다. 나도 모르게 왼쪽 가슴에 오른손을 얹으려는 찰나, 집주인이 산통을 깨고 툴툴거렸다.

"겨우 그것뿐이오? 나는 좀더 특별한 걸 원했는데 말이오. 자네는 나와 참 비슷한 듯 다르군. 배설물과 분비물의 차이만큼 말이야."

들떴던 기분이 급속도로 가라앉았다. 나는 차갑게 대꾸했다.

"저는 당신과 비슷하지 않습니다."

"설마. 부정하려 하지 마시오. 촌스러운 짓은 그만하란 말이오. 인물은 작가를 닮을 수밖에 없다는 걸 아직도 모르겠소? 자네가 날 닮지 않았다는 걸 증명하려면 내 위로 올라가 정수리에 침을 뱉어야 할 거야. 그러지 않으면 내가 싼 똥을 밟겠지."

말을 마친 집주인이 제풀에 낄낄거렸다. 그러더니 이내 박장대소하기 시작했다. 재채기가 다음 재채기를 이끌어내는 것처럼 그는 발작적으로 자지러졌다. 숨이 넘어갈 듯 낄낄대는 웃음소리가 칠판 긁는 소음에 다를 바 없었다. 나는 신경이 날카로워지는 것을 느꼈다.

"'머리 위를 조심해'라고? 웃기지도 않는군. 그럼 난 '발밑을 조심해'쯤 되려나? 이봐, 발밑을 조심하라고!"

집주인은 머리를 가누지 못할 정도로 한참 동안 웃어젖히다 제가 앉은 변기의 레버를 버저처럼 눌러대기 시작했다. 달칵거리는 소리가 온 방안에 메아리쳤다. 그는 수도가 연결되어 있지 않아 물이 내려갈 리 없는데도 쓸데없는 짓을 몇 번이나 하더니 갑자기 자세를 바로잡고 옷매무새를 단정히 했다. 도무지 알 수 없는 사람이라는 생각이 들었다. 나는 점점 더 그가 싫어졌다. 하지만 무엇보다도 아랫배가 다시 아파와서, 나는 허리를 웅크리고 집주인에게 물었다.

"저…… 화장실에 다녀와도 되겠습니까?"

대답은 들려오지 않았다. 집주인은 눈이 풀린 채로 정면 어디쯤을 바라보고 있었다. 더이상 내게 관심조차 없는 듯했다. 그 와중에도 뱃속은 점점 심란해졌고, 나는 좀이 쑤셔 다시 말을 붙였다.

"저어, 화장실. 화장실을……"

그제야 집주인이 성난 목소리로 쏘아붙였다.

"여기가 화장실인데 또 어딜 간단 말이오?"

나는 당혹스러운 나머지 따져 물었다.

"여긴 침실 아닙니까?"

"하지만 여기에 변기가 있지 않소? 아까 당신 입으로 변기가 있는 곳이 화장실이라고 하지 않았소. 그러니 이곳이 화장실이 아니고 또 어디란 말이오?"

그러나 이곳은 침실이었다. 침실에서 볼일을 볼 수는 없는 노릇이었다. 그건 내 의지에 반하는 일이었다.

"그러니까…… 무슨 뜻인지 알겠습니다. 그럼 제 말을 정정하겠습니다. 작동되는 변기가 있는 곳이 화장실입니다."

집주인은 가타부타 말도 없이 고개를 홱 돌려버렸다. 콧방귀를 끼고는 미간을 찌푸린 채 맞은편 벽만 쏘아보았다. 난처해하는 사이 뱃속에서는 정어리떼가 군무를 추기 시작했다. 이 단계 경보가 머릿속에 요란했다. 이래서야 바지에 쌀 것만 같아서, 나는 별수없이 주춤주춤 몸을 일으켰다. 그 순간 집주인이 거칠게 으르렁거렸다.

"일어날 수 있으면 일어나보시지."

돌변한 그의 목소리에 나는 얼어붙고 말았다.

"네 이름을 만들어주지. 넌 김병철이다. 스물여덟 살이고, 백수지. 아주 치사하고 더러운 인간인데다 여자한테 인기는 하나도 없는 놈이야. 너는 변기를 상대로 성욕을 느낀다. 그러니 이 백마에 올라타 마스터베이션을 하는 거야."

"그건 제가 아닙니다."

"그게 너건 아니건 중요하지 않아. 이 안에 들어온 이상 너는 뭐라도 해야 해. 뭐라도 해야만 한단 말이야. 그래, 여기다 똥을 누는 거다. 변기가 있는 곳이 화장실이라면 이곳엔 세 개나 있지 않나? 여기에 똥을 눠! 똥을 눠!"

갑자기 집주인이 벌떡 일어나 내게 달려들었다. 내 허리춤을 붙들고 벨트를 풀어 헤치기 시작했다. 그의 손목을 그러쥐고 저항했지만 막무가내였다. 차가운 손가락이 맨살에 닿을 때마다 소름이 끼쳐 오싹거렸다.

"아, 하지 마세요. 왜 이래요. 정말."

나의 만류에도 불구하고 집주인의 손놀림엔 거침이 없었다. 쇠단추가 풀리고 지퍼가 반쯤 내려갔다. 그를 저지하며 뒤로 물러서던 나는 매트리스에 오금을 부딪쳐 침대 위로 넘어지고 말았다. 널브러진 내 몸 위로 그가 올라타자 삽시간에 더러운 분위기가 연출되었다. 속옷이 반쯤 벗겨지려 할 때 나는 외마디 욕설을 내지르며 그를 와락 밀쳐냈다.

"젠장!"

균형을 잃은 집주인의 몸이 뒤로 휘청 기울어졌다. 어어, 그가 팔을 허우적거리며 시야에서 사라졌다. 한숨 놓으려는 찰나, 꽝, 무언가 딱딱한 것들끼리 세게 부닥치는 소리가 들렸고, 뒤이어 긴 비명이 귀청을 찔렀다. 깜짝 놀라 침대에서 몸을 일으키자 집주인이 카펫 위를 고통스럽게 나뒹굴고 있었다.

"피!"

그가 뒤통수를 거칠게 더듬고는 소리쳤다. 아닌 게 아니라 아메리칸 스탠다드의 둥근 몸체 부분에 혈흔이 인장처럼 찍힌 게 보였다.

"이 모자란 자식아. 네가 지금 무슨 짓을 했는지 알기나 해?"

집주인이 소리내어 이를 득득 갈더니 나를 향해 눈을 홉뜨고 꽥꽥대기 시작했다.

"넌 이제 아무도 될 수 없어. 어디에도 머물 수 없을 거라고! 제가 누군지도 모르는 놈 주제에, '머리 위를 조심해'라고? 넌 이제 누구의 정수리에도 침을 뱉을 수 없을 거다. 누구도 조심시킬 수 없을 거라고!"

피를 봐서인지 집주인은 눈이 회까닥 뒤집힌 듯했다. 나는 쭈뼛거리면서도 집주인을 일으켜세우려 다가섰지만, 그는 내 손을 거세게 뿌리치고는 증오 어린 눈으로 나를 훑었다.

"진작 시키는 대로 했어야지, 이 멍청아. 넌 기회를 놓쳤어. 난 이제 경찰을 부를 거다. 넌 살인미수야."

제 꼭뒤를 부여잡은 그가 악독한 표정으로 씹어뱉었다.

나는 대번에 눈앞이 캄캄해지는 것을 느꼈다. 수갑이 채워져 경찰에 연행되는 내 모습이 머릿속을 스쳤다. 전봇대 밑을 한번 찾아보지도 못하고, 나 자신이 누군지도 모른 채…… 하지만 내가 대체 무슨 짓을 했다는 건지! 나는 아무것도 한 게 없었다. 나는 정말 아무것도 하지 않은 채였다. 그 순간, 엘리베이터 앞에서 배변을 종용했던 음흉한 목소리가 다시금 속살거리기 시작했다. 그래, 널 얽매는 모든 것을 범해버려. 넌 아직 아무도 아니거든. 그렇게 세상을 다 가지는 거야……

"입다물어!"

나는 목소리를 쫓기 위해 머리카락을 힘껏 털었다.

"아니, 난 '머리 위를 조심해'야."

중얼거리며 나는 성큼성큼 걸음을 옮겼다.

문간을 지나자마자 대파를 썰었던 식칼이 도마 위에 놓인 게 보였다. 오른손을 뻗어 쥐니 손잡이가 맞춤하게 손에 감겼다. 나는 침실로 돌아가 파냄새가 물씬 풍기는 식칼을 집주인에게 겨누었다. 그가 어처구니가 없다는 듯 나를 치보았다.

"어쨌든 이제 당신 또한 누군가의 발밑을 조심시킬 수 없게 되겠죠."

나는 그를 향해 느물거렸다.

그제야 상황을 파악한 집주인이 신음을 흘리며 엉덩이로 기기 시작
했다. 베란다 쪽으로 가려는 것 같았지만 머리를 다쳐서인지 제자리
에서 바르작거리는 거나 다름없었다. 나는 집주인의 속도에 맞춰 놀
려먹듯 그에게 다가섰다. 전혀 예상치 못했다는 듯한 그의 표정이 나
를 흥분시켰다.

집주인은 얼마 기지 못하고 바닥에 널브러졌다. 그의 몸집은 처음
에 비해 한층 오그라든 듯 보였다. 나는 그의 위편에 서서 겁에 질린
그의 눈동자를 빤히 내려다보았다.

"무, 무슨 짓을……"

"글쎄, 당신 말대로 뭐라도 할까 해서요."

그렇게 말한 나는 집주인의 가슴을 푹, 푹, 푹 칼로 쑤셔 비틀었다.
칼이 뽑힌 자리가 천천히 벌어지고 피가 솟았다. 작고 빨간 분수쇼를
보는 것만 같았다.

"넌 내게 이럴 수 없어. 김병철은 살인을 할 수 있는 놈이 아니
야……"

가슴에 바람구멍이 났는데도 집주인은 계속 주절거렸다.

"나는 그 사람이 아닙니다."

나는 그의 앞에 무릎을 꿇고 앉아 대꾸하곤 목을 땄다.

샘처럼 솟아난 집주인의 피가 녹색 아라베스크 문양의 카펫을 검게
물들였다. 칼을 떨어뜨린 나는 마치 첫 목적이 그것이었던 것처럼 집
주인의 바지 주머니에 손을 집어넣었다. 현금을 챙기며 그의 신분증
을 훑었지만 역시나 들어본 적 없는 이름이었다. 몸을 일으켜 내려다
본 그는 변기 셋을 감싸안듯 구부려져 죽어 있었다.

"머리 위를 조심하랬잖아."

나는 나도 모르게 힉 쪼개 웃었다. 가래침을 소리나게 모아 집주인
의 머리에 대고 뱉었다. 침이 정수리를 명중시키고 흘러내리는 게 보
였다. 붉게 물든 그의 이마에 투명한 길이 느릿하게 생겨났다.

엘리베이터를 타고 건물 밖으로 나오니 해가 벌써 기울고 있었다.
나는 잰걸음으로 아파트 단지를 빠져나갔다. 이제라도 나를 찾아야
했다. 내가 누군지 알아야 했다. 나는 걸었던 길을 빠르게 거슬러 전
봇대로 향했다. 하지만 막상 도착해보니 전봇대 밑에는 까만 아스팔
트만이 매끈하게 펼쳐져 있었다. 지갑과 휴대폰, 더러운 개가 없었고,
심지어는 음식물 쓰레기조차 남아 있지 않았다. 전봇대를 착각했나
싶었지만 주변의 지표들이 지나치게 선명했다. 아무것도 없는 전봇대
아래. 그렇게 생각한 순간, 날카로운 전자음이 머릿속을 울렸다. 현기
증이 이는 바람에 나는 약간 휘청거렸다. 쓰러지지 않기 위해 전봇대
에 몸을 기대야만 했다.

허공의 부유물들을 가만히 노려보고 서 있는 사이 해가 완전히 기
울었다. 사위가 어둑해지자 건너편 가로등에 불이 들어왔다. 문득 목
이 몹시 마르다는 것을 깨달은 나는 마침내 전봇대에서 등을 뗴었다.
주머니 속 돈을 만지작거리며 비척비척 걸음을 옮겼다. 바로 뒤의 선
술집에 들어서자 여주인이 반색하며 나를 맞았다.

"또 오셨네요."

나는 아무 테이블에나 널브러지듯 앉아 술과 안주를 주문했다. 술
잔에 넘치도록 술을 따라 연거푸 들이켰다. 목구멍에 술을 때려 붓는
데도 갈증은 가시질 않았다. 한나절 만에 세계가 바뀌어버린 것 같은

이상한 기분이 들었다. 눈앞이 자꾸만 아득하고 정신이 없었다.

0

눈을 떴을 땐 전봇대를 끌어안고 있었다. 더러운 개 한 마리가 널브러진 음식물 쓰레기를 핥아먹고 있었다. 몸을 일으켰지만 현기증에 무릎을 꿇고 말았다. 지갑도 휴대폰도 없었고 머리는 빠개질 것 같았다. 나는 억지로 몸을 추슬러 비틀비틀 걸음을 옮겼다. 낯선 동네였고 어딘지 짐작도 가지 않았다. 까투리와 투다리, 세거리삼계탕과 짚불삼겹살을 지나 나는 계속 걸었다. 내가 지난밤 어떻게 되었는지를 알기 위해서는 뭔가 표지가 필요했다. 나는 체인 편의점을 찾아 두리번거렸다. 학동점이든 풍암점이든 적힌 것을 보면 적어도 감이 올 것 같았다. 그러나 그 흔한 미니스톱도 세븐일레븐도 보이지 않았다. 나는 아득한 무력감을 느꼈다. 어제 누구와 술을 마셨던가. 어디서 어떻게 나를 잃었는가.

갑작스런 변의가 밀려왔다.

벽장

1

 가파른 시멘트 계단을 올라 시들어빠진 식물이 심긴 메마른 화분 앞까지 오게 되면 왼편으로 굳게 닫힌 고동색 금속 현관문을 발견하게 된다. 현관문의 위쪽 절반에는 불투명 유리창이 끼워져 있는데 그 무늬가 곤충의 겹눈처럼 균일하게 오돌토돌해서 주의깊은 방문객이라면 잠자리나 나비의 눈에 비친 자신을 바라볼 수 있을 것이다. 현관문은 바깥에서 보았을 때보다 안에 들어와 문을 닫고 뒤를 돌아보았을 때 더 볼만한데, 그것은 불투명 유리가 미처 소화시키지 못하고 뱉어낸 아스라한 빛이 부드럽고 다채롭게 창의 겹눈마다 맺히기 때문이다. 둥근 손잡이를 비틀어 열고 집안으로 들어서면 거실의 정경이 한눈에 들어오지만 그 내부는 외면이 마음에 들었던 인간의 내면을 통찰할 때면 어김없이 느끼게 되는 실망감을 선사한다. 얼룩진 거울이 붙박인 쓸데없이 커다란 신발장과 입구 맞은편 창에 달린 두툼하고 더러운 암막 커튼까지, 그 집에 눈길을 붙잡을 만한 것은 아무것도 없고 다만 모든 것이 눈살을 찌푸리게 만들기나 한다. 집안에 들어서면 잡다한 악취가 코를 찌른다. 이 집의 욕실은 아무리 문질러 닦아도 물때가 지지 않고 변기는 죽어가는 노인의 해수처럼 요란한 소리를 내며 삼키던 오물의 절반가량을 도로 뱉어낸다. 부엌의 모든 사물에는 검은 기름때가 끼어 있고 그것들 역시 어떻게도 제거될 것 같지 않다. 다만 호두 빛깔의 목재 식탁만이 유난히 새것 같은데, 동네에 버려진 그것을 발견한 관리인이 선심 쓰듯 위치를 알려준 덕에 몇 달 전 그가 직접 가져다놓은 것이다. 정체를 알 수 없는, 키가 낮은 짐승의 발톱이 긁어놓은 네 다리의 흠을 눈감을 수만 있다면 의자가 둘밖에 없는 그 사인용 식탁은 꽤 봐줄 만한 물건이다. 그는 하루 대부분의 시간을 여기 앉아서 보내곤 했는데 그것은 그가 눈감는 데 천부적인 재능이 있어서만이 아니라 앉기 위한 도구로서의 사물이랄 게 그 집에 그것뿐인 까닭이다. 그가 어릴 때부터 노인이었던 노인이 죽고 사고가 없었더라면 지금쯤 노인이 되었을 둘이 죽은 뒤에도 그는 이 집에 살았다. 오랜 시간 혼자 지냈지만 그가 특별히 고독을 즐기는 성격인 탓은 아니었고, 그건 그저 옮겨갈 곳과 옮겨갈 의지가 그에게 없기 때문에 일어난 정체였다. 이제 이 집은 그 자신이나 다름없어서 이 집을 들여다보는 누구라도 어디선가 그를 발견할 수 있었다. 이 집 안에서 움직이는 존재라곤 떠다니는 먼지와 기는 벌레와 길듯이 늘어져 있는 그뿐이고 그는 거의 외출을 하지 않았으므로. 그러나 지금 그는 보이지 않고, 그건 이상한 일이다. 아무도 없는 것은 아니지만 그는 보이지 않는다. 그의 자리에 있는 것은 그인 듯 보이지만 그라고는 말할 수 없는 이들이다. 이를테면 식탁과 그에 딸린 의자에 앉아 고개를 숙인 채 뒷목을 양손으로 포개 잡고 있는 그는 그가 아니고, 그의 침대에 누워 코를 골고 있는 그와 창가에 서서 밖을 쳐다보고 있는 그 역시 그가 아니다. 마찬가지로 화장실 변기에 앉아 있는 그, 거실 귀퉁이에 몸을 말고 동그마니 앉아 있는 그 또한 그라고는 말할 수 없다. 하지만 우리는 조금 더 주의를 기울여 그를 찾아내는 편이 좋을 것인데, 아주 드물게도 누군가가 그를 찾아왔기 때문이다. 바깥 유리에 비치는 검은 인영은 현관문을 짧게 두 번, 다시 세 번 두들긴 뒤 서 있다. 흔한 일은 아니지만 생필품을 사러 잠시 외출했는지도 모르므로 바깥의 방문객에게 충분한 참을성이 있다면 그 자리에서 그를 기다리는 편이 나을지도 모른다. 그러나 누구도 찾아오지 않는 집을 부러 찾은 누군가에게 인내심이란 개골창의 사금만큼이나 찾아보기 어렵다는 것을 우리는 안다. 아나나 다를까 바깥의 누군가 성마르게 문고리를 쥐고 흔드는 소리가 집안을 울린다. 그 소리는 다급한 듯, 성이 난 듯 들린다. 어쩌면 그는 집에 있는 그들 중 하나가 그를 대신해 문을 열고 맞이해주기를 기대해야 할 것이다. 운이 좋아 아무라도 문을 열어준다면 그의 집 구석구석을 차지한 그들에게 그의 소재를 물을 수 있을 테니까. 그러나 집안에 들어앉은 그들은 그들이 있는 자리에서 무언가를 하거나 하지 않는 데 열중할 뿐, 소리를 듣지 못하는 사람처럼 반응이 없다. 아니, 이 말은 틀렸는지도 모르겠다. 보이는가. 저기, 꼭 한 사람. 거실 귀퉁이에 몸을 웅크린 달팽이 같은 작자 하나가 움찔움찔 몸을 떨고 있는 모습이.

2

문 두들기는 소리를 들었을 때, 그는 나머지 그들의 눈치를 살폈다. 그는 저 소리에 반응하는 것이 응당 해야 할 일인지 혹은 반응하지 않는 것이 바로 그것인지를 알 수 없어 잠시 머뭇거렸다. 여기 이렇게도 그들이 많은데 굳이 그가 반응할 이유는 없을 것이라고 그는 생각하고 싶었고 그렇게 생각하기 위해 애를 썼지만 그렇다는 것이야말로 그렇게 생각하지 못하고 있다는 반증이었으므로 그는 전전긍긍했다. 문을 열어주어야 할지, 혹은 누군가 왔다고 그들에게 알려야 할지. 물론 그 누군가는 유리를 두들겨 소리를 냄으로써 자신의 방문 사실을 충분히 알리고 있었지만 이 집에 퍼져 있는 유기적인 무시는 잠에 빠진 문지기들만이 성안의 평화를 유지시킬 수 있다는 듯 일어나고 있었다. 어떻게 저 소리를 저렇게나 무시할 수 있을까. 그는 이런 고민, 자신이 행동해야 할지도 모른다거나 모두가 아는 사실을 부러 자신의 입을 통해 언급해야 할지도 모른다는 것을 생각하는 일조차도 불쾌하고 부담스러웠는데, 그것이 그로 하여금 자리에서 일어나는 상상을 하게 만들었기 때문이었다. 앉아 있는 거실 귀퉁이가 온수 파이프가 지나가는 길이라서 다른 그들의 어느 자리보다도 따뜻하긴 했으나 그가 일어나기 싫었던 까닭이 단순히 말도 못할 공기의 한기에 있는 것은 아니었고, 실은 이 노크 소리가 자신의 책임일 수도 있으리란 의심이 그의 마음에서 움텄기 때문이었다. 그는 어떤 것도 책임지고 싶지 않았는데, 이 집 안에 퍼져 있는 그들 중 책임질 만한 이가 단 하나도 없다는 것, 또 그들은 책임질 만한 일을 하지 않는다는 것이 그의 마음을 더욱 불편하게 했다. 문을 두들기고 문고리를 흔드는 소리가 거세질수록 그의 입에서 흘러나오는 앓는 소리도 조금씩 커졌다. 모른 척할 수 있으면 정말로 좋으리라, 그는 생각했다. 그러나 그렇게 할 수 없으리라는 것을 그는 알고 있었는데, 행동하지는 않더라도 저 소리가 들리는 내내 불안에 떨어야만 한다는 것을. 실은 그것이야말로 그의 일이었지만 그의 자리를 빼앗아 차지하기로 선택한 이상, 익숙한 것이야말로 그가 가장 멀리하고 외면하고 싶은 대상이었다. 그는 가빠지는 호흡을 진정시키려 애를 썼지만 잘 되지 않았다. 사실상 그는 거의 확신하고 있었는데, 현관 바깥에 있는 이를 자신이 알고 있다는 것에 대하여. 며칠 전 그는 실수를 저질렀고 그건 치명적이라 해도 좋았지만, 그러나 아주 사소한 것이었다. 무엇보다 그게 실수임을 알게 된 것조차 창가의 그가 그 사실을 지적해주어서였는데, 그날 커튼을 열어젖혔던 게 그가 막 벽장에서 나온 참이었던 것을 생각하면 그의 부주의함은 당연하기까지 했다. 어디선가 나오게 되었을 때더 어디론가 나가고 싶어지는 일은 새삼스럽지도 않았으므로. 벽장에서 나온 그는 창밖을, 그 드넓은 세계를 보면서 해방감을 맛보았는데, 그것은 어딘가에 끼어 있던 헬륨 풍선이 마침내 벌어진 틈으로 살그머니 떠오른 것과 비슷한 종류였다. 하지만 그것이 의외로 아래서 위를 올려다보는 누군가와 눈이 마주친 순간 휘말려버릴 만큼약하고 박하다는 것은 그 일이 일어난 즉시 깨달아졌는데, 사람이라기보다는 그림자에 가까운 이의 어둡게 가라앉은 그 눈이 어째서인지 자신에게 머물러 오래도록 훑는다는 것을 인지했을 때, 얄팍한 고무질의 헬륨 풍선은 하늘에 채 닿기도 전에 부풀대로 부풀어 터지고야 말았다. 그는 오싹해졌고, 오한을 느낀 순간, 창가의 그가 다급한 쉿소리로 커튼, 하고 외치는 것을 들었다. 곧바로 커튼을 여미었으면 좋았을 테지만 그는 아무래도 머뭇거렸다. 그는 도무지 재빠르게 행동할 수 없었는데, 커튼, 이라는 말이 귓바퀴를 타고 비스듬히 흘러들어와 제 고막을 진동시키는 것을 느끼는 중에도 잘못 들은 것이 아닌가 하는 의심을 가진 까닭이었다. 그것은 그 스스로가 자신의 청력을 못 미더워해서라기보다는 창가의 그가 하루에도 몇 번씩 커튼 틈 사이로 창밖을 조심스레 내다보는 것 외의 행동, 이를테면 커튼, 이라고 비명처럼 내지를 수 있다는 것을 처음 안 탓이었다. 그는 놀랐는데, 언제부터 그들이 이 집을 이토록 지키고 싶어했는지. 창가의 그가 던지는 눈빛과 어투의 공격성에 마지못해 커튼 자락을 놓으면서도 그는 자꾸만 바깥을 기웃거렸다. 그것은 그가 평생 향하지 못했던 바깥을 보았다는 환희에서 비롯된 것이기도 했고 그 사람, 그 그림자, 무어라 말하기 어려운 검고 어두운, 그러나 선명하고 강렬한 그의 눈빛이 잊기 어려운 종류, 꿈에서나 볼 듯한 느낌을 준 탓이었다. 그의 신경은 자꾸만 바깥으로 향했고, 그는 그것을 막을 수 없을 뿐 아니라 그럴 의지도 가지고 있지 않았다. 하지만 이제 와서 그는 그 기괴한 눈빛, 모든 것을 빨아들여 파괴해버릴 것만 같은 유혹적인 흑점, 바닥을 알 수 없는 깊은 아가리—그런 것과 눈이 마주쳤기에 이런 사단이 나게 되었다는 생각을 공포에 떨며 하게 되었는데, 전혀 예상치 못하였던가? 그를 벽장으로 이끌었던 그 순간에는. 하지만 그 어떤 극적인 사건도 일어나지 않는 것이 그의 집이었고 그들의 삶이었으므로, 다소 긴 정체가 기대된 것이 터무니없지는 않았다. 그 역시 언젠가는 무언가 혹은 누구라도 그들을 찾아올지도 모른다는 생각을 했던 일이 있었지만 설마 이토록 빠른 시일 내에 도래할 줄이야. 그는 불법을 저질렀지만 그저 벗어나기 위해서였다. 그는 다만 자유로워지고 싶었고, 자신이 그걸 어렵지 않게 해내리라고 믿어 의심치 않았다.

3

이곳은 어둡고 비좁다. 나는 몇십 년이나 사용되지 않은 물건들과 함께 있다. 벽장에 들어오기 전의 나는 이곳에 있게 될지도 모른다는 생각을 해본 일이 없기 때문에 이 물건들을 여기 넣어두었다. 이것들을 넣어놓은 것은 나이지만 그것들의 절반은 잊어버렸고 기억하는 것의 절반은 잃어버렸을 것이다. 그만한 시간 동안 누구도 찾지 않게 되면 무엇이건 어디론가 가버리기 마련이니까. 그건 벽장에 넣어둔대도 마찬가지다. 아무튼지 그것이 비좁은 벽장이 더 비좁은 이유이고, 어두운 것은 문제가 되지 않지만 비좁은 것은 문제가 된다. 이곳에서는 몸을 아주 조금씩만 움직여야 하는데 나는 그렇게 할 수가 없고, 그것이야말로 비좁은 게 문제가 되는 까닭이다. 나는 자꾸만 발버둥치게 된다. 이곳이 마음에 들지 않는 것이 아닌데도. 벽장에 있기 전까지 나는 내가 거의 가만히 있다고 확신했는데, 내게 꼭 필요한 정도

148

의 공간이란 넓다기보다는 오히려 대단히 좁을 것이라고. 그러나 그 때는 내가 아주 많이 움직인다는 것과 한 번에 여러 부위들을 동시에 움직인다는 것을 알지 못했다. 이제 나는 내가 그렇게 하고 그렇게 할 수밖에 없다는 것을 알고 있지만. 가령 목에 매인 끈이 답답할 때 나는 양손을 치켜들어 그곳을 긁게 되는데, 어깨를 들어올리고 팔꿈치를 구부린 다음 손목을 꺾고 목을 모로 가쁘게 기울이게 된다. 그뿐만 아니라 손가락들이 딱딱하고 얇은 손톱 끝으로 거미의 다리처럼 바르작대며 목덜미 위를 빠르게 기어갈 때에, 척추가 양방향으로 야트막하게 번갈아가며 휘는 일을 나는 막을 수 없고, 체중이 실리지 못한 오른다리와 왼다리가 꼴사납게 허공에 버둥거리는 일을 방치하게 된다. 이 모든 것이 오로지 목덜미의 답답함을 해소하기 위해서라는 게 대단하지 않은가. 그래서 나는 정말이지 다른 답답함은 상상하고 싶지도 않지만 역시 가끔은 그렇게 되고, 나는 너무도 많이 움직이고 움직여야만 한다. 이러한 움직임들, 그것의 정도와 필연성을 알게 된 것은 다행이지만 이를 막기 어렵다는 것은 좋은 일이 아니다. 왜냐하면 그렇게 움직이는 것이 어떤 소리들을 동반하기 쉽기 때문인데, 나는 아무리 조심해도 벽장 안에 가득 쌓인 것들이 내게 닿아 달그락거리는 것을 막을 수 없다. 벽장의 문을 안쪽에서 닫게 된 순간부터 생각한 것이 있다면, 여기 들어올지도 모른다는 생각을 바깥에서부터 했더라면 분명히 벽장 안을 조금은 쾌적하고 어지간한 움직임으로는 고요함이 파괴되지 않는 완충재들로 메워놓았으리라는 것이었다. 이러한 소음들이 문제가 되는 까닭은 내가 벽장에 있다는 것을 들켰을 때의 결과를 예측하기 어렵기 때문인데, 들켜본 적은 없지만 일단 들키게 된다면 다시는 들키지 못하게 될 테니까. 숨어 있지 못하기 때문인데, 그것은 내 생을 건 단 한 번의 폭로가 될 터로, 상상할 수 있는 가장 밝고 빛나는 비극이었다. 나는 탈곡된 낱낱의 쌀알처럼 병실 형광등에 바짝 마르게 될 것이다. 뿌리도 줄기도 없이 적나라하게 발가벗겨져 그림자도 없이 누워지내게 될 것이다. 나는 수액을 공급받는 앓는 나무토막이 되고 싶지는 않고, 그렇게 생각하면 어둡다는 것은 다행한 일인지도 모른다. 이곳은 언제나 바깥보다는 그늘져서, 나는 충분히 감추어져 있다고 생각한다. 하지만 소리들이 문제일 때, 가끔은 벽장 안이 밝았다면 어땠을까 하는 생각이 들기도 하는데, 자주 갖게 되는 일종의 회의로서. 그랬다면 이 안의 물건들과 내 몸의 일부를 자세히 살필 수 있을 테니 더 주의깊게 몸을 움직여 마침내는 소음을 내지 않을 수 있게 되어 들키지 않으리라는 생각. 하지만 굳어가는 머리를 조심스럽게 달리 굴려보면, 벽장 안이 밝다면 소음을 내기 전에 내가 여기 있는 것이 알려질지도 모르기 때문에 그런 생각을 하는 것은 잠시뿐이다. 그들은 어떻게든 나를 말릴 것이다. 나는 그런 식의 대상이 되고 싶지는 않다. 들키지 않는 방법. 나는 어떻게 하면 들킨다는 것은 알지만 이렇게 하면 들키지 않을 수 있다는 것은 알지 못한다. 어쩌면 조언을 얻을 수도 있을 것이다. 나는 내게 조언을 해줄 만한 이를 알고 있다. 그는 내가 들어오기 바로 직전까지 벽장에 있었는데, 내가 알았던 바에 의하면 벽장은 비어 있지는 않았지만 무언가가 들어 있긴 해도 누군가가 들어 있지는 않았으므로, 그를 보았을 때 나는 놀랐다. 그가 거기 있는 것을 알았다면 나는 문을 그런 식으로 벌컥 열지는 않았을 테니까. 나는 그 정도로 무례한 사람은 아니었다. 하지만 벽장을 열었을 때 그는 이미 안에 있었고 그 기간은, 짐작하기 어려웠지만 어쩌면 평생에 걸친 것으로 보였다. 그는 그 정도로 지쳐 보였고 그렇기 때문에 나는 그를 완전히 이해하고 연민했는데, 그게 내가 그 대신 이 벽장에 몸을 두게 된 까닭이었다. 아무튼 나는 그에게서 조언을 구할 수 있을 것이다. 그는 이미 나갔기 때문에 어쩌면 내게 어떻게 나갈 수 있는지에 대해 말해주고 싶을지도 모르지만 내가 그에게 묻고 싶은 것은 어떻게 하면 벽장에 잘 있을 수 있는가에 대한 것이지 나갈 수 있는 방법에 관해서가 아니다. 나는 그것에 대해선 결코 묻고 싶지 않은데, 그러기에 나는 바깥에서 너무 오래 굴렀다.

4

이건 눈발이 금속으로 된 문에 부딪쳐 내는 소리다. 그것들은 빛에 달려들어 죽은 벌레들처럼 들러붙어 충분한 볕이 닿기 전까지 한참을 머물 것이다. 아직 따뜻해질 기미는 보이지 않는다. 문고리를 흔드는 소리는 이제 들리지 않는데, 방문객이 그를 찾는 일을 포기한 것인지? 아니, 그는 벌써 집안에 들어와 있다. 달팽이 같은 작자가 배를 밀고 다가가 현관문을 따준 것처럼 생각될지도 모르겠지만 그치는 결코 그런 일을 해낼 만한 인물이 아니다. 그는 벌써 침실로 가 숨어버렸다. 단언컨대 아무도 그를 위해 현관문을 열어주지 않았다. 하지만 분명한 사실은 그가 이미 집안에 들어와 있다는 것인데, 그는 흙발로 성큼성큼 들어섰다. 그의 발걸음 소리는 기묘한 구석이 있다. 상상된 그가 불러일으키는 짐작은, 그 대부분이 실제와 일치하지 않는다는 것을 알면서도 우리는 좀처럼 놓지 못하는데, 그가 다가오는 소리가 필시 무거운 꼬리를 질질 끄는 식이거나 지축을 흔들 정도로 쿵쾅거릴 거라고 생각되지만 그의 것은, 이토록 산뜻한 발소리는 들어본 적이 없을 정도로 경쾌하고 선명하다. 그는 그런 걸음걸이로 안에 들어서 한 걸음씩 더 깊이 집의 중심으로 나아갔다. 거실이자 부엌인 그곳으로. 암막이 드리운 실내는 무대 뒤편의 소도구실처럼 어둑한데, 누군가 그를 위해 불을 커줄 법도 하지만 그가 스스로 현관을 통과해 안에 들어서야 했듯이 어두침침한 내부에도 그의 눈으로 직접 익숙해져야 할 것이다. 그는 이제 완전히 안에 들어와 있다. 성마르게 문을 두들겨댔지만 일단 침입에 성공해선지 더는 급할 게 없어 보인다. 그는 그들을 하나하나 뜯어보지만 다만 그럴 뿐 누군가에게 말을 붙이지는 않는다. 아마도 그들이 그가 아니라는 사실을 분명하게 아는 것 같다. 이제 그는 천천히 걸음을 옮겨 식탁으로 다가서는데, 집안은 어둡지만 식탁 위를 구부정하게 비추고 있는 갓등의 누런빛 덕택에 분간 못할 정도는 아니다. 식탁 위에는 술이 반쯤 남은 술병과 빈 술잔들, 바닥이 검게 얼룩진 유리 주전자, 머그잔, 고기가 든 냄비 따위가 널려 있다. 그것들은 아주 오랫동안 그 자리에 있었던 것처럼 보이고, 겨울이 아니었다면 필시 썩은 냄새가 났을 것 같다. 그는 식탁에 앉은 그의 건너편에 앉아 식탁의 그를 쳐다보기 시작한다. 곧은 시선으로, 그건 꽤 공격적이다. 방문객과 마주한 식탁의 그는 호주머니를 뒤져 담배를 꺼내 무는데 손끝이 달달 떨리는 게 여간 긴장되는 게 아닌 모양이다. 식탁의 그는 할 수 있는 한 의연하게 행동하려고 애쓴다. 꽁

초와 재와 침으로 꽉 채워진 재떨이를 식탁 밑에 놓인 휴지통에 비우고, 커피 서버 위의 플라스틱 드리퍼에서 찌꺼기가 축축하게 들어찬 여과지를 끄집어 재떨이에 얹는다. 담배에 불을 붙인 그는 겁먹지 않았다는 듯 방문객의 얼굴에 시선을 둔다. 그러고는 마치, 그가 누군지 마침내 알았다는 것처럼 웃음을 터뜨린다. 연기를 뿜다가 웃어버려서 그는 콜록거린다. 사레를 연거푸 쏟아내면서도 웃음을 멈출 생각은 없어 보인다. 방문객의 눈이 가늘어진다. 조금 불쾌한 듯 보이지만 표정을 읽기 쉬운 생김새는 아니다. 식탁의 그는 얼굴이 붉어질 때까지 웃으며 기침을 쏟아내다, 미안하다는 듯 손사래를 친다. 그가 부러

헛기침을 하며 오른편으로 손을 뻗는다. 그는 갓등 아래 놓인 노트 더미 중 가장 위에 있는 것을 집어들어 방문객에게 내민다. 검은 잉크로 반쯤 메워진 페이지를 펼쳐 보여준 그는 아직, 이라고 말하는 것처럼 고개를 내저어 보인다. 입을 열지는 않았지만 그는 분명히 아직, 이라고 말하고 있다. 그러나 방문객은 어깨를 으쓱해 보이곤 술병을 집어들어 그의 앞에 놓인 잔을 채워줄 뿐이다. 가득 따랐기 때문에 유리잔엔 아무것도 담겨 있지 않은 것처럼 보인다. 식탁의 그는 망설이지만 결국 잔을 쥔다. 그러나 마시지는 않고 한참 빙글빙글 돌리고만 있다. 술잔이 돌아갈 때마다 투명함이 위태롭게 넘실댄다. 방문객은 가타부타 말도 없이 그가 하는 것을 지켜보고만 있다. 그러나 시선은 때로 얼마나 강압적인지, 식탁의 그는 결국 술을 들이켜고 만다. 알코올이 채 넘어가기도 전에 방문객의 양손이 그의 뒤통수와 어깨를 거머쥔다. 그의 목이 꺾이는 소리가 경쾌하게 공기를 뒤흔든다. 그는 그에게 먹혀버리고 만다.

5

　나가고 싶단 생각보다는, 나가고 싶지 않았던 것은 아니었지만, 언제까지나 이렇게 있을 수는 없지 않은가, 하는 생각이었다. 자신이 벽장에 있다는 것을 그가 알고 있음을 벽장의 그는 알고 있었다. 그런데도 문을 닫아걸고 마치 없는 척하는 그 가증스러움, 그가 치를 떠는 부분은 바로 그런 점이었다. 틈새라곤 없는 공간의 다족류처럼 그가 얼마만큼 꼴사납게 온몸을 버둥거리며 지냈는지를 그는 알까. 그와 달리 그는 그럭저럭 잘사는 것처럼 보였다. 가족은 없었지만 친구라고 부를 만한 이들도 있었고, 물론 몇 명 되진 않았지만, 무언가를 끼적이고 받는 돈으로 술과 음식을 사기도 했다. 그는 제 앞가림을 어떻게든 해내고 있는 것 같았다. 그러나 그로서는 그의 그런 행태가 역겨운 위선으로밖에는 보이지 않았다. 그가 행하는 모든 기저마다 벽장 속의 그가 있는 까닭이었다. 일상의 향유에는 언제나 그런 밑바닥이 감추어져 있기 마련이니까. 진심으로 웃는 자가 대체 어디에 있는가. 그는 그 역시 이를 알고 있었으리라고 생각했는데, 그러니까 알면서도 모른 척하고 있다고. 왜냐하면 그가 노트에 무언가를 한참 동안 끼적이다가 구겨서 던져버릴 때, 식은땀에 절어 잠에서 깨어날 때, 하루종일 멍하니 있다가 정신이 들 때면 급히 더듬어 찾는 그것, 술병, 술잔, 그것들이 그에게 줄 수 있는 것은 기절과도 같은 잠뿐인데, 결코 해방이라고 부를 수 없고 오히려 썩어가는 송장을 감추기 위해 덮어두는 면포 따위를 그가 자주 이용하는 것을 보면서, 거기 시체가 있다는 걸 모른다면 어떻게 그 천을 펼쳐 그곳에 씌울 수 있겠느냐 하는 생각을 갖게 되었고 그건 곧 확신이 되었다. 그가 그런 식으로 눈 가리고 아웅 할 때마다 벽장의 그는, 견고하게 제작된 고문 장치 안에 몸을 둔 듯한, 이를테면 못이 빽빽하게 박힌 관에 누워 뚜껑을 들썩이는 것과 같은, 지속적이고 도저한 고통을 선명하게 느껴야만 했다. 그러니까 그의 몫까지 그에게 주어졌는데, 이 사실을 그가 모를 거라고 그는 생각하지 않았으며 어떻게도 그렇게 생각되지 않았다. 그렇다고 그가 단지 복수를 위해 이 모든 일을 꾸민 것은 아니었고, 그는 그저

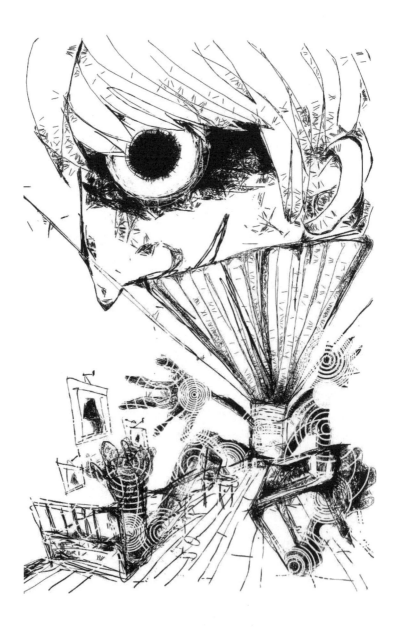

156

자리를 잠시 바꾸는 것이 서로에게 도움이 될지도 모른다고 진심으로 생각했다. 그런 까닭에 그는 벌써 여러 번 그의 꿈에 틈입해 가장 어둡고 끈끈한 그물망을 여기저기에 쳐놓았다. 물론이지만 그가 거기 걸려들기까지는 그다지 오랜 시간이 걸리지 않았다. 어느 날 잠에서 깬 그는 침대에서 일어나지 못하고 한참이나 뭉긋거렸는데, 그가 침대에서 발을 내려놓기까지 걸린 시간은 평소의 세 배쯤 되었고 그의 상태는 결코 평상시라고 말할 수 없을 정도였다. 그는 자신이 아픈 것은 아닌지 걱정을 했는데, 그도 그럴 것이 그날 원고 하나를 마무리하고 다음날 편집자를 만나 차를 마시기로 되어 있었기 때문이었다. 몸살에 걸린 걸까. 몸이 좋지 않아. 그는 마른세수를 하며 중얼거렸고, 벽장 속 그는 이를 놓치지 않았다. 해열제를 한 알 먹어야겠다고 판단한 그는 집 구석구석을 뒤졌는데, 평소 앓는 법이 없었을 뿐만 아니라 어지간하지 않으면 술이나 한 잔 마시고 잠들어버리는 그의 생활 방식을 떠올렸을 때, 그 탐색이 쉽지 않을 것임은 자명했다. 침실과 거실, 부엌과 욕실까지 모두 뒤진 그는 마침내 꼭 한 장소를 미처 찾아보지 않았다는 것을 깨닫게 되었고, 그건 벽장이었다.

6

이곳에서 할 만한 일은 생각 외엔 없다. 때론 관찰이 가능하기도 하지만 내가 침실을 사용했던 것이 오로지 잠들 때였던 것을 생각하면 이곳에 볼만한 것은 거의 없다. 가끔 그들이 침실로 들어올 때 나는 문에 얼굴을 아주 가까이 가져다 대지만 그들은 곧 떠나고 만다. 벽장 문의 위쪽 절반이 가로로 비스듬한 살들로 이루어져 있기 때문에 나는 여기서 그들이 움직이는 것을 보거나 들을 수 있는데, 실상 그들은 참으로 고여 있는 편이다. 그나마 흥미로운 것은 나와 같은 모습을 한 여러 명의 그들을 보며, 나는 볼 수 없었던 나의 볼썽사나움을 짐작하는 일뿐이다. 벽장의 그가 내게 자신의 자리를 내어주었을 때, 이런 결과를 예상하지 못한 것은 아니었다. 물론 완전히 그려낼 수 있었던 것도 아니지만, 결말이란 끝까지 가보기 전에는 알 수 없기 때문에, 나는 이곳, 금속으로 된 가로대가 양옆의 벽에 박혀 있고 작아지거나 낡아서 입을 수 없는 옷가지들과 결코 사용될 일이 없을 것 같아 처박아두었던 잊힌 것들 사이에 그 대신 머물기를 선택했던 것이다. 문이 막 닫혔을 때는 일종의 해방감을 느꼈던 것 같기도 하다. 허무의 무더기로 덮어두고 묻어두려 애썼던 생각들을, 그 질척하고 음울한 덩어리들을 직시할 수 있게 된다는 것은, 그때에 필요한 것은 용기가 아니라 더이상 미래에 대해 생각하지 않고 다만 과거에만 초점을 두는 두 눈뿐이라는 것을 알게 되자 나는 아무런 후회 없이, 후회스런 것들에 시선을 두고 시간을 차단할 수 있었다. 그러고는 생각, 나는 끊임없이 생각했는데, 어쩌면 이렇게도 많은 후회들이 있는지. 사람들은 알고 있을까? 그들이 그들의 벽장에 무엇을 처박아두었는지에 대하여. 그때 나는 조금 우월한 감정을 느꼈던 것 같기도 하다. 완전히 우울하려면 그런 우월감이 도움이 되는데, 그것은 누구도 나를 이해할 수 없으리라는, 나 자신을 아주 특별한 위치에 두는 방식으로 진행된다. 하지만 언제나 새로운 생각을 하는 일은 불가능하고, 사실 새로운 생각이란 있을 수 없는데, 뇌의 기전을 되새겨보라. 게다가 새롭지 않은 생각들조차 재고는 분명해서, 아무 생각도 하지 않게 되는 순간은 생각보다 빨리 찾아오게 되는데, 그렇게 해도 괜찮은 것은 벽장 바깥에서지 그 안에서가 아니었으므로, 나는 이미 해버린 생각을 되새기고 다시 하고 뒤집어보는 데 골몰해야 했다. 하지만 생각을 다시 하는 것은 이전에 한 생각이 마음에 들지 않거나 그러한 생각을 뒤집을 만한 어떤 새로운 근거가 떠올라서가 아니라 그렇게 해야만 하거나 이곳에서 할 수 있는 일이라는 게 머릿속에서만 일어나기 때문이다. 그래서 나는 끊임없이 생각했지만 내 작은 머리통이 할 수 있는 생각이란 거기서 거기라서, 언제나 새로운 결론, 그렇지만 반드시 바뀌기 때문에 결론이라고 이름 붙일 수 있는 시간이 대단히 짧은 그것을 자꾸만 매만졌다. 그게 무슨 소용이 있어서는 아니고, 그건 그저 후회를 더욱 깊게 하는 방편인데, 몰랐던 것도 아니지만 그때에 이렇게 했더라면, 하는 생각은 언제나 씁쓸한 뒷맛을 주므로 벽장에서 적절한 양분이 되었다. 그러니까 더 후회하기 위해서. 가끔은 생산적인 후회를 할 때도 있었다. 그것은 이를테면, 나의 벽장행이 그럴 만한 것이었는지, 내가 왜 하필이면 벽장에 있게 되었는지에 대해 생각하는 일이었다. 어쩌면 나는 식탁에 있을 수도 있었다. 식탁의 그가 될 수도 있었단 말인데, 그곳은 내가 하루 중 가장 많은 시간을 보내는 장소였고, 밥을 먹거나 술을 마시거나 책을 읽거나 글을 쓸 때마다 거기에 있었으므로. 그들 중 하나를 처음 만났을 때에도 나는 식탁에 앉아 있었다. 나는 술을 한 잔 더 할지 말지를 고민하고 있었는데, 고개를 들자 건너편에 그가 있었다. 나는 놀라지도 않고 새 잔을 꺼내 그 앞에 놓아주었는데, 그를 상상해온 것이 오랜 일이었으므로. 나는 언제나 술친구가 하나 있었으면, 하고 바라왔다. 하지만 화장실에 다녀와 내 자리에 다시 앉으려 했을 때, 나는 내 자리를 차지한 또다른 그를 보게 되었다. 그는 술친구를 상상해온 나의 역할을 하며 거기 있었다. 그는 말없이 건너편에 앉은 나의 술친구에게 술을 따라주었고, 의자가 없어 서성거리던 나는 마지못해 침실로 향했다. 그런데 침실에도 누군가 누워 있어서, 나는 뒤로 두 걸음 물러서서 거실을 넘겨다보았는데, 식탁에 여전히 두 사람이 앉아 있는 것을 보고 다시 침대 가까이 다가섰다. 그러나 좁다란 매트리스 위에 누우려면 사지를 벌리고 뻗어 있는 그의 팔을 꼼짝없이 베고 눕게 될 것 같았으므로 나는 침실 밖으로 나왔다. 창가를 서성이다 다시 소변이 마려워 화장실에 갔을 때 나는 변기 앞에 선 또다른 그를 보았고, 별수없이 세면대에 볼일을 보고 나서 거실로 돌아왔을 때 나는 창가를 서성이는 또 한 사람을 보았다. 그들은 모두 똑같이 생겼거나 아주 흡사하게 생긴 탓에 하나가 새로 등장하면 그 이전의 그들이 다 제대로 있는지를 세어봐야 했다. 집안을 맴돌다 나는 거실 한 귀퉁이에 자리를 잡고 앉았다. 세로줄 터틀넥 스웨터와 감색 면바지가 내려다보였고, 그게 그들과 내가 입은 옷이었다. 잠시 눈을 감았다 뜨자 나는 내가 침대에 누워 있다는 것을 알았다. 내 마지막 기억이 식탁에 앉아 있던 중의 것이어서, 나는 술에 취해 이상한 꿈을 꾸었다고 생각했다. 두통과 오한이 밀려왔으므로 나는 자리에서 일어나 해열제를 찾아 나섰다. 모든 장소에 그것이 없다는 것을 알게 되자 나는 비로소 벽장을 열어보았는데, 처음부터 그 안에 거울이 있었던가? 거기엔 세로줄 터틀넥 스웨터와 감색 면바지를 입은 초로의 사내가 가만히 서서, 나를 물끄러미 바라보고 있었다. 사내가 벽장을 나와 침실 밖으로 걸어나가자 나는 교대하는 근위병처럼 그가 걸어나온 자리로 들어가 문을 닫았다. 벽장 문살 사이로 내가 금방 걷고 일어났던 이불이 두툼하게 부푸는 게 보였다. 그곳에서 깊이 잠들어 있는 또다른 사내를 쳐다보다가, 나는 문의 안쪽에 걸린 낡은 넥타이를 발견했다. 나는 그것을 쥐고 손가락에 휘감아보았다. 완전히 잊고 있었지만, 나는 그 낡은 넥타이가 어떻게 사용되었는지를 금방 기억해냈다. 그것은 매듭짓기에 좋아 보였고 충분히 질겨 보였으며, 실제로도 그러했다.

7

어찌나 게걸스러운지! 방문객의 몸뚱이는 지나치게 비대해져 거실을 반쯤 메울 정도가 되었다. 하지만 그가 먹어치운 그들을 떠올렸을 때 이건 놀라운 일도 아니다. 지치거나 만족했을 법도 하나 그는 여전히 허기진 짐승처럼 집안 구석구석을 훑고 있다. 이제 그가 삼키지 못한 이는 침실에 누워 단잠을 자고 있는 그와 그의 곁에 잠든 척 누워 있는 거실 귀퉁이의 그, 애초에 그가 찾으려 했던 지금은 벽장에 있는 그로, 아마 이들 셋을 먹어치우고 나면 더는 움직일 수도 없을 만큼 거대해지고 말 것 같다. 그는 먹잇감들의 숨을 수수깡 꺾듯 끊어버렸는데, 그가 하는 일에 비해 그가 내는 소리들이 끊임없이 경쾌한 것은 야릇한 일이다. 그는 내처 침실로 향한다. 그가 미처 살피지 않은 곳은 거기밖에 없으므로. 어린아이처럼 타박타박 걷는, 그의 몸에 비해 유순하게 느껴질 정도로 작은 그의 발을 따라 걸어가보자. 침대에는 두 사람이 잠들어 있다. 청회색의 침대 커버 위에, 그보다 조금 짙은 색의 이불을 덮고. 아마도 둘 중 하나는 거실 구석에 찌그러져 있던 달팽이 같은 작자일 것이다. 그러나 그들의 생김새는 완전히 일치해서, 오른쪽이 그인지 왼쪽이 그인지는 분간하기 쉽지 않다. 방문객의 섬세하고 검은 손가락이 그들이 덮고 있는 이불을 들춘다. 마침내 어느 편이 잠들지 못한 쪽인지 분명히 알 수 있다.

8

그가 벽장을 들어갈 만한 장소로 인지했던 것은 벌써 사십 년도 더 된 일이었다. 그후로 그곳은 잡동사니를 쌓아두는 곳 외의 어떤 곳도 되지 못했다. 잡동사니들이 흔히 그렇듯이 벽장은 잊혔고, 마치 처음부터 벽에 문짝이나 하나 덜렁 달렸던 것처럼 몇십 년이나 열린 일이 없었다. 벽장이란 옛집의 다락이나 지하실이 그랬던 것처럼 흔히 그렇게 사용되곤 했지만 그것들이 애초에 그런 용도의 방인 것에 비해 그것은 일종의 가구로, 알려진 가구 중에 가장 기괴한 축에 속했다. 집이 만들어질 때부터 설계되어 있다는 점에서, 아무도 살지 않고 누구의 것이랄 수도 없는 공간에 가구가 먼저 존재한다는 것은, 그 집에 들어와 사는 사람이라면 누구라도 그것의 주인인 양 행세할 수 있지만 동시에 결코 가질 수 없음을 의미했다. 버려진 방처럼 설계되어 버

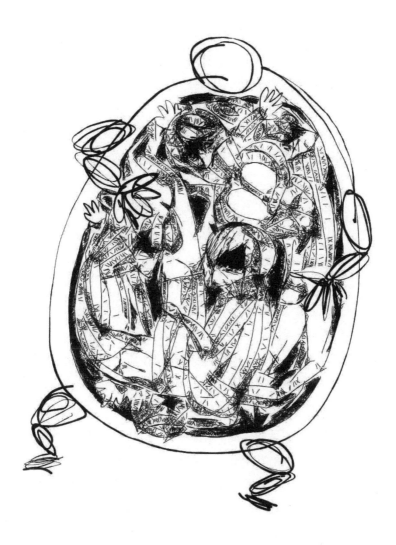

릴 것들을 위해 사용되는 그것을 갖기 위해서는 영원히 거기 머물거나 벽을 무너뜨려버려야 하는 것이다. 침대나 서랍장 같은 가구들이 공간을 차지하는 것에 비해 그것은 공간 자체이기 때문인데, 움푹 파인 네모진 틀에 문짝을 달아놓았다는 점에서는 방과 다를 바가 없지만 누군가 살기 위한 곳이라고는 할 수 없기에, 버릴 수도 잊을 수도 없거나 벌써 그렇게 되었다고 믿어지는 것들이 주로 그 안을 차지하곤 했다. 하지만 사람이라도 잠시 머무르는 일은 가능했는데, 그럴 때에 벽장은 학대를 위한 것이거나 학대를 피하기 위한 곳이 되었다. 그는 그곳을 그런 용도로 사용하곤 했지만 성인이 되자 그 사실을 잊어버렸는데, 그게 얼마나 건방진 일인지. 누구도 있었던 일을 없었던 것으로 할 수는 없다. 그건 신이라도 마찬가지라고 벽장의 그는 생각해왔다. 그러나 그 역시 이런 상황은 예측하지 못했는데, 해방의 대가로 그 또한 영원히 사라지게 될지도 모른다고는. 침대에 누운 벽장의 그는 정말로 잠들어보려고 애썼다. 그렇게만 된다면 조금은 편할 것이라는 계산이 그로 하여금 양의 마릿수를 세게 만들었다. 그러나 허사였는데, 그는 잠에 빠져들기는커녕 자신의 눈꺼풀이 파들거리는 것조차 제어하지 못하고 있었다. 돌쩌귀 우는 소리가 들리자 그는 그것을 새가 우는 소리로 착각해보려 애썼지만 잘 되지 않았다. 방안에 들어선 방문객이 그들 위로 몸을 기울이는 기척이 느껴졌다. 가늘게 눈을 뜨자 방문객이 왼편에 잠든 그의 겨드랑이에 손을 집어넣어 가뿐히 들어올리는 게 보였다. 방문객이 잠든 그를 품에 안고 아기를 어르듯 두어 번 흔들었다. 그러다가 그대로 위로 던져 올렸는데, 다음 순간 잠든 그는 천장에 들러붙은 모기 사체처럼 바르작거리며 영원히 잠들고 말았다. 침대 위에 혼자 남은 벽장의 그는 숨을 죽였다. 어쩌면 저런 방식이 나을지도 모르지, 그는 자위했다. 몇십 년간 혼자 벽장에 갇혀 있다 맞이한 끝이 이런 식이리라곤 상상한 일 없지만, 그대로 영영 잊히는 것보단 나을지도 모른다고. 완전히 도래한 것을 무를 방법을 몰랐으므로, 그는 자신의 몸이 허공에 떠워질 것을 대비하여 온몸을 딱딱하게 굳혔다. 하지만 방문객은 그를 들어올리지 않았다. 그의 곁에 누워 그의 목덜미 아래에 난 틈바구니에 팔을 끼워넣을 뿐이었다. 치켜든 고개의 무게를 어깨로 지탱하며, 방문객은 잠든 척하는 그를 물끄러미 내려다보았다. 눈꺼풀이 맹렬하게 떨려와서, 그는 차라리 눈을 떠버리고 싶을 지경이었다. 이윽고 방문객이 다른 쪽의 팔을 뻗어 그를 끌어안았다. 그의 비대한 몸뚱이, 그러나 유동적인 그것이 젤리 질의 이불처럼 그를 포개어 눌렀다. 고은 돼지 뼈의 냄새와 술과 담배 향취가 섞여 풍기자, 벽장의 그는 그게 그가 이전에 삼킨 그들의 냄새라는 것을 알아차렸다. 눈을 뜨자 반투명한 그의 몸안에 흰자위를 까뒤집고 숨이 멎은 다른 그들이 보였다. 그때 방문객이 그의 입술을 제 입술로 문지르며 혀를 조금 빨았다. 그의 터틀넥 스웨터를 걷어올리고 바지와 속옷을 끌어내렸다. 뭉근하게 데운 고깃덩이 같은 혀가 그의 상체 구석구석을 기어다니기 시작했다. 벽장의 그는 스스로 알지 못하는 때에 헐떡거렸는데, 공포에 질려서인지 그의 신체가 접촉에 반응하는 것인지 알 수 없었다. 까끌까끌한 혀와 뭉툭하고 드센 이가 그를 핥고 깨물었다. 이어 두툼한 혀가 하반신을 향해 움직였다. 죽음이 불안을 사랑하는 방식에 대해 미처 생각해본 일이 없었는데, 그는 이제 범해지고 있었다. 그 순간 벽장의 그는 온 힘을 다해 비명을 내질렀다. 그럼에도 불구하고 이대로 끝은 아니기를. 부디 나의 비명이 벽장 안까지 전해졌기를. 그의 울분이 끔찍하게 메아리치는 가운데, 그는 그대로 정신을 잃고 말았다.

9

넥타이 매듭을 매는 일은 오랜만이었다. 벌써 여러 해 정장을 입지 않았으므로. 기억을 더듬는 데 생각만큼 좋은 일이 있을까. 거기에 단서가 하나 주어진다면 더할 나위 없다. 이 넥타이는 그런 의미에서 있어야 할 장소에 있었는데, 그 후회들을 불식시킬 수 있는 장소가 바로 이 벽장이란 것을 생각했을 때 더욱 그러했다. 이 넥타이는 나를 낳은 여자가 그녀의 새로운 남자를 위해 손수 고른 것이었다. 그녀는 매일 아침 그를 위해 매듭을 지어주었고 마지막 매듭 역시 그녀가 묶었다. 벽장이 학대를 위한 곳이 될 때, 어린 나는 자주 그곳에 있었다. 나를 낳은 여자, 그녀가 나를 학대한 것은 아니었고 오히려 내 쪽에서 했다고 보는 편이 옳을 텐데, 그건 그녀가 나를 찾을 때마다 벽장에 들어가 숨어버리는 식이었다. 그녀는 몇 번이나 그곳에 들어가지 말 것을 당부했지만 어린 나는 귀담아듣지 않았다. 잠자리에 들 때마다 그녀가 속삭이는 벽장 속 괴물 이야기 역시 나를 겁주려는 빤한 수작으로만 여겨졌다. 내가 여전히 벽장에 드나들자 그녀는 상처 입은 표정을 지어 보였지만, 벽장에 난 가로로 된 살 틈으로 그녀가 나를 애타게 찾아 헤매는 것을 보고 들을 때의 즐거움이란. 하지만 그녀의 마지막 매듭,

곧이어 나는 그것을 떠올려냈다. 학교에서 돌아와 여느 때처럼 벽장에 숨으려고 했을 때, 나는 그녀의 치마폭에 얼굴을 묻는 셈이 되었다. 나는 걸려 있는 남자의 옷들을 문발을 가르듯 헤쳤다. 그리고 가로대에 매달린 그녀를 목격했다. 그녀의 하체를 감싸안고, 그때 내가 어떻게 했던가. 매달린 그녀를 끌어내리기 위해 그녀를 잡아당겼던가. 중력에 의해 길게 늘어지고 부러진 그녀의 목을 내가 더욱 늘어뜨렸던가. 이제 나는 벽장에 있고, 그녀가 왜 내게 벽장을 금지했는지 안다. 여기 무시무시한 것은 없지만, 내가 가로대에 넥타이를 맬 수 있을 만큼 충분히 자랐기 때문에. 하지만 내가 옷상자를 밟고 올라서 매듭을 묶고 발을 떼었을 때, 그 무시무시한 비명소리는…… 그조차 꿈이었을지? 매듭이 풀리면서 몸뚱이가 바닥을 친 순간, 나는 소스라쳐 깨어났다. 짙은 회색 이불이 눈 바로 아래까지 덮여 있는 것을 보았다.

10

여러 날의 낮과 밤이 지난 것 같았으나 나는 꼭 하루 동안 잠들어 있었다. 침대에서 일어난 나는 창밖을 보며 바깥의 무엇이 어떻게 달라졌는지를 훑고 있었다. 눈은 그쳐 있었고 쌓인 눈도 녹아 있었고 얼어붙는 대신 질척해져 있었고 햇볕이 내리쬐고 있었다. 눈은 어제 이후 새롭게 내리지는 않은 모양이었다. 어제 이 창으로 보았던 것은 내리는 눈과 쌓인 눈과 사박거리는 눈길, 그리고 밤과 가로등이었는데, 거의 모든 것이 바뀌어 있었다. 바라보이는 익숙한 공간 역시, 어제와 오늘의 중첩은 사물이 놓여 있던 위치 정도밖에 남지 않은 듯했다. 냄새와 그림자와 무게감이 바뀌었고, 무엇보다 다시는 혼자일 수 없을지도 모른다는 예감이 공기중에 납작하게 드리워 있었다. 내게 더해진 여남은 그림자만큼의 중력, 그것은 다시는 마음대로 떠날 수 없음을 의미했다. 나는 커튼 천을, 앞면은 붉고 뒷면은 검은 두툼한 그것을 손가락에 끼우고 조금 비틀었다. 볕을 받은 탓인지 느릿한 허기가 졌다. 식탁으로 향한 나는 돼지 뼈를 고은 국물이 담긴 냄비를 불 위로 가져다 얹었다. 여러 번 끓인 탓에 야채는 본래의 형태가 보이지 않을 만큼 뭉개져 있었다. 그러나 뼈는 오히려 하얗게 더 단단해진 것처럼 보였다. 냄비에서 짜고 눌어붙은 냄새가 피어올랐다. 나는 냄비 뚜껑이 달각거리는 소리를 들으며 커피포트에 물을 받아 스위치를 넣었다. 원두를 갈고 여과지에 담아 드리퍼 위에 올린 뒤, 끓인 물을 둥글게 부었다. 젖은 원두 가루가 거품을 내며 도톰하게 부풀었다. 유리 서버 안으로 까만 액체가 후드득 떨어져 고이기 시작했다. 나는 한동안 눈을 감고 커피가 내려지는 소리 사이로, 녹은 눈이 물이 되어 떨어지는 이중주를 들었다. 규칙적인 소리들은 나를 기분좋게 했다. 마치 제대로 된 세계에 속해 있는 것처럼. 눈을 뜬 나는 약속을 미루기 위해 편집자에게 전화를 걸었다. 신호가 가는 소릴 들으며, 나는 간절기 코트를 꺼내 손질해두어야겠다고 생각했다.

전발씨

나는 가난해 보였지만 가난한 것은 아니었다. 가난한 것은 불편했지만 가난해 보이는 것은 약간의 편견을 감수하기만 한다면 오히려 편한 면도 있었다. 그것은 타인의 기대와 부응에 관한 것인데 그에 대해 이야기하기 시작하면 길고 길어서 좋을 것은 바나나와 기차밖에 없으므로 최대한 짧게 말하자면 나는 쌀과 김치와 김과 참치를 주식 삼았지만 주부구단 소시지를 살 돈이 없는 것은 절대 아니었단 얘기다. 나는 그저 딱히 사치를 부릴 일이 없는 타입이었다. 음식은 배를 채울 수 있으면 되었고 옷은 몸을 가릴 수 있으면 되었다. 내 식단은 변색이 드문 검정 티셔츠와 검정색 면바지와 상통했고 삼 년째 신고 있는 니코보코 운동화 역시 동일 선상에 있었다. 연필을 굴리기만 하면 정답이 나오는 학생처럼 나는 적당한 조합으로 아무렇게나 의와 식을 해결하는 데 익숙했다. 그러나 생활 전반이 아무래도 좋았던 것은 아니고 사람마다 편향된 가치를 가지고 있기 마련이므로 나 역시 그러했는데, 의와 식에서 누릴 수 있는 여러 가지를 배제함으로써 내가 얻고자 하는 것은 오로지 만족스런 주라 해도 과언이 아니었다.

지상의 삶을 이어나가는 필수 요소를 의식주로 보았을 때, 앞의 두 가지야 헌옷함이나 무료 급식 따위로 어떻게든 버텨낸다손 치더라도 주거가 해결되지 않을 바에는 홈리스라는 딱지가 붙기 마련이었으므로 집에 대한 내 집착은 특별할 것도 없었다. 자칫 색다른 인테리어나 호화로운 둥지를 지향하는 양 오해를 살까 덧붙이자면 나의 즐거움은 거처를 옮겨다니는 데 있었는데, 나는 서울시의 여러 공간에 머물고 떠나는 데서 기쁨을 찾았다. 그 과정과 행위는 일상에서의 정복욕을 충족시켜주는 동시에 내가 이 도시에 살 자격이 있는 사람이라는 자신감을 심어주었다.

주거 공간의 선택에 있어 나의 구미를 당기는 것은 넓은 평수도, 채광도, 역세권도 아니었다. 그 기준은 집세에 있었는데 지나치게 단순히 표현된 것 같아 조금 망설여지지만 내 레이더는 같은 조건 중 가장 값싼 곳을 찾는 데 분명 특화되어 있었다. 집을 고를 때의 나는 탁월한 안목과 배포를 가진 사람이었고 무엇보다 섣부른 편도 아니었는데, 일을 그르치지 않으려면 보다 치밀해야 했기 때문이었다. 왜냐하면 싼 게 비지떡이라는 속담이 괜히 있는 게 아니어서, 조건에 부합하는 집을 찾아낼 때마다 나로선 집주인에게 몇 가지 설문의 대문을 지나게 하지 않을 수 없었고, 실은 그때야말로 탐색 능력 외에 또하나의 장점, 나의 두둑한 배짱이 발휘되는 시점이기도 했는데 그것은,

'누가 죽었죠?'나,

'왜 죽었죠?'나,

'어떻게 죽었죠?'와 같은 질문으로 그 집의 역사를 부러 밝히고 아는 일이었다.

임대차에 있어, 생활의 역사가 가산점으로 적용되는 일은 없었다. 그 집에서 몇 명이나 태어났고 누가 어떻게 살다 나갔는지에 대해 사람들은 아무런 관심을 두지 않았다. 그게 상상할 거리가 되지 못하기 때문인데, 반대로 누군가 어떤 방식으로건 그 공간에서 숨을 거두었다면 이는 강력한 감점 요인이 되었다. 직전 세입자가 천수를 누리고 자연사를 했다 하더라도 그 사실을 알게 된 사람들이라면 추깃물이라도 남아 있는 양 눈살을 찌푸리며 발걸음을 돌리곤 했다. 인간의 상상력이 지어낸 없는 냄새란 실제보다 지독하기 마련이었으니 하물며 자살이나 피살, 경찰이 개입된 사건적 죽음이 일어났던 공간의 경우라면 말할 것도 없었다. 그리고 나는 그런 점을 잘도 이용하는 사람이었다.

임대인과 임차인의 관계에 있어 내가 던지는 질문들은 핵심에 가까운 만큼이나 무례했기 때문에 그 집에 입주하기로 완전히 마음을 먹은 것이 아니라면 하지 않는 편이 나았다. 그러나 결정을 내렸다면 진중하고 태연하게, 무엇보다 다 알고 왔으니 거짓말은 소용이 없다는 표정을 지어 보이는 것이 관건이었다. 그런 태도를 가진 집 보러 온 사람을 만나게 되면 집주인은, 아무래도 이 새끼가 뭘 알고 왔구나 하는 마음에 간을 보려야 볼 수 없는 상황에 봉착하게 되고, 그런 때에 상대방을 기만하기란 쉬운 일이 아니었으므로 끝내,

'벌써 삼 년도 더 지난 일이에요.'

'뭐가 매일 나오진 않아요.'

'들어오기 싫음 관두쇼. 당신 아니라도 들고 싶은 사람이 백 미터

줄을 섰어.'

따위의 대답을 초조하게 뱉어내어 나를 즐겁게 했다.

분위기가 잡혔다면 다음은 더욱 간단했다. 안으로 들어가 고개를 갸우뚱해 보이며 이곳저곳을 샅샅이 훑고, 의미 없는 얼룩들에 손가락을 대보거나 냄새를 맡는 등 시체의 흔적을 찾아내려는 몸짓을 보이면 집주인의 불안감은 어렵지 않게 고양되었다. 상대방의 눈동자가 갈 곳을 모르고 흔들리기 시작하면 마지막 패를 보일 때가 되었다는 의미, 그것은 이 집에 불행한 역사라는 하자가 있음은 분명하지만 그럼에도 불구하고 한번 살아가보겠다는 결연함, 그렇지만 이미 알게 되어버린 것을 맨입으로 모른 척할 수는 없지 않겠느냐는 투의 '조금만 더 빼주시면……' 한마디였다.

나의 몸짓들은 잔인한 세부 질문들과 더불어 일종의 쇼맨십에 불과했으므로 거래가 종료되기까지는 실상 얼마 걸리지 않았다. 나는 그렇게 이미 저렴한 보증금의 일부와 월세의 얼마간을 더 깎는 데 언제나 성공하곤 했는데, 혹자는 짓궂다 하겠으나 내겐 이것이 서로에게 좋은 일이라는 확신이 있었다. 집주인들로선 차라리 비워두는 게 낫지 않을까 싶었던 골칫거리를 해결할 수 있었고 나는 공간의 역사쯤이야 아무래도 좋은 임차인이었기 때문이었다. 생활을 위한 방편이 일종의 수집 행위로 변모되긴 했지만 실제로도 나는 그런 사건들에 덤덤한 편이었다. 이 나라의 어느 생활권이 시체로부터 완전히 자유로울 수 있을까. 죽음이 일어났던 곳이 공포의 대상이 된다면 마포대교는 지나가기만 해도 오금이 저려야 하는 것 아닌가. 하지만 지하철을 타고 한강을 가로지를 때의 내 가슴은 서울이 내 것인 양 벅차오르기만 했다. 처음 발을 들인 스무 살 이후 서울을 떠나 산 적 없다는 것이 내 자부심이었고, 이것이 내가 이 도시를 사랑하는 방식이었다.

그러던 내가 그 집을 발견하게 된 것은 신림동의 한 반지하방, 깨끗하고 널찍하지만 지난 삼 년간 고시생 둘이 자살하고 직전 세입자는 정신병원에 들어가고야 말았다는 그곳에서 평화롭게 일 년을 머무른 끝에 슬슬 새로운 거주지를 찾아 나설 마음을 먹은 참의 일이었다. 나는 평소에도 놀이 삼아 무가지의 임대 정보를 뒤적이곤 했는데, 근 십 년간 '그런 집'에서 '그런 집'으로 이사를 전전한, 출근을 하지 않는 날이면 그래 보이는 집을 찾아가 '그런 집'임을 확인하는 취미를 가지기도 한 나는 내 촉을 꽤 신뢰하는 편이었다. 임대 정보를 들여다보다 그 집의 광고를 접했을 때 나는 곧바로 그게 '그런 집'이 아닌지 의심했는데, 잘사는 동네의 귀퉁이에 위치한 주택 이층을 통째로 쓰는 값으로는 도무지 믿기 어려울 만큼 저렴한 금액이 제시되어 있었기 때문이었다. 하지만 나는 얼른 색연필을 들지 못하고 망설였는데, 그 집이 '그런 집'의 확신에 있어 예선을 통과했긴 했으나 본선의 무대에 세우자마자 경보음이 소스라치게 울려서였다.

선전물들이 다 그렇겠지만 임대 광고가 보이는 특성은 문구로 드러나는 그 간절함에 있었다. 역세권, 신축 건물, 쾌적한 환경, 관리비 없음 따위의 짤막하고 구체적인 애원들이 그것이었는데, 보통의 집인 경우에야 시세라는 것이 있으니 방점이 여기 찍혔지만 어떤 이유로 싸게 내놓은 집이라면 방점은 금액에 찍히기 마련이었다. 그렇기에 '그런 집'들은 눈에 띄었는데 방점이 찍힐 곳이 모호한 탓이었다. 시세보다 떨어지는 값을 제시하고도 '그런 집'들은 자신의 긴박한 상황을 지나치게 낮추어 내비치곤 했다. 그런 식으로 덜렁덜렁 매달린 애원의 사족들은 집을 알아보는 사람의 구미를 당기는 동시에 갯값으론 개밖에 못 살 거라는 상반된 반응을 이끌어냈다.

하지만 그 광고에는 '주택2층/평방미터/(상당히 싼) 보증금/(터무니없이 낮은) 월세' 외의 어떤 정보도 기재되어 있지 않아서, 애원의 총량을 가늠할 수 있기는커녕 그게 없다시피 해 보통의 급매물들과도 구별되었다. 머뭇대며 색연필을 집어든 뒤에도 나는 한참이나 무가지를 노려보고 있었는데, 그 집이 '그런 집'이 아니라 정말로 낡고 별 볼 일 없는, 내세울 게 없어 적을 것도 없는 매물일 수 있다는 의심 또한 든 까닭이었다. 만에 하나 그 집이 서울-부적응자들이나 기어드는 도태된 공간 중 한 칸이라면 나는 그 광고를 건너뛰는 것이 옳았다. 내가 이런 일을 시작한 것이 그따위 어설픈 쪽방에서 사는 일을 피하기 위해서이기 때문이었다. 하지만 '그런 집'으로 추정되는 몇 개의 매물들에 동그라미를 친 다음에도 그 집은 자꾸만 눈에 밟혔는데 그것은, 같은 홍등가의 여자라도 핑크색 가발을 쓰고 달려와 팔에 매달리는 쪽보다는 검은 머리카락을 길게 늘어뜨린 채 창을 등지고 앉아 있는 쪽에 더욱 시선이 가는 것과 비슷한 원리인 듯했다. 하지 않아도 될 일을 모두가 하는 와중에 정말로 하지 않기로 마음먹은 이의 시건방짐, 이는 보기 드문 '그런 집'의 자신감인가 개털의 반증인가. 나는 결국 휴대폰을 집어들고 다이얼을 눌렀다. 눈으로 직접 확인해야 직성이 풀릴 것 같았다.

공인중개사와 통화를 하고 찾아간 주소지는 한적한 주택가였다. 나는 '잠만 자는 방 있음'이나 '하숙생 구함' 따위의 전단이 붙지 않은 말끔한 전봇대를 낯설게 쳐다보았다. 골목길에 잘 발라진 아스팔트는 단 한 번의 토악질도 받아본 적 없다는 양 검고 매끈하게 빛나고 있었다. 나는 만나기로 약속한 편의점 앞에 서서 공인중개사와 집주인을 기다렸다. 편의점 주변으로 양옥 주택들이 즐비했지만 그중 어느 집도, 절대로 그 값에 내어질 것처럼 보이지 않았다. 제대로 찾아왔다는 생각이 들어 입가에 슬며시 미소가 떠올랐다. 나는 이마의 땀을 손등으로 훔치며 그중 어느 건물이 품고 있을 불행한 과거사를 그려보기 시작했다. 보험금을 위해 로미오가 독을 삼켰는데 줄리엣이 눈치 없이 따라 마셨다거나, 생활고를 비관한 한 집안 전체가 샹들리에가 떨어질 정도로 묵직하게 목들을 맸다거나. 어쩌면 살인사건일 수도 있겠지. 남편의 내연녀에 의해 선량한 가정주부가 난도질을 당했다거나, 정신병자의 묻지 마 범행으로 일가족이 무참하게 맞아 죽었다거나.

먼저 모습을 드러낸 것은 집주인이었다. 그는 편의점 앞에 선 나를 발견하고 팔짱을 낀 채 다가와 곁에 섰는데, 안색이 창백하고 몸피가 마른, 신경질적으로 생긴 여자로 기다란 파마머리를 정수리에 똬리처럼 틀어올린, 젊었을 땐 남자 여럿 홀려봤지만 고르고 골라 결혼했는데도 어쩐지 삶이 불행해, 라는 표정을 짓고 있는 아줌마였다. 내가 고개를 숙여 보이자 집주인은 손가락을 약간 까딱거리는 식으로만 인사를 받았는데, 꽤나 무례하다 할 수 있었으나 그가 나보다 스무 살은 연상인 것을 떠나 그런 식의 행동이 너무도 잘 어울린 나머지 저치의 빳빳한 목은 평생에 걸쳐 만들어진 게 아닐까 생각하는 것 외의 반응은 생겨나지 않았다. 나는 곧이라도 내뱉으려 준비한, 누가, 언제, 어떻게 죽었나요 따위의 질문을 곱씹으며 동네를 힐긋대고 서 있었다. 날이 덥고 습했으므로 약속시간을 십오 분이나 어긴 것을 지적할 법도 했지만 가느다란 목을 시종일관 이쪽저쪽으로 조금씩 비틀며 집주인이 지어 보이는, 얘, 나 피곤한 거 안 보이니, 라는 표정이 나를 주눅들게 했던 것이다. 다시 오 분이 지나 수선을 떨며 도착한 공인중개사는 검은 모시 투피스의 조직이 튀어나오는 살덩이들을 간신히 틀어막은 통통한 중년으로, 뒤를 도는 순간 아무리 애를 써도 생김새는 떠오르지 않고 다만 무언가 꽉 터질 듯 조여드는 이미지만이 남아 상대를 속상하게 하고 마는 까만 올인원 같은 아줌마였다.

나를 이끌고 그들이 향한 곳은 편의점을 등지고 오른쪽 세번째 주택이었다. 청회색 대문 옆에 난 같은 색의 쪽문을 열쇠로 따자 녹색 우레탄을 바른 계단이 눈에 들어왔다. 좁다란 계단을 올라 고동색 금속 틀에 불투명 유리가 네모지게 박힌 현관문을 열고 들어선 그 안은 상상 이상으로 훌륭했다. 한눈에도 벽지와 장판이 새것이었고 욕실 수압은 셌으며 창문과 방문 또한 무리 없이 잘 열렸다. 말끔한 내부를 둘러볼수록 확신에 확신이 더해졌다. 더이상 망설일 이유가 없었다. 이런 형태의 거래를 성사시키고자 할 때 언제나 중요한 것은 어떻게 우위를 선점하는가였는데, 어느 쪽이 먼저 상대를 당황시키는가, 대체로 그것은 타이밍에 달려 있었다.

"그래서, 몇 명이나 죽었죠?"

바야흐로 쇼타임이었다. 장전을 마친 나는 무리 없이 방아쇠를 당겼고, 한껏 여유를 부리며 두 여자의 반응을 살폈다. 그건 집의 역사를 아는 이의 입장에서 맞닥뜨릴 수 있는 난관 중 최대치인 게 분명했다. 나는 그 힘을 맹신하고 있었다.

그런데 예상과는 달리 질문을 받은 순간 집주인과 올인원이 묘한 눈빛을 주고받았고, 그건 결코 심상하다 말하기 어려운 반응이었다. 그야 습격에 눈빛 교환이란 좀 이상하지 않은가. 바늘에 손가락을 찔린 것처럼 따끔 놀라 성을 내거나 빨갛게 달아오른 변명을 방울방울 뱉어내는 것, 그것이야말로 그들이 보여 마땅한 태도였다. 그건 본인들의 손 밖에서 난 사건으로 별안간 피해를 입고 만 사람들이 드러내는 흔한 자기방어의 방식이기도 했다. 하지만 그들은 편의점 앞에서 내 입가에 떠올랐던 미소처럼 슬며시, 그러나 반사적으로 눈빛을 주고받았고, 그네들의 비밀스러운 공유에 대해 아는 바가 전연 없었던 나는 무언가 잘못되었다는 느낌은 받았으되 그것이 무엇인지 전혀 짐작할 수 없어 다만 어리둥절했다. 그런데다 곧, 별수없다는 듯 올인원이

"아무도 죽지 않았어요."

라고 대꾸한 순간 나는 차라리 얼떨떨하던 직전을 그리워하는 편이 좋을 만큼이나 별안간 심정적으로 허우적거리게 되어버렸는데, '아무도 죽지 않았다'는 그 말은 차라리 당신까지 총 열두 명이요, 하며 뱃가죽에 회칼을 푹 쑤셔넣는 것보다 더 이상하게 여겨진 탓이었다.

전에 없던, 판이 어그러진 느낌이 발밑을 불안하게 흔들었기에, 나는 진중하고 태연한 표정을 유지하는 데만도 갖은 애를 써야 했다. 나는 한참 만에야 더듬거리며 입을 열 수 있었는데, 침묵이 매미 소리를 덮을 정도로 철벅철벅 차오른 뒤의 일이었다.

"그…… 그럼 무언가 나오나요?"

그 질문을 떠올려낸 나는 조금이나마 자신감을 회복할 수 있었다. 그건 영적 존재에 대한 물음이었고, 내 영감이 제로에 수렴할 만큼 무디다는 것 역시 내가 '그런 집'들을 찾아다니게 한 바탕이었기 때문이었다. 누군가 죽어나가지 않았어도 어떤 공간들은 '그런 집'일 수 있었다. 적당한 땅을 사서 괜찮은 주택을 지어놨더니 글쎄, 그 자리에 기백 년은 묵은 무시무시한 지박령이 이미 살고 있었지 뭐냐는 이야기는 그리 드물지도 않은 괴담이설이었다. 그러니 바라건대 희끄무레하고 어슴푸레한 처녀, 총각, 동자, 할매, 무어라도 좋으니 원한을 갖고 둥둥 떠다녀 노인의 심장에는 문제를 일으키고 임신부라면 애가 떨어질 법한 그런 것이 출현하기만 한다면! 하지만 즉시 들려온,

"아뇨, 딱히 뭐가 나오지도 않아요."

올인원의 차분한 대답에 나는 패를 몽땅 까인 타짜꾼처럼 망연자실해지고 말았던 것이다.

머리를 한껏 굴려보았지만 더이상의 무슨 수는 떠오르지 않았다. 영적 존재에 관한 질문을 생각해낸 동시에 박수무당이라도 되는 양 유려하게 거들먹거릴 준비가 되어 있던 세 치 혀는 딱딱하게 굳어 목구멍 안으로 기어들어가버린 뒤였다. 집주인이 목덜미를 손바닥으로 천천히 쓸어내리는 게 보였다. 올인원은 오른 발등을 왼발로 긁적이고 있었다. 어쩐지 침착한 두 여자에 비해 달아오른 얼굴의 나는 초조함을 감출 수 없었다.

"아니, 그럼 대체 왜 싼 겁니까?"

패배를 인정하며 비명처럼 질문한 순간, 두 여자의 시선이 다시금

날카롭게 맞닿았다.

　날이 더워 몇 번이나 박스를 내려놓고 이마를 훔쳐야 했다. 여름은
이사를 하기에 좋은 계절이 아니었지만 나와 같은 이사 애호가라면
모두가 짐을 부리는 봄이나 가을이야말로 피해야 할 시기였다. 비수
기에 이사를 드는 내게 집주인은 편의를 봐주었는데 그건 숫제 한 달
치의 월세를 감해주겠노라는 선심이었다. 계약 기간 동안의 월세를
미리 내놓는 것이 조건이긴 했지만, 어디서건 그만큼은 살게 되어 있
었으므로 나는 얼른 주머니 속 도장을 꺼내 입김을 불었다.

　통장에서 목돈이 덤벙 빠져나갈 때에는 다른 집들을 둘러보지 않은
것이 내심 걸렸으나 막상 이삿날이 되니 뿌듯해졌다. 나도 이제 이런
동네에 산다는 것, 무엇보다 내 직감이 틀리지 않았다는 것. 그것들의
체감이 나를 기분좋게 만들었다. 마지막 박스를 들고 계단을 오르며
나는 임대 광고의 문구를 작성한 게 집주인이 틀림없으리라 생각했는
데, 비굴해 보일 정도로 알랑거리는 올인원에 비해 집주인은 끝내 꼿
꼿했기 때문이었다.

　"별로 마주칠 일도 없어요. 출입문도 따로 있고. 무엇보다 잘 안 돌
아다니더라고."

　뭘 좀 아시는 분인 것 같아서, 라며 올인원은 주워섬겼지만 그런 말
들은 내게 사족에 불과했다. 어지간한 '그런 집'들에는 눈 하나 깜짝
하지 않을 경지에 도달한 내게도 새로운, 그 집의 그런 면들이야말로
내 빠른 결정을 돋우었던 것이다. 누군가가 죽지도, 무언가가 나오지
도 않는 주택의 이층 월세가 같은 동네 상하방과 비슷하게 매겨진 이

유는 아래층 사람의 별명 때문이었다. 동네 주민들은 그를 전발씨라고 불렀다.

이사를 마친 나는 일삼아 아래층에 관심을 기울였지만, 한 주택의 위아래를 사는데도 전발씨의 동태를 살필 수 있는 부분은 생각만큼 많지 않았다. 바깥을 오가는 도중에 굽어보이는 마당과 계단 쪽으로 난 창문, 이를 제외하곤 소리뿐이었는데, 그나마도 수도관을 타고 물이 흐르거나 온수 보일러가 돌아가는 소음들이 희미하게 들리는 수준이었다. 사람이 사는 곳이라면 으레 새어나오기 마련인 텔레비전이나 라디오 소리, 웃음 혹은 울음도 아랫집에선 들려오지 않았다. 나는 출퇴근길이면 보게 되는 창문의 불빛을 통해 그의 존재를 짐작할 뿐이었다. 내 이웃은 언제나 있는 듯 없는 듯 했다.

전발씨와 마주치지 못하고 닷새째를 맞이하게 된 나는 그와의 만남을 갈망한 나머지 좀이 쑤시기 시작한 자신을 발견했다. 실은 그 무엇이 나를 두렵게 할 수 있을까, 하는 게 내 속내였는데 두려움이라는 감정에 있어 나는 빈곤층이나 다름없었던 것이다. 일반적으로 그 대상이 되는 벌레나 뱀, 시체와 귀신 따위는 내게 아무런 감응도 일으키지 못했다. 나는 내로라하는 군부대를 만기제대한 사람이었고, 남자라면 겁이 없어야 한다고 생각해왔으며 또 그렇게 행동해왔다. 잠자리에 누울 때 나는 전발씨가 나를 어떻게 두렵게 만들 것인지를 상상하곤 했다. 머릿속의 이웃은 검은 복면을 쓴 덩치 큰 남자였고, 나는 그와의 대치 상황을 구체적으로 그리던 끝에 몇 번인가는 허공에 주먹을 날리기까지 했다.

그러던 그 주 주말, 나는 마침내 전발씨와 맞닥뜨리게 되었는데 맥주를 사기 위해 편의점에 들어선 참의 일이었다. 음료 냉장고는 입구 정면에 주르르 붙박여 있었다. 나는 손님들을 피해 잰걸음으로 안쪽으로 향했다. 에어컨 바람이 기분좋게 서늘했다. 티셔츠 앞섶을 손가락으로 끄집어 펄럭이자 가슴이 한껏 선뜩해졌다. 여기서 마시고 갈까, 집은 더우니까. 새로 이사한 집에는 에어컨이 없었는데, 하기야 그게 붙어 있던 집은 이태 전 머무른 여대생이 강간 살해를 당했던 원룸이 마지막이었다. 나는 냉장고에서 맥주를 꺼내들고 콧노래를 부르며 뒤를 돌았다. 그때 무언가 놓친 기분이 뒷덜미를 잡아채서, 안주? 라면이라도 부숴 먹을까, 계산대로 향하려던 나는 어슬렁거리며 코너와 코너 사이로 접어들었다. 하지만 그곳에는 벌써 누군가가 라면을 고르고 있었고, 그 사람이 바로 그라는 것을 깨닫는 데는 찰나면 충분했다. 라면 코너 앞의 전자발찌씨, 조용한 내 이웃.

나는 내가 놓쳤던 게 안줏거리가 아니었음을 알아챘다. 전발씨는 내가 냉장고로 향하는 길에 잠시만요, 말하며 비켜 지난 손님이었다. 곧바로 알아보지 못했던 게 의아하게 여겨질 만큼이나 그는 누가 봐도 틀림없는 전발씨였다. 네모진 장치가 달린 까맣고 납작한 끈이 그의 복사뼈 위에 감겨 번뜩이고 있었다. 그는 그게 자신을 어떤 식으로 대변하는지 지나치게 잘 알고 있거나 아예 모르는 듯 보였다. 날이 몹시 더웠으므로 그런 입성이 당연하다면 당연했지만 나라면 저럴 수 있었을까 생각했던 것은, 그가 반팔 티셔츠와 무릎에서 끊어지는 추리닝 바지를 입어서였다. 편의점 안의 모두가 힐긋대는 것 같았는데도 그는 마냥 태연자약했다. '누가 뭐래도 이것이 내 발목'이라는 듯이.

나는 맥주 캔을 들고 라면 코너 근처를 서성였는데, 희끗희끗한 머리칼이 드리운 뒤통수에서 눈을 떼진 않은 채였다. 시비라도 걸어볼까. 어쩌면 습격에 대비해야 할는지도 몰랐다. 밤마다 그려왔던 장면들이 파뜩파뜩 머릿속을 스쳤다. 하지만 전발씨는 참깨라면과 튀김우동을 양손에 거머쥐고 고민스럽다는 듯 내려다보고만 있었다. 상상해온 모습과 달리 그는 평범하고 초라한 중늙은이에 불과해 보였다. 그의 팔뚝은 컵라면 박스나 간신히 옮길 만큼 가느다랬고 흰 셔츠를 부풀리는 불룩한 뱃살에서는 나태하게 늘어진 그의 생활이 엿보였다. 마침내 나는 고개를 가로저었는데, 잠시라도 시비 걸 생각을 한 스스로가 비겁하게 여겨진 탓이었다. 그간 긴장했던 게 우습게 느껴질 만큼의 상대였다. 나는 실소를 흘리며 걸음을 옮겼다.

다시 계산대로 향하는데 튀김우동 용기가 굴렁쇠처럼 모로 서서 나를 앞서 데굴데굴 굴러가는 것이 보였다. 뒤를 돌아보기도 전에 전발씨가 나를 밀치고 튀어나왔다. 외마디 비명을 내질렀으나 그는 구부정한 등을 들썩이며 컵라면을 향해 나아갈 뿐이었다. 늘어뜨린 양팔을 아무렇게나 흔들며 빠르게 어기적거리는, 네발짐승에 다름 아닌 괴이쩍은 몸짓으로. 그걸 보고 있으려니 짜증이 가라앉고 되레 한심스런 기분이 들기 시작했다. 저 정도로 빙충맞은 노인네였을 줄이야. 기대하고 우려했던 지난날들이 아깝기까지 했다. 그 시간들을 돌려놓으라고 멱살잡이라도 하고 싶은 심정이었다. '병신 같으니라고.' 나는 입속말로 그를 경멸하며 걸음을 옮겼다. 집주인과 올인원 역시 어딘가 모자란 인간들인 게 틀림없었다. 여자들의 과대망상이란 정말. 나는 짧게 혀를 차며 몸을 틀었다.

계산대에 맥주 캔을 내려놓은 나는 지갑을 꺼내기 위해 뒷주머니에 손을 집어넣었다. 그런데 지갑이 잘 빠져나오질 않아서, 이 바지는 너무 꽉 껴서 언제나 무얼 꺼낼 때에 애를 먹는단 말이야, 생각하며 고개를 뒤로 돌리는데 웬 머리꼭지가 코앞에 놓여 나를 놀라게 했다. 희끗희끗하고 듬성듬성한 머리통, 컵라면 용기 두 개를 탑처럼 겹쳐 든 전발씨가 소리없이 다가와 바짝 뒤에 서 있었던 것이다.

"뭐요, 영감."

간신히 지갑을 꺼내 계산을 하며 나는 시비조로 물었다. 기분이 나빴던데다 그 감정을 숨길 이유를 찾지 못했기 때문이었다. 하지만 머리꼭지는 얼른 반응하지 않았고 그 까닭에 더욱 불쾌해진 나는,

"뭐냐니까?"

다시 한번 거칠게 쏘아붙였다. 그제야 전발씨는 느릿느릿 고개를 들기 시작했다. 다음 순간 나는 뒤로 한 걸음 물러서고야 말았다.

엉겁결이었지만 나는 도무지 가만히 서 있을 수 없었다. 내가 목격한 것을 무어라고 표현해야 좋을지. 일그러진 게 전발씨의 표정이 아니라는 것쯤이야 금방 깨달았지만 그렇다고 다른 게 일그러져 있지 않은 것도 아니었다. 나병에 걸린 것도 같고 산성 약품이라도 뒤집어 쓴 듯 보이기도 했으나 뜯어보면 그런 것도 아니었고, 그의 얼굴이 녹아내린 듯 보이는 것은 오로지 빼곡한 주름 탓인 듯했다. 눈먼 조물주가 달아놓은 양 비뚜름하게 붙어 있는 이목구비야 차치하고서라도 주름이, 많아도 너무 많았던 것이다. 이제껏 관찰할 수 있었던 비교적 팽팽하고 마른 팔다리에 비해 그의 이마에서부터 턱끝까지의 얼굴 거죽은 중세풍의 커튼처럼 겹겹이 늘어져 있었다. 간신히 벌어진 눈,

코, 입의 구멍들이 잘게 겹쳐진 주름들 사이를 버티고 있는 것이 위태로워 보일 만큼, 조금만 툭 쳐도 그것들의 감각에 막을 내려버릴 것만 같이 그의 낯바닥은 난판이었다. 도무지 시선을 거두지도 입을 다물지도 못하고 있는 참에, 일자로 합죽한 전발씨의 입술이 경련하기 시작했다. 필시 호통이나 거친 욕설이 튀어나오리란 생각에 나는 긴장했지만 그런 일은 없었다. 그는 내게 덤벼들지도 고함을 지르지도 않았다. 입술을 부들부들 떨며 눈을 홉뜨고 섰을 뿐이었다.

나는 머뭇거리면서도 자리를 뜨지 못하고 전발씨와 마주하고 있었는데, 이 기괴한 대치 상황을 어떻게 다루어야 할지 방향이 잡히지 않아서였다. 그는 뭘 어쩌자는 것처럼 보이지도 않았다. 그저 괴기스런 얼굴을 들이밀고 있을 뿐이었다. 결국 나는 몸의 방향은 그대로 둔 채로 팔을 더듬적거려 계산대에 놓인 맥주 봉지를 거머쥐었다. 그와 눈을 맞댄 채로 주춤주춤 문을 향해 뒷걸음질치기 시작했다. 전발씨가 내게 이를 드러낸 것은 바로 그 순간이었다. 금속을 입힌 어금니가 보일 때까지 그는 입술을 양옆으로 한껏 당겨 찢었다. 힘을 얼마나 줬는지 얼굴의 온 주름들이 바람 부는 사막처럼 파도쳤다. 질겁한 나는 등짝으로 문을 밀어 열며 황급히 편의점을 빠져나갔다. 떠밀리듯 문밖으로 튕겨져나갈 때까지 그는 그런 채로 나를 노려보았다.

정신없이 편의점을 벗어나 뒤를 돌아보았을 때는 전발씨의 시선이 거두어진 후였다. 그는 고개를 떨어뜨린 채, 양손에 거머쥔 컵라면 두 개를 헤드셋처럼 귀에 대고는 그 자리에 서 있었다. 뭐야, 저 노인네는. 나는 손바닥으로 살갗을 문지르며 엉거주춤 걸음을 옮겼다. 팔뚝과 목덜미에 돋은 소름이 가라앉지 않고 있었다. 가라앉기는커녕 우후죽순처럼 자꾸만 솟아올랐다. 뒤를 의식하며 주춤주춤 걷다보니 집 앞에 닿았다. 편의점 오른편으로 세번째 주택, 우리는 같은 집에 살고 있었다.

별안간 정신을 차린 나는 뛰다시피 계단을 올랐다. 현관문을 따고 들어서자 기다렸다는 듯 식은땀이 쏟아져내렸다. 이해할 수 없을 정 도로 많은 양의, 기분 나쁜 냄새가 나는 땀이었다. 현관문에 몸을 대 고 주저앉자 축축한 등뒤로 금속 재질이 선뜩했다. 벌어진 비닐봉지 에서 맥주 한 캔이 굴러나온 게 보였다. 나는 모래가 묻은 손으로 맥 주 캔을 따서 벌컥벌컥 들이켰다. 캔을 쥔 손이 눈에 띌 정도로 거세 게 덜덜 떨렸다. 입술에서 캔을 떼자 전발씨의 생김새가, 그 역겨운 얼굴이 주마등처럼 눈앞을 스쳐지났다. 홉뜬 눈동자와 악물어 더욱 벌어진 앞니, 미쳐 날뛰는 눈빛에 반해 지나치게 정적인 몸짓. 그건 공격 대상을 앞에 둔 미친개의 살기에 다름 아니었다. 상대를 갈기갈 기 찢고 갈아 믹서째 꿀꺽꿀꺽 마셔버리려는 행동의 전조가 거기 있 었다. 내가 대체 무슨 짓을 저지른 거지? 무릎 사이에 고개를 처박는 순간, 어디선가 으르렁대는 소리가 들리는 것만 같았다.

앉은 자리에서 맥주 두 캔을 비운 다음에야 몸을 일으킬 정신이 돌 아왔다. 하지만 비척비척 컴퓨터 의자로 가 앉고 나서도 얼굴을 감싸 쥔 손바닥은 좀체 뗄 수 없었다. 손가락 사이로 까만 모니터를 한참이 나 노려보던 나는 마침내 자세를 고쳐 앉았다. 죽으란 법은 없지 않은 가. 그가 무엇 때문에 그런 행동들을 했는지 파악할 수만 있다면. 그 때부터 나는 가능한 한 침착하게 편의점에서의 상황을 복기하기 시작 했는데, 하지만 아무리 생각해도 이해되는 면은 생겨나지 않았다. 어떤 이유로 내게 화가 났대도 그의 행동은, 잘못에 대한 책임을 묻고 사과를 요구하는 보통의 성난 사람과는 다른 체계를 가진 듯 보였다. 살아 있는 늪처럼 음습했던 표정과는 달리 그는 어떤 언행도 내게 가하지 않았던 것이다. 컵라면 용기를 귀에 대는 그 행위 역시 라면을 고르는 사람의 일반적인 자세라고는 할 수 없었다. 컵라면은 포장을 보고 골라야 하는 것 아닌가. 참깨라면이라고 참깨 터는 소리가 나고 튀김우동이라고 해서 기름 튀는 소리가 날 리는 만무했다. 다만 나는 무사히 귀가했는데도 불안감이 가시지 않는 까닭을 알 것 같았는데, 서로 대거리하고 귀싸대기라도 얻어맞았으면 끝났을 사소한 대치를 달아남으로써 이곳까지 끄집고 들어와버렸기 때문이었다.

범죄자와 한건물에 산다는 것, 악당이 내 이웃이라는 것, 그게 아무래도 좋은 것은 이길 자신이 만만할 때나 내가 대상이 되기 전까지의 일이었다. 상상했던 것처럼 우락부락하지도 덩치가 크지도 않은 전발씨는 둘러말해 단지 못생긴 늙은이라 해도 좋았다. 알 수 없는 행동을 하는 왜소한 노인에 불과했다. 하지만 조금도 안심이 되질 않았는데, 그건 그의 발목을 휘감고 있는 검은 뱀의 몸뚱이가 내게 주었던 느낌 탓이었다. 전자발찌를 차고 있다는 것, 이 이상 무슨 설명이 더 필요하단 말인가? 네모난 장치가 매달려 있는 까만 끈고리, 전자발찌를 실제로 본 건 처음이었지만 그건 생각보다 실재적이고 상상 이상으로 압도적이었다.

전발씨가 나를 적으로 인지했다면 그것은 아마도 그가 컵라면을 좇는 길에 내 어깨가 버티고 있었던 탓이 아니었을까. 와서 부닥친 건 그쪽이었지만, 그것만으로는 어떤 정의도 바로 세울 수 없었다. 어쩌서 그와의 적정 거리를 유지하지 못했단 말인지, 나는 나 자신이 너무도 머저리같이 느껴진 나머지 내 머리통을 세게 한 대 쳤다. 가해자가 피해자보다 육체적으로 우월할 거라는 편견이야말로 범죄 예방을 서툴게 만든다는 것은 상식이었지만, 어떤 상식들은 상식이기 때문에 꼭 필요한 상황에서는 떠오르지 않기도 했다.

'당신 이웃이 될 사람은 전자발찌를 차고 있습니다.' 왜 나는 이 경고를 무시했단 말인가. 나조차 잊고 있었지만 내가 가진 범죄자에 관한 또다른 편견은 이런 것이었다. 한 번 범죄를 저지른 사람은 두 번도 저지를 수 있고, 두 번의 범죄를 저지른 사람은 반드시 세번째를 저지를 것이라는. 그 대상이 내가 되지 않으리라고 누가 장담할 수 있단 말인가!

그러다 어떤 생각이 떠오른 나는 컴퓨터를 켜고 인터넷에 접속했다. 전발씨가 무슨 범죄를 저질렀는지 확인할 방도가 있었던 것이다. 하지만 막상 범죄자 알림 사이트에 들어가보니 기대만큼 만족스럽지 않았는데, 무엇보다 치명적인 사실은 그곳에 모든 전자발찌 착용 범죄자의 주소가 올라 있지는 않다는 것이었다. 열람이 가능한 건 성범죄자에 관련된 내용뿐이었고, 이 동네에만도 세 명의 강간범과 강간 미수범이 살고 있었지만 내가 사는 집은 아니었다. 눈을 부릅뜨고 검색 조건을 바꾸어가며 자판을 갈겨댔지만 결과는 마찬가지였다. 맥이 풀린 나는 책상에 이마를 들이받으며 낮게 신음했다. 내 실망감은 그 정도로 대단했는데, 컴퓨터를 켜기 전까지만 해도 실낱같은 희망이 남아 있었기 때문이었다.

나는 전발씨가 성범죄자이길 바랐다. 여자아이나 젊은 여자만을 대상으로 하는 흉악한 강간범이길 바랐다. 내 엉덩이를 노리는 쪽보다는 내 목숨을 노리는 범죄자의 수가 많으리란 것은, 내 가랑이 사이에 불알 두 쪽이 달린 것과 마찬가지로 자명한 일이었다. 하지만 계속해서 '검색 결과가 없다'는 표시가 뜰 때마다 나는 마지막 희망이 산산이 부서짐을 느꼈다. 내가 피해자가 될지도 모른다는 생각은 널찍한 주택 이층을 한없이 좁은 관처럼 느끼게 만들었다. 이 집이야말로 그 어떤 집보다도 '그런 집'이었던 것이다. 내가 무참히 살해당한 뒤 더욱 싼값에 이 집에 들어올 누군가를 상상하니 명치를 걷어차인 것만 같았다. 호기심이 죽이는 건 고양이만이 아니었다. 알량한 객기가 나 자신을 죽음으로 몰아넣은 것이다. 죽기 싫어. 아직은 죽고 싶지 않아. 나는 손바닥으로 눈꺼풀을 짓누르며 웅얼거렸다.

그때 밖에서 대문의 돌쩌귀가 벌어졌다 닫히는 소리가 들렸다. 전 발씨가 돌아온 모양이었다. 반사적으로 현관문을 돌아보았으나 계단을 오르는 소리는 들려오지 않았다. 나는 아래층 문이 잠기는 것을 확인한 다음에야 현관문을 나섰다. 신발도 신지 않고 걸어 내려가 이제 껏 소홀했던 계단 밑 쪽문을 단단히 걸어 잠갔다. 계단을 두 개씩 올라와 현관문의 잠금장치 또한 단속했다. 이쯤이면 괜찮겠지, 싶을 때마다 불길한 상상들이 뒤통수를 치고 들었다. 창문을 몽땅 닫아걸자 마음이 조금 놓였지만, 공간이 밀폐되어서인지 공기가 금세 달아올랐다. 나는 마라톤이라도 뛴 사람처럼 더운 숨을 훅훅 몰아쉬었다. 의자가 눅눅해질 정도로 온몸이 땀에 젖었다. 그렇다고 창문을 열 수는 없는 노릇이었다. 죽느니 앓는 편이 언제나 나았다.

혹시나 하는 마음에 열두 번이 넘도록 전화를 걸어봐도 집주인의 휴대폰은 나를 자꾸 음성사서함으로 안내할 뿐이었다. 공인중개사와 연결이 되긴 했지만, 올인원은 심기 나쁜 앵무새처럼 같은 말만 반복했다.

"아니, 총각. 눈 있으면 계약서 좀 다시 읽어봐요. 월세 다 날아가도 괜찮으면 나가든지 말든지. 우린 그 집 계약 날짜까지 비워놓음 되니까."

그러더니 내가 무슨 대꾸를 하기도 전에 이런 말을 덧붙여 나를 더욱 기막히게 했다.

"그리고 그 사람도 사람인데 뭐 얼마나 나쁜 짓을 더 저지르겠어요. 죄를 미워해야지 사람을 미워하면 쓰나요. 반성하고 자숙하는 사람 그런 취급 하는 거 미안하지도 않아요?"

이 여자가 미쳤나, 차라리 매몰차게 전화를 끊어버릴 것이지. 틀린 말이 아닐지라도 그 가격에 집을 내놓은 사람들에게 허락된 말은 아니었다. 누군가에겐 내 행동이 다소 야박하다 판단될 수도 있었지만, 대체 있는 것을 어떻게 없는 셈 치란 말인지. 그의 발목이라도 자르지 않는 한 전자발찌는 계속 거기 있을 것 아닌가. 하지만 그후로도 몇 번이나 전화를 걸어 보채던 끝에 자꾸 이러면 업무방해죄로 신고하겠다는 올인원의 으름장을 듣게 된 나는 울분을 삼키는 수밖에는 도리가 없었다.

이쯤에서 올인원의 거짓말에 대해 짚고 넘어가는 게 좋을 것 같은데, 그의 부연과는 달리 전발씨는 엄청나게 돌아다니는 편이었다. 첫 번째 주말을 맞이하기 전까지는 나 역시 올인원의 사족을 철석같이 믿었지만 그건 내 출퇴근시간의 영향이었지 그게 진실이어서가 아니었다. 나는 평일 오후 여덟시부터 새벽 다섯시까지 일했고 잔업이 생겨도 여섯시면 집에 도착했기 때문에, 따지고 보면 그 시간에는 전발씨가 아닌 어떤 주민도 마주치기 쉽지 않은 일이었다. 하지만 일을 쉬는 주말이라면 얘기가 달라졌는데, 전발씨는 무슨 일 때문인지 주구장창 돌아다니는 편이어서 나는 먼발치에서라도 그를 보게 되었던 것이다. 그는 자글자글한 얼굴로 동네를 잘도 휘젓고 다녔고, 나는 그를 발견할 때마다 도망치는 일에 지친 나머지 주말에도 집에만 처박혀야 했다.

조금만 더 정신이 없는 사람이라면 팬티만 입고 길을 돌아다녀도 이상하지 않을 만큼 연일 최고기온이 갱신되고 있었다. 그 와중에 창문을 모두 닫아걸어야만 잠시라도 쉴 수 있는 상황은 나를 더욱 피폐하게 몰아갔다. 매일 맥주를 마셨으나 취한다고 곧장 잠에 빠져들 수 있는 것도 아니었고, 바로 누우면 등허리에 홍수가 날 것 같아 자꾸만 몸을 뒤틀어야 했다. 선풍기를 틀지 않으면 잠을 잘 수 없을 정도로 열대야가 극심했지만 그걸 켜놓고 자면 죽는다는 속설이 마음에 걸려 내내 돌릴 수도 없었다. 매 순간 어떤 식으로라도 목숨을 위협받는 기분이 들었다. 깊은 잠을 자는 일은 꿈에서나 가능했다. 불면의 날이 연잇자 나는 나날이 여위어갔다. 어떤 빛으로도 걷어낼 수 없는 짙은 그림자가 얼굴 전체에 드리웠다.

한 달이 지나서야 집주인과 통화가 되었지만 말하는 투로 보아 실수로 받은 듯했다. 나는 언제 끊어질지 모르는 신과의 연결에 매달린 사람처럼 휴대폰을 붙들고는, 불만과 괴로움을 빠르게 토로하던 끝에 거두절미, 방범창만이라도 달아달라고 애원하기 시작했다. 하지만 내 말을 싹둑 잘라먹고, 다 큰 남자가 겁먹을 것도 많다는 핀잔과 모르고 든 것도 아니지 않느냐는 비아냥거림은 참아주기 어려울 정도여서, 만나서 얘길 하지 않아 다행이란 생각이 들 만큼이나 여자의 목을 꺾어버리고 싶단 충동이 거침없이 샘솟았다. 그러나 전적으로 약자였던 나는, 그러지 말고 좀 달아달라고 재차 애걸했다.

"제발 좀 달아주세요. 제발요."

그 순간 전화가 끊겼고, 서둘러 발신 버튼을 다시 눌렀을 때는 수신자가 통화를 거부했다는 안내 음성이 혼을 뽑아놓을 만치 차분하게 전달되었다. 들어갈 때와 나올 때가 다른 것이 사람이라지만 이건 해도 해도 너무하지 않은가. 아줌마의 혀 차는 소리나 들을 셈으로 한 달 내내 전화통을 붙잡고 산 것이 아니었다. 내가, 제발이라고, 두 번이나 말했는데! 나는 괴성을 내지르며 머리털을 쥐어뜯었다. 붉은 땀띠가 빼곡하게 올라온 몸에서는 쉰내가 가실 날이 없었다. 하루 세 번 샤워를 해도 그때뿐이었다.

심각한 토로를 웃어넘기던 친구는 몇 번의 통화 끝에 내게서 웃음기가 완전히 사라진 것을 깨닫고 나서야 사태를 파악한 듯 고기를 사주겠다며 나를 불러냈다. 일차 삼겹살부터 삼차 꼼장어까지 술을 거나하게 얻어 마신 나는 전발씨가 다 뭐냐며, 내 쪽에서 그를 먼저 찔러버리겠다며 허공에 젓가락을 휘두르다 식당 주인에게 혼나고 귀가하는 길이었다. 큰길가에 택시를 세운 나는 호시탐탐 달려드는 모기 새끼들을 팔로 휘저어 쫓으며 골목 안쪽으로 비틀비틀 걸음을 옮겼다. 전발씨가 뭐기에, 씨발, 전발씨발. 나는 되도 않는 욕을 지껄이며 편의점 앞을 지났다. 망할 놈의 새끼, 당장이라도 앞에 나타나보라지. 빌어먹을 살인자 새끼 같으니라고. 그때의 나는 정말 호기롭기 그지없었고, 사실 알코올의 효과란 그런 것뿐이었다. 그러나 나는 곧 그 말을 주워 담는 편이 좋았는데, 집에 거의 다다랐을 무렵 대문 앞에 누군가 서 있는 것을 발견했기 때문이었다. 아니나 다를까 그는 씨발, 전발씨였다.

검은 인영이 전발씨라는 걸 알아보는 데는 오랜 시간이 걸리지 않았다. 그는 대문과 쪽문 사이의 좁다란 담벼락에 얼굴을 바짝 붙이고 서 있었는데, 가로등 불빛이 그의 구부정한 옆모습을 똑바로 비추었다. 손목시계를 내려다보니 새벽 두시가 훌쩍 넘은 시간이었다. 집에 들어가려면 그의 곁을 지나야만 했으므로, 나는 친구에게 전화를 걸어 재워달라고 할지 어떻게 찜질방에라도 찾아들어야 할지를 고민했지만, 조금이라도 움직이면 그가 나를 볼 것만 같아 이러지도 저러지도 못하고 그 자리에 붙박여 있었다. 마침내 나는 살살 뒷걸음질로 물러나보리라 결심하고 조심스레 발을 뗐는데, 전발씨의 고개가 시침처럼 돌기 시작한 것은 그때였다. 그는 담벼락에서 이마를 떼지 않은 채로 느릿하게 머리만 움직여 나를 훑겼다. 어둠을 헤집는 그의 안광이 괴이쩍다 느낀 찰나 그 아래로 흰 균열이 드러났다. 코와 턱을 향해 바짝 당겨진 입술 사이로 잇바디가 번뜩이자, 머리카락이 쭈뼛 섰다. 쇠창살처럼 앙다물린 그것들이 내 쪽을 향해 딱딱거리는 순간, 나는 비명을 내질렀다.

나는 그대로 뒤로 돌아 미친듯이 달아났다. 편의점 문을 밀어젖히며 뛰어들었다. 점원이 이상하게 쳐다보는 것이 느껴졌지만 신경쓸

겨를이 없었다. 술기운이 완전히 가셔 있었다. 죽도록 퍼마신 알코올이 순식간에 기화된 듯 사라지고 없었다. 생수를 사서 간이 테이블에 앉았는데도 쿵쾅거리는 가슴은 좀체 진정되지 않았다. 왜 이 시간에 전발씨가 거기 있었는지, 대체 거기서 무얼 하고 있었는지, 도무지 짐작되질 않았고 이해할 자신도 없었다. 담벼락에 이마를 대고 선 그의 모습은 흡사 귀가가 늦는 바깥양반을 기다리다 지친, 종내는 분노에 찬 여인의 그것처럼 보이기도 했는데, 혹시 나를 기다렸던 것일까? 그렇다면 내게 어떤 용무를 가졌는지도 몰랐고, 어쩌면 그것은 이 지긋지긋한 대치 상황을 끝낼 마지막 기회였는지도 몰랐지만 나는 달아나지 않을 수 없었는데, 그야 그럴 수밖에 없어서였다. 새벽녘, 어둠 속에서 마주친 우리가 어떤 대화를 나눌 수 있단 말인가. 피의 대화, 칼의 대화? 나는 초조하게 입술을 축였고 생수병을 다 비우고도 한참이나 편의점을 떠나지 못했다. 날이 완전히 밝아서야 밖으로 나온 나는 기다시피 집으로 향하는 계단을 올랐다. 현관문을 이중으로 단속하고, 창문의 잠금장치를 모두 확인한 나는 그제야 이부자리에 고꾸라졌다.

　몇 시간 후 잠에서 깼을 때, 나는 내가 자초한 지옥에 조금도 너그러울 수 없었다. 전자발찌를 찬 사람이 새벽 두시에 돌아다니는 이 동네는 어떻게 생각해도 제정신이 아니었다. 나는 휴대폰을 손에 쥐고 초조하게 만지작거렸다. 경찰에 신고를 할까? 인터넷에서 본 전자발찌 착용자의 행동 제한에 관한 법률이 머릿속을 맴돌았다. 하지만 고심할수록 그와 관련한 법이 나를 보호해줄 거란 확신이 들지 않았는데, 이 주택은 내 거처였지만 전발씨의 주소지이기도 한 까닭이었다.

그가 새벽녘 제집 앞에 서 있는 것은 불법인가 아닌가. 그가 이층으로 향하려 계단이라도 밟는다면 그건 거주지 이탈인가 아닌가. 짜증스럽게 휴대폰을 내던지며 모로 돌아눕는 순간 밭은기침이 터져나왔다. 환기가 잘 되지 않는 여름의 단독주택은 곰팡이가 세력을 떨치기 안성맞춤이었고, 그건 내 폐의 경우에도 마찬가지였다.

집을 옮긴 지 두 달이 채 되기도 전에 나는 허리띠를 두 칸이나 조여 매야 했다. 진균성 폐렴과 불면증, 만성 땀띠가 시종일관 나를 들들 볶았다. 하지만 무엇보다 견디기 힘들었던 것은 지나치게 예민해진 신경으로, 그건 나를 조금도 쉬지 못하게 옭아맸다. 집에 있을 때 나는 그나마 습기가 덜한 거실에 누워 시간을 보내곤 했는데, 눅눅함은 피할 수 있을지언정 그곳 역시 전발씨의 영향권 안인 탓에 의식하는 일은 멈추어지지 않았다. 신경을 쓰지 말자고 생각하면 생각할수록 아주 작은 소리까지 들려와 아래층 상황을 짐작하게 했다. 나는 전발씨가 몇시에 밥을 먹는지, 설거지는 바로 하는지 두었다 하는지, 가장 오래 머무르는 방은 어디인지를 알게 되었다. 그가 샤워를 할 때 양치를 먼저 하는 것이나 외출 전 구두에 솔질을 하는 것, 볼일을 볼 때 콧노래를 흥얼거리는 것과 같은 작은 습관들까지도 본의 아니게 파악했다. 그렇게 누워 있다 까무룩 잠이 들면 틀림없이 악몽이 이어졌다. 그것들은 검은색 끈고리를 감은 커다란 눈알이 절그럭절그럭 실핏줄을 휘날리며 나를 쫓는 꿈인가 하면, 커다란 동굴 같은 입안으로 면발과 함께 빨려드는 꿈이기도 했다. 내리꽂히는 이빨에 씹혀 곤죽이 된 채로 나는 전발씨의 위장 속으로 흘러들어가곤 했는데, 국물이 멀건 것이 튀김우동이 분명했다.

아무쪼록 앞으로 십 개월. 날짜를 꼽는다는 것은 견뎌보리라는 의지의 표명이었지만 내 뜻과 관계없이 나는 버텨내야만 했는데, 수중에 여윳돈이 조금도 없어서였다. 평소 내 수입은 월세와 생활비를 간신히 충당하는 수준이었고, 자투리 돈을 근근이 모아 만들어두었던 기백만원은 벌써 일 년 치 월세로 처박힌 다음이었다. 그 돈을 포기하고 보증금만 받으면 어떨지, 생각해보지 않은 것도 아니었지만 머물 곳이 당장에 암담했다. 서울-부적응자들이나 들어앉을 곳에 찌그러진 나를 상상하니 그것만으로 얼굴이 달아올랐던 것이다. 기껏해야 일 년짜리 계약 아닌가. 창문을 열지 않아도 견딜 수 있는 계절이 오면, 가을이 되면 나아지리라는 기대들로 나는 하루하루를 살아냈다. 하지만 발등이 깨지고 직장에서 잘리게 된 그날, 나는 참아낼 여력을 완전히 잃고 말았던 것이다.

휴식이 좀 필요하지 않겠느냐는 다정한 말로 반장은 말문을 열었다. 괜찮다는 대답이 즉각 튀어나왔지만 거울을 볼 때 마주치는 몰골이 어떻다는 것쯤은 내가 더 잘 알고 있었다.

"아니야, 안 괜찮아 보여."

반장이 말했다.

"무엇보다 우리가 안 괜찮아. 무슨 말인지 알겠어?"

내 시선은 어쩔 줄 모르고 사무실 바닥을 맴돌기 시작했다.

물류센터 일은 몸은 고되지만 대인관계에 큰 문제를 갖기 어려운 직업이었다. 하지만 나는 그걸 끊임없이 해내고 있었는데, 사소한 실수를 행한 용역에게 욕설과 시비를 서슴지 않다 더 큰 잘못을 저지르고는 상사에게 덤벼드는 식이었다. 물론 나도 참고 싶었고, 참으려 무던히도 애를 썼지만 인간이 하루에 참을 수 있는 분노의 양엔 한계가 있는 법이었다. 실상 그보다 문제가 된 것은 바닥을 드러낸 주의력이었는데, 물건을 떨어뜨려 파손하게 되면 그 책임이 내게 있기 때문이었다. 지금까지 월급에서 까인 게 얼마쯤 되는지 알고나 있느냐는 반장의 말에 나는 아무 대답도 할 수 없었다. 반장이 의견을 물은 것이 아니라 일종의 선고를 내렸음을 깨달은 나는 마침내 고개를 주억거렸다. 그는 그동안 고마웠다며 내 등을 도닥였다.

내 뼈는 그로부터 꼭 삼십 분 뒤에 부러졌는데, 그래도 오늘까지는 일을 하겠다고 말한 것이 내 책임감의 발현이었다면 파카글라스가 든 나무상자를 발등 위에 떨어뜨린 것은 내 수면부족의 발현이었다. 신음하는 나를 차에 구겨넣고 병원까지 함께 이동한 반장은 내 발등의 안부를 묻긴 했으나 회사 차원의 치료비는 줄 수 없다고 딱 잘라 얘기했다. 해고 통보를 받은 뒤에 다친 거라서 그렇다는 거였는데, 묻지도 않은 말에 선수를 친 끝에 혹시 일부러 다친 것 아니냐고 슬쩍 눙치는 그의 의심 섞인 눈빛에 나는 울컥 서러웠지만 따지고 들기엔 너무도 피로한 나머지 월급이나 제때 넣어주십사 말하고 눈을 감아버렸다.

깁스를 하고 수납을 기다리는데 아픈 건 둘째 치고 기분이 엉망이었다. 이래서야 죽는 것보다 나은 게 뭔지, 옆구리를 긁다 손톱 끝에 묻어나온 핏물을 바지에 문질러 닦고 있자니 말도 못하게 우울해졌다. 온몸이 땀띠로 벌겋게 짓무르고 폐에는 곰팡이가 진을 치는가 싶더니 이제는 발등뼈까지 박살 난데다, 엎친 데 덮친 격으로 자해공갈범으로 몰려가며 직장에서 잘리고는 언제 살해당할지 모르는 상황에서 하루하루 살아가야 하는 팔자라니. 이 모든 게 이사 후 두 달 만에 일어난 일이라는 게 믿어지지 않을 정도였다. 무슨 저주에라도 걸린 것처럼 삶이 망그러지고 있었다. 생이 통째로 분뇨처리장으로 향해 가는데도, 호스 안의 똥은 그저 빨려 들어갈 줄이나 알았다. 악취나는 길을 걸어 썩은 곳에 닿는 것만이 내게 열린 미래인 듯했고, 내겐 인과를 돌릴 만한 힘이 없었다.

목발을 짚고 병원을 빠져나올 때쯤 기분은 최악으로 치달아 있었다. 생각보다 병원비가 비쌌다는 면도 한몫했는데, 집주인이 깎아주었던 월세가 고스란히 녹아버린 셈이었다. 하지만 짜증낼 힘조차 남아 있지 않아서 나는 그저 헛웃음을 쳤다. 반장의 말이 옳았다. 내겐 휴식이 필요했던 것이다. 택시에서 내린 나는 집을 향해 절뚝거리기 시작했다. 얼른 들어가 눕고 싶었다. 눈을 감고서 사고를 정지시키고 싶었다. 쪽문 앞에 도착한 나는 목발에 체중을 싣고 주머니를 뒤적였다. 하지만 열쇠가 잘 빠져나오지 않아서, 언제나 말썽인 바지, 왜 하필 이걸 입고 나왔는지. 한참을 낑낑대던 나는 검지와 중지를 이용해 가까스로 열쇠를 끄집어냈는데, 이제 됐다는 생각이 든 순간 손가락 끝이 교차되어 튕겼다. 그 바람에 열쇠가 허공을 가르며 날아올랐고 미처 손을 뻗기도 전에 아스팔트 위를 딱 치고 튀었다. 그러더니 열쇠는 거짓말처럼 전발씨의 대문 밑으로 들어가버렸다. 정말이지 눈 깜짝할 사이의 일이었다.

한동안 입을 다물지 못하고 경악을 금치 못하던 나는 옆구리에 기대어놓은 목발 한쪽을 들어 기어이 패대기쳤다. 어이가 없어도 정도껏 없어야지 이게 무슨! 나는 씩씩거리며 전발씨의 대문을 향해 절뚝절뚝 나아갔다. 내게 초인종을 누를 마음의 여유는 남아 있지 않았다.

나는 패대기치지 않은 쪽의 목발로 눈앞의 대문을 사정없이 내리치기 시작했다. 철제 대문과 알루미늄 목발이 부딪쳐 내는 듣기 싫은 쇳소리가 적막한 주택가를 뒤흔들었다. 나는 놈을 죽이고 차라리 내가 전자발찌를 차기로 마음먹었다. 빌어먹을 전발 새끼, 이젠 내 열쇠까지 빼앗아 가? 나는 마구 악을 쓰며 목발을 뗑경뗑경 휘둘렀다.

"나와, 이 씨발 새끼야!"

정신을 차렸을 땐 대문을 빠끔히 열고 나온 전발씨가 벌써 나를 쳐다보고 있었다. 주름 사이를 비집은 그의 때꾼한 눈이 놀란 거북이처럼 한껏 벌어져 있었다. 우글우글한 그의 얼굴을 마주하니 분노가 더욱 치솟았다. 어찌나 화가 나는지 온몸이 터져버릴 지경이었다. 나는 삿대질을 하며 전발씨를 닦아세웠다.

"날 죽일 거요? 날 죽일 거냐고 묻잖아! 당신이 가는 길에 내가 있었던 게, 내가 당신 윗집에 사는 게 그렇게까지 잘못한 일이오? 그래서 그렇게 이를 악물었느냐고!"

전발씨는 영문을 모르겠다는 듯 나를 물끄러미 바라보기만 했고, 그의 순진무구한 표정이 나를 더욱 미치게 만들었다. 내려다보이는 그의 발목이 눈에 밟히는데도 내 제동장치는 말을 들어먹질 않았다. 내가 내 집 좀 갖겠다는데, 좀 살아보겠다는데, 이 서울 땅에 등 좀 누이고 있겠다는데 그게 그렇게 잘못이냐는 억울함이 들끓었다. 그냥 서로 없는 사람처럼, 조용하게, 피해를 주지도 받지도 않고 좀, 각자의 관에 누운 시체들처럼 살면 안 되겠느냐고, 나는 토로하고 싶었고 차라리 애원하고 싶었다. 하지만 말들은 정리가 되지 않고 다만, 차라리 뱃가죽을 찔리고 말지, 내 내장이 어떻게 생겼는지 내 눈으로 확인

202

하고야 말지, 더는 이렇게 살 수 없다는 감정만이 난장을 쳤다. 누군가는, 누군가는 이 상황에 책임을 져야 했다. 아니, 책임질 사람이 책임을 져야만 했다. 그 사람은 바로 전발씨였다. 더러운 살인자, 인생 패배자 새끼. 나는 다시금 악다구니를 썼다.

"대체 몇 놈이나 죽였기에 전자발찌를 찬 거요, 응? 아니, 이젠 대답할 필요도 없어. 어차피 거기다 한 놈 더하게 될 테니까. 오늘이 너 죽고 나 죽는 날이거든. 무슨 말인지 알아듣겠어? 너 같은 살인자 새끼랑 위아래 층에 사느니 차라리 뒈져버리는 게 낫겠다는 거야, 이 개자식아!"

몰아치듯 말을 모조리 뱉어낸 나는 탄알을 모두 발사해버린 속사포처럼 탄내 나는 숨을 헉헉댔다. 이렇게까지 쏘아붙였는데도 전발씨는 나를 쳐다보고만 있었다. 얼굴을 우그러뜨린 채 모를 표정으로, 한껏 정지되어 있었다. 분노가 가라앉고 심장박동이 제자리를 찾아가자, 말들이 빠져나간 빈자리에 두려움이 차오르기 시작했다. 내가 또 무슨 짓을 한 거지? 나는 그저 집에 들어가 쉬고 싶었을 뿐인데!

그때 멈칫거렸던 전발씨가 대문 밖으로 발을 뻗었고, 그 찰나 딸그랑거리는 소리가 귀를 찔렀다. 동시에 내려다본 그의 발치에는 내 열쇠가 덩그러니 놓여 있었다. 전발씨가 허리를 구부렸다. 열쇠를 주워 들었다. 그러더니 그가 나를 향해 다가오기 시작했다. 나는 깜짝 놀라 뒤로 물러서려 했으나 깁스한 발이 좀처럼 떨어지지 않았다.

"가까이 오지 마. 가까이 오지 말라고, 이 새끼야."

비명을 지르며 손을 내저었지만 전발씨는 다가오기를 멈추지 않았다. 그의 입술이 달달 떨리더니 벌어졌다. 앞니 사이 까만 어둠을 보고 있자니 오금이 다 저려왔다. 발을 떼지 못한 채로 몸을 뒤로 빼니 균형이 크게 어그러지는 걸 느꼈다. 한 짝이나마 짚고 있던 목발을 놓친 순간 나 역시 쿵 소리를 내며 널브러졌다. 목발이라도 주워 휘두르려 팔을 길게 뻗었지만 멀리 튕겨져 있어 닿질 않았다. 나는 목청으로 그를 밀어내려는 듯 계속해서 소리를 질러댔다. 가까이 오지 말라고. 내 인생에서 좀 꺼져달라고.

그러나 끝내 아주 가까이까지 다가온 전발씨가 내 얼굴에 얼굴을 들이밀었다. 한껏 벌린 입안으로 땜질한 어금니가 번쩍거렸고, 확대경에라도 비춘 듯 치아들이 커다래 보였다. 눈을 홉뜨고 입을 뻐끔거리던 그가 다시금 이를 앙다물었다. 그때 말소리가 들려오기 시작했다.

"자넨 정말 시끄럽군. 벌써 여러 번 얘기했는데 말이야."

주의깊게 들어야 들릴 만큼 작은 소리였지만, 누군가 말을 한 게 틀림없었다.

반사적으로 주위를 둘러보았지만 인적은 보이지 않았다. 치어다본 전발씨의 윗니와 아랫니는 여전히 맞물려 있었다. 귀를 의심하기도 전에 목소리의 말이 이어졌다.

"나는 무척이나 귀가 좋다네. 소리에 예민해요. 그래서 듣고 싶지 않은 것까지 듣게 되어버리곤 하지. 누군가의 사정이라든지, 말하기 싫은 비밀이라든지. 인간보다는 언제나 무생물의 소리가 낫다네. 그건 흡사 음악 같거든."

목소리는 여지없이 전발씨로부터 흘러나오고 있었다. 입안에 든 난쟁이가 속삭이는 것처럼, 아주 가느다란 뱀이 든 것처럼, 전발씨의 잇새에서 쉭쉭거리는 목소리가 새어나오고 있었다. 앞니 사이로 비어져 나온 그의 날숨이 날카로운 피리 소리가 되어 귀에 꽂혔다. 그가 한숨을 내쉬고는 이어 말했다.

"많은 소리를 듣는다는 것은 필요 이상의 것들을 알게 되어버린다는 뜻이라네. 알게 된다는 건 타인의 삶에 갈신거리고 싶어진다는 뜻이고 말이야. 귀를 막고 살아보려 애쓴 적도 있었지만 잘 되질 않더군. 그들과 마주하지 않는 편이 훨씬 간단했고, 그게 내가 이걸 달고 다니게 된 이유지. 나는 피해를 주는 일을 좋아하지 않거든."

그러더니 전발씨가 전자발찌에 손을 가져다 대고 꿈지럭거리기 시작했다. 단지 서너 번쯤 손가락을 퉁겼을 뿐인데 그것은 너무도 간단히 풀려 그의 손에 들려 있었다. 나는 더 놀라지도 못하고 그의 손을 눈알이 튀어나올 듯 노려보았다. 그 순간 그가 내 목을 향해 양손을 뻗었고, 나는 몸을 움찔 떨긴 했지만 가위에 눌린 사람처럼 꿈쩍도 할 수 없었다.

"그런데 자네는 너무 시끄러워. 나는…… 자네야말로 이게 필요한 사람이라고 생각하네. 나와는 다르게 쓰이겠지만…… 걱정 말게. 정말로 자유로워질 테니까."

귓가에 속살거린 전발씨는 짐짓 다정하게 느껴질 만큼 부드러운 손길로 내 목에 고리를 둘렀다. 꼭 맞도록 가죽끈을 당기고 버클을 채운 그가 만족스럽다는 듯 웃어 보였다. 내 손바닥을 펼쳐 열쇠를 쥐여준 그는 미련 없이 몸을 일으켰다. 나는 그의 무시무시한 얼굴이 멀어지는 것을 멀거니 쳐다보았다. 전발씨는 아무 일도 없었다는 듯 종종걸음으로 희미해졌다. 그가 움직이는 모습이 안개 낀 장면처럼 흐려 보였다. 그가 들어서자 청회색 대문이 틈을 좁혔다. 곧 둔중한 소리를 내며 닫아걸렸다.

주택가는 다시금 모든 소음을 삼킨 듯 고요해졌다. 풀벌레 소리조차 들리지 않았다. 나는 한참이나 그 자리에 널브러져 있었다. 호스의 이쪽과 저쪽이 나를 두고 실랑이하는 게 느껴졌다. 환청 같은 그르륵거리는 소리가 아득하게 들려왔고, 나를 둘러싼 흐름이 멈칫거리기 시작했다. 그건 일종의 역류를 고민하는 듯했다. 그러나 어디서부터 잘못되었는지를 아는 것은 아무짝에도 쓸모가 없었다. 나는 오갈 데 없는 지박령이었다. 이 동네의 거대한 이물질이었다. 울컥 서러워진 나는 누구에게랄 것도 없이 고함을 내질렀으나, 입을 다 떼기도 전에 전기 충격이 목젖을 지지고 들었다. 짖음 방지 목걸이가 작동하는 통에 깨갱깨갱 짖을 수나 있을 뿐이었지만 내가 정말 외치고 싶었던 말은,

"이건 진짜 너무 개 같잖아!"

원초적 취미

나에게는 아무에게도 말할 수 없는 취미가 한 가지 있었다. 취미라고 할지 버릇이라고 할지 어떤 표현이 적절한지는 잘 모르겠으나 남들이 보기에 분명 불쾌하고 편견을 갖게 하기 쉬우므로 앞서 말한 것처럼 지금까지 아무에게도 말할 수 없었다. 그럼에도 내가 이 취미에 대해 말하려는 이유는 여러분 삶의 지평을 넓혀주기 위해서인데, 이는 커피나 담배와 같이 각각의 기호에 따른 것이기 때문에 당신에게 맞을 수도 맞지 않을 수도 있다는 것을 미리 말해두어야겠다. 하지만 색안경을 벗어두고 접근할 수만 있다면 당신에게 좋은 일이 될 것인데, 어떤 취미는 그 준비물들이 너무도 거창해 초심자로 하여금 자격지심을 갖게 만들지만 이것에 그런 허들은 없다. 고요 속에서, 혹은 잔잔한 음악 속에서 당신은 독서에 임하듯 이 취미를 시도할 수 있다. 자리를 잡았는가? 이제 몇 가지 도구들만 갖추면 모든 준비는 끝이 난다. 치실, 꼬챙이, 솜. 그리고 약간의 집요함. 하지만 시작하기에 앞서 이런 취미를 갖게 된 연유를 설명하는 것이 여러분에게 도움이 될 듯하다.

*

계기는 작년 겨울의 일이었다. 어느 날 새벽, 잠을 자다가 급작스러운 치통에 눈이 번쩍 떠졌다. 이를 열심히 닦는 편은 아니었으나 이런 일은 처음이었다. 눈물을 짜며 얼음을 대보기도 하고 치약을 발라보기도 했으나 전혀 나아지지 않았다. 대체 내가 뭘 잘못한 거지, 대상이 불분명한 원망을 시작하려다 멋쩍어졌다. 하루 한 갑 담배를 태우고 설탕을 추가한 믹스 커피를 몇 봉지고 타 먹었으며 잠자리에 들기 전 이를 닦는 게 고작인데다가 술이라도 마시는 날엔 그마저 건너뛰었으니까. 원인을 생각해보니 끝이 없어 억지로 잠을 청했다. 다음날 아침 일찍, 나는 동네 치과를 찾았다.

치과는 질색이었다. 나는 아버지를 닮아 이가 약했기 때문에 어렸을 때부터 치과의 단골이었다. 어머니 손에 이끌려 처음 치과를 찾았을 때의 공포는 통증에 대한 것이었지만 나이가 들자 두려움의 종류가 달라졌다. 군대 가기 전에 했던 금니 네 개의 값을 치르려 고전했던 기억이 생생했다. 치과는 이층에 있었는데 올라가는 계단에서부터 병원 분위기가 물씬 풍겼다. 특유의 싸늘한 공기에 치아용 마감재 냄새가 섞여 만들어진 그것은 머리카락이 쭈뼛 설 만큼 거부감이 드는 것이었다. 발걸음이 절로 주춤거렸지만 유리문을 열고 들어서자 귀여운 얼굴의 간호사가 나를 반겨 긴장이 조금 풀렸다. 진료의자에 누워 의사가 시키는 대로 아, 하고 있자 간호사가 입에 뭔가를 칙칙 뿌려주고 이 사이를 긁어내주었다. 의사가 스툴의 바퀴를 굴리며 다가와 입안을 들여다보았다. 쇠로 된 기구로 이를 툭툭 치며 그가 물었다. 여기 아파요? 아아아아. 여기는요? 으아아아앙악악. 너무 아파 눈물이 찔끔 솟고 침이 절로 삼켜져 사레가 들릴 것 같았다. 의사가 상체를 곧추세우며 한심스럽다는 듯 내뱉었다. 이 지경이 되도록 치과 안 오고 뭘 했어요?

내게 묻는 듯했지만 나는 대답할 수 없었다. 말이 나와서 말이지만 이 지경이 되도록 무얼 했느냐고 묻는 것은 생각이 있느냐 없느냐 하는 질문만큼이나 듣는 이를 난처하게 할 뿐인 말의 소모에 불과했다. 질문을 받아봤자 그간 무얼 했는지 딱히 기억날 리가 만무한데다 그 지경이 된 까닭은 보통 무얼 해서가 아니라 무얼 안 해서이기 때문이었다. 그랬다. 나는 보통 그런 지경이 될 때까지 뭘 하지 않았다. 나의 지경들은 나뿐만 아니라 내 주변 사람들까지 귀찮게 했기 때문에 나는 되도록 그것들을 들키고 싶어하지 않았는데, 그럼에도 치과를 자진해서 찾은 것은 치통이 무시무시한 고통이라는 것을 새삼 깨달아서였다. 이제껏 어떤 통증도 나를 잠에서 깨우지는 못했다. 그래, 치질에 걸렸을 때도.

앉아 있기 불편한가 싶더니 급기야 피가 터져 찾은 외과에서는 인간으로서의 존엄성은 땅에 내던져진 자세로 이상 부위를 검진받아야 했다. 흰머리가 듬성듬성 솟은 머리를 곱게 갈라붙인 의사가 밑이 터진 환자복을 입히고 다리를 쩍 벌리게 하더니 걸쭉한 젤을 듬뿍 바른 내시경으로 내 항문을 마구 헤집었다. 누운 자리 오른쪽에 놓인 모니터에 내장의 분홍빛이 여실히 드러났다. 막연한 수치심에 고개를 외로 트는 순간 내시경이 쑥 빠져나갔다. 의사는 대장에 용종이 생겨 떼어내야 한다며 이틀 뒤 아무것도 먹지 말고 올 것을 명했다.

이틀 후, 접수 창구에서 건네준 플라스틱 컵에 소변을 받아 진료실로 가자 간호사가 관장약을 넣어주었다. 화장실에 가고 싶어도 십 분 동안은 꾹 참으셔야 해요. 안 그러면 수술할 때 곤란하게 되거든요. 낭랑한 목소리로 내게 경고를 한 간호사의 투실한 뒤태를 흐뭇하게 보는 사이 뱃속은 정말이지 곤란하게 되어갔다. 십 분이라니, 시계를 한 번 볼 때마다 시간은 채 삼십 초도 흘러 있지 않았다. 다리를 꼬고 손으로 엉덩이의 갈라진 틈을 꾹 눌러보아도 참기가 힘들어 결국 오 분여 만에 변기에 앉고 말았다. 하지만 나는 간호사의 말을 들었어야 했다. 수술이 시작되자 곤란한 게 무엇인지 확실히 알 게 되었으니까. 치질 수술은 하반신만 마취한 채 이루어졌는데, 수술대 위에 엎드려 울려퍼지는 차이콥스키 협주곡에 집중하려고 했지만 감각이 미약한 와중에도 항문에서 뭔가가 걸쭉하게 꿀럭꿀럭 흘러내리는 게 느껴졌다. 그러게 곤란해진다니까, 라고 말하는 간호사의 목소리가 들리는 듯했다. 민망함에 수술대에 얼굴을 파묻고 딴전을 부리고 있으려니 의사가 짜증 섞인 목소리로 물었다. 저기, 관장 안 했어요? 나는 엉덩이를 씰룩거리며 대답했다. 했는데요. 의사는 내 대꾸는 무시하고 잔뜩 불쾌한 투로 툴툴댔다. 야, 여기 좀 닦아봐.

단조로운 병원생활은 간호사의 방문 외에는 전혀 즐겁지 않았다. 하루 두 번 그녀에게 주사를 맞고 하루 세끼의 병원식이 익숙해지기 시작했을 무렵 퇴원해도 좋다는 통고를 받았다. 의사가 항생제와 연고를 처방해주었다. 기름을 굳혀놓은 것처럼 보이는 연고에서는 고래 똥구멍 같은 고약한 비린내가 났다. 하루에 한 번씩 튜브를 이용해 항문에 짜넣으면 내가 고래라도 된 것 같은 기분이 들었다. 이래서야 정수리에서 물이라도 쭉쭉 뿜어야 할 것 같지 않은가. 그나저나 고래가 어떻게 울더라. 참새는 짹짹. 고래는 뿌뿌? 아, 지독한 고래 냄새.

변명을 하고 싶지는 않지만 내가 한참이나 취직을 못한 이유는 거머리처럼 달라붙어 있는 구 학기 동안의 대학 성적 때문이었다. 하필 치핵이 터져버렸을 때가 사학년 이학기 기말고사 기간이었다는 것은 내게 있어 큰 불행이었다. 그도 그럴 게 안 하던 공부를 하느라 딱딱한 나무의자에 오래 앉아 있다보니 평소에도 썩 건강치는 않던 항문이 문제를 일으켰던 것이다. 성적이 좋은 편은 아니었지만 그래도 졸업이 불가할 정도는 아니었는데 불행히도 전공필수 하나를 놓치고 말았다.

퇴원 후 교수를 찾아갔지만 교수는 이미 성적 처리가 끝났으니 너 좋을 대로 하라는 식이었다. 미안하지만 나는 이만 몰디브 섬으로 떠나야겠네. 나의 두번째 신혼여행을 방해할 셈인가? 그러고 보니 교수가 재혼을 했다는 소식은 들었더랬다. 무려 열다섯 명의 예비역이 〈당신은 사랑받기 위해 태어난 사람〉을 식장에서 함께 불렀다나. 나는 교수의 민둥한 머리 한가운데 둥둥 뜬 무인도를 보며 섬이라 섬으로 가는군, 하고 생각했다. 섬은 지구온난화 때문인지 날로 면적이 줄어들고 있었는데, 야자수라도 하나 심어주면 덜 허전할는지. 어쨌거나 대답은 해야 했으므로, 아니요, 잘 다녀오십쇼, 우물거리고 서 있으려니 큼큼, 교수가 이만 나가보라는 헛기침을 내뱉었다. 코를 훌쩍이며 연구실을 빠져나가는데 교수가 뒤통수에 대고 말을 덧댔다. 그러게 좀 빨리 오지 그랬나? 자네 항문이야 자네 사정이지 학문과 글자가 비슷하다는 이유로 성적을 고쳐줄 수는 없네. 아, 처리가 끝났다니까. 낄낄낄.

교수는 머리카락은 없지만 건강한 항문의 소유자인 모양으로 당치도 않은 언어유희로 나의 환부를 잔뜩 비웃고 있었다. 이럴 줄 알았더라면 찾아가지도 않았을 텐데, 기껏 사다 바친 박카스가 아까웠다. 사랑받기 위해 태어나긴 개뿔, F를 C로 올려달라는 게 뭐 그리 어려운 일이라고 빼는 건지. 나는 그의 재혼 상대자가 누군지는 몰라도 정수리에 운동장만한 원형 탈모가 진행되는 여자이길 저주했다. 졸업해서 무얼 해야겠단 계획이 있는 건 아니었지만 오학년이라니. 초등학생이 아닌 이상 학년에 사 이상의 숫자는 안 붙는 게 맞지 않는가. 하지만 알고 보니 교양필수 학점도 얼마간 모자라, 내게 아홉번째 학기를 피할 방도는 없었다.

그런 내게 취업의 문턱은 턱없이 높았는데, 대기업은 당연히 무리였고 적당한 중소기업에 서류를 넣었지만 그조차 마땅치 않았다. 실은 학기의 수가 문제라기보다는 A는 눈을 씻어야만 발견할 수 있고 기껏해야 B가 간간이 보이고, 대부분의 자리마다 C가 보란듯이 히죽 웃고 있는 내 성적표는 어디에도 내밀기 부끄러운 수준이었던 것이다. 그러나 가계가 넉넉지도 않고 나이는 먹을 만큼 먹어 취직을 하긴 해야 했다. 다급해진 나는 신문의 구인구직란을 뒤져 여기저기 닥치는 대로 이력서를 보내기 시작했다. 하지만 합격 통보를 기다리며 아르바이트를 전전하다보니 눈 깜짝할 새 이 년이란 시간이 흘러 있었다.

그사이 딱 두 군데서 전화가 오긴 했는데, 먼저 연락이 온 곳은 작은 공장의 사무실이었다. 사무직을 한 사람 뽑는다기에 갔는데 그럼에도 지원자는 서른 명에 육박했다. 부사장과 사장 부인, 부장인 사장 동생이 면접을 진행했는데, 그 내내 세 사람의 고향 얘기만 하던 곳이었다. 우연히도 동향 사람이었던 내가 그 직장엘 다녔다면 승진도 하고 결혼도 하고 명절이면 커다란 대추나무가 있고 개를 다섯 마리나 키우는 사장의 시골집에 인사도 드리러 가고 그랬을 텐데. 내가 그렇게 하지 못하게 된 까닭은 오리엔테이션 날짜를 헷갈렸기 때문이었다. 그건 뭐 큰 문제는 아니었는데, 18과 28은 발음이 비슷한데다 그 어감이 애매해서 재차 확인하기 불편한 날짜들 아닌가. 하지만 내가 28일에 사무실을 찾았을 때 사장은 깜짝 놀란 표정을 지어 보였고, 그의 반응이 당황스러운 것은 나도 마찬가지였다.

자네, 뭔가? 예기치 못한 사장의 태도에 주눅이 든 나는 다소 머뭇거리며 용건을 입에 올렸다. 그러나 오리엔테이션이라는 긴 단어의 오리, 까지 꺼냈을 때 그가 퉁명스레 말을 자르고 들어왔다. 자네는 출근을 못할 것 같으면 연락을 줘야지. 이게 무슨 경우인가? 그렇지만 방금 출근을 한 내 입장에서는 사장이 성질을 부리는 까닭이 짐작되질 않아, 저 양반은 내 말을 끝까지 듣지도 않고 화부터 내나 싶어다만 서운했다. 내가 오리무중이라고 말할지 오리탕이라고 말할지 그가 어떻게 아느냔 말이다. 그래도 나는 공손히 ……엔테이션을 받으러 왔다고 대꾸했는데, 사장은 미간을 더욱 찌푸리며 내게 마구 호통을 칠 뿐이었다. 오리엔테이션은 벌써 열흘 전에 끝났네. 연락도 없고 전화도 안 받기에 다른 사람을 구했어. 동향 사람이라 뽑았더니만 자네 못 믿을 사람이구만. 됐으니 나가보게!

그렇게 한껏 기대했던 내 첫 출근은 미처 십 분을 채우지 못하고 퇴사로 이어지고 말았다. 사무실을 나오며 나는 몹시 시무룩해졌다. 사장이 정말 전화를 했을까? 왜 나는 못 받았지? 휴대폰이 종종 꺼지는 게 문제였을까. 침울한 기분으로 터덜터덜 길을 걷고 있는데 휴대폰이 울렸다. 아까 그 사장인가 하고 받았더니 면접을 보러 오라는 다른 전화였다. 그길로 찾아간 사무실은 먼젓번보다도 작은 규모였기 때문에 나는 조금 실망했다. 사장과 경리가 직원의 전부였고, 그렇지 않아도 비좁은 공간이 사무가구와 온갖 잡동사니로 가득차 발 디딜 틈이 없었다. 하지만 내게 선택의 여지란 없었는데, 슬슬 월세를 내기조차 벅찼기 때문이었다.

한낮에도 해질녘 같고, 시도 때도 없이 재채기가 쏟아지는 사무실이었다. 각종 이벤트를 기획하고 총괄한다는 광고 내용과는 달리, 그곳에서 엿보이는 이벤트성이라고는 모서리가 터진 박스에서 튀어나온 고깔모자, 각설이나 입을 법한 누더기, 슬슬 반짝이가 떨어지기 시작한 무대의상이 전부였다. 무슨 일을 해야 하느냐고 묻자 사장은 되레 무엇을 할 수 있느냐고 물어왔다. 사장의 말에 따르면 내가 할 일이란 할 수 있는 일이라면 뭐든 열심히 하고 할 수 없는 일이라면 열심히 해서 하게끔 만들고 할 일이 없어 보이면 찾아내서라도 열심히 하는 것이었다. 열심히 하라는 것 외엔 알아들을 수 없는 주문이었으나 출근한 지 일주일쯤 되자 나는 그 말의 의미를 몸소 깨닫게 되었다. 그곳의 업무라는 게 도대체 내 일 네 일이 없던 까닭이었다.

몸 쓰는 일을 포함하여, 나는 공대를 졸업한 깜냥으로 수학적 지식이 요구되는 회계 업무를 주로 담당했다. 일반적으로 경리가 해야 하는 이 일이 내게 주어진 이유는 그 직책에 있는 N이 어지간히 맹해서였다. N은 상고를 나온 좀 어리바리한 여자애였는데 정말이지 더럽게 일을 못했다. 보아하니 컴퓨터는 켜고 끌 줄이나 알고 사칙연산에조차 약한 듯했는데, 만져놓은 서류들에서 도무지 이해할 수 없는 오류들이 자꾸만 발견되어서였다. 그애가 종일 기입했다며 내미는 둥글둥글한 펜글씨로 적힌 난잡한 전표를 볼 때마다 나는 기가 찼다. 문제 상황에 부딪치면 혀를 쏙 내밀고 눈알을 굴리는 버릇이 있는 그애는 온종일 그것들을 가만두지 않았다. 하지만 보름이 지나자 나는 비로소 N의 진가를 알 수 있었는데, 성격이 무던하고 싹싹한 그애는 자신의 존재 유무만으로 사무실의 공기를 따뜻하게도 차갑게도 만드는 재주를 가지고 있었던 것이다. 가끔 찾아오는 손님들에게 웃으며 커피를 타주는 일만으로도, N은 제 역할을 하는 듯 보였다.

월급이 쥐꼬리만한데다 사무실 환경이 나빠 폐병에 걸릴 지경이었지만 그나마 내가 버틸 수 있었던 건 이 N이라는 여자애 덕택이었다. 물론 처음부터 그애를 그런 눈으로 바라본 것은 아니었고 이 역시 계기가 있었는데, 입사 후 한 달이 지나서야 갖게 된 신입사원 환영회가 그것이었다. 육회에 소주를 마시며 일장 연설을 늘어놓던 사장은 N이 취해 쓰러지자마자 꽁무니를 뺐다. 별수없이 내가 N을 챙겨야 했는데, 자기집 주소도 말을 못하고 자꾸만 내 품을 파고들며 춥다고 칭얼대기에 우리집으로 데려간 게 연애의 시작이 되었다.

내 이부자리에 드러누운 N은 한 번 깨지도 않고 새근새근 잘도 잤다. 무방비하게 말려 올라간 스커트 아래로 희끔한 허벅다리가 드러났을 때는 아랫도리가 동하기도 했지만 차마 손을 댈 순 없었다. 글쎄, 그냥 그러면 안 될 것 같아서였다. 나는 이불을 여며주고는 점퍼를 입은 채 벽 쪽으로 가서 잠을 청했다. 다음날 아침 달그락거리는 소리에 눈을 떠보니 N이 김치찌개를 끓이고 있었다. 잠이 덜 깬 어리둥절한 나를 향해 그녀가 말했다. 고마워요. 뭐가 고맙냐고 묻자 N이 가스밸브를 잠그며 수줍게 대꾸했다. 아무 짓도 안 해서요. 나는 정말 오랜만에 누군가가 차려준 밥상을 받았다.

연인이라고 생각하고 보니 N은 예쁜 구석이 많은 여자였다. 살집이 있는 편이었지만 내 기준으로 여자는 좀 통통한 맛이 있어야 했다. 너무 마르면 만지기도 애매하고 뼈가 달그락거리면 아프니까. 그녀는 마침 좋았고 안겨 있기에 폭신했다. 특히 빛나는 곳은 N의 눈이었는데, 쌍까풀이 예쁘게 진 반달눈은 크기도 컸지만 서글서글하게 휘어져 가만히 있어도 눈웃음을 치는 것처럼 보였다. 짙고 풍성한 속눈썹은 눈 밑에 그림자를 드리울 만큼 길었고, 자그마한 코가 오밀조밀 귀여웠다. 이가 약간 튀어나와 거슬릴 때도 있었지만, 입을 가리고 웃는 습관 덕에 크게 흠이 되진 않았다.

N과 나는 퇴근길을 함께하곤 했는데, 내 방은 그녀가 며칠 걸러 오든 간에 항상 더러웠다. 한숨을 내쉬며 옷가지를 정리하는 N의 옆에서 나는 딴전을 피우곤 했다. 찌그러진 맥주 캔과 컵라면 용기, 코 푼 휴지, 누런 발톱 조각, 언제 어디서 빠졌는지 모를 꼬불꼬불한 내 털들을 그녀는 부지런히 쓸고 치웠다. 아무튼 단언할 수 있는 것은 N을 만

나는 동안 내 삶의 질이 그 어느 때보다도 높았다는 사실이다. 그녀는 어리고 순종적인데다 친절하고 부지런하기까지 했으므로. 그러니 내가 N을 찼을 리는 없고, 헤어진 이유는 간단했는데, 그녀가 나를 뺑차버린 것이었다. 그날 밤의 일을 반성하지 않는 것은 아니지만, 그렇다고 해서 헤어져야만 했을까 우리가.

생각해보면 전부 K의 탓이었다. K가 그날 나를 도발하지만 않았어도, 내가 거기 홀랑 넘어가지만 않았어도 N에게 그런 식으로 행동할 일은 없었을 텐데. 정기적으로 갖는 학과 동기 모임에 혼자 나온 것은 나뿐이었는데, 그날따라 N에게도 약속이 있었기 때문이었다. 찰싹찰싹 달라붙어 시시덕대는 연인들을 보니 괜스레 기분이 나빠져 술을 급히 들이켠 게 화근이었을까. 넌 아직 만나는 사람 없어? 왁자지껄한 가운데 누군가 내게 물어와, 막 답을 하려는 참에 K가 끼어들었다. 야, 있겠냐? 누가 이런 병신이랑 사귀어줘. K의 말본새야 익히 알고 있었으니 적당히 넘어갔더라면 좋았을 것을, 술기운이 오른 탓인지 울컥 짜증이 났다. 그래서 파릇한 스무 살짜리랑 사귄다고 쏘아붙여주었더니 K의 표정이 복잡다단하게 일그러졌다. 나는 금세 승리자의 기분이 되어 의기양양하게 술잔을 입에 가져다 댔다. 그런데 K가 불쑥 이렇게 치고 들어왔던 것이다. 그래서 뭐, 잤냐?

고개를 들어 마주한 K의 눈에서는 시기와 질투가 뒤섞여 줄줄 흐르고 있었다. 탁자 아래 불끈 쥔 녀석의 주먹이 눈앞에 보이는 듯했다. K와 놈의 애인은 벌써 여러 번 잤겠지. 복학한 직후부터 만나 사귄 지 삼 년이 넘었다고 했으니. 하지만 나는 N과 자지 않은 상태였다. 만난 지 백 일이 다 되어가고 있었지만 나는 그녀를 지키고 존중해줄 셈이었다. 내가 나를 존중해서 이제껏 동정이었던 것은 아니었지만 거추장스러운 딱지 같은 첫 경험을 N에게 쏟아버리듯 할 수는 없었다. 그녀는 어느새 내게 그럭저럭 소중한 존재가 되어 있었던 것이다. 그래서, 그렇지 뭐, 말끝을 흐리며 잔을 비우는데 K가 피식 웃으며 비아냥댔다. 새끼, 밝히긴 존나게 밝히는 주제에 동정이야.

내가 조금만 더 취했더라면, 소주를 두 잔만 더 먹은 상태였더라면 주먹을 날렸을지도 모르겠다. 아니, 내가 녀석의 말에 일말의 거리낌도 없었더라면 그러고도 남았을 것이다. 하지만 K의 말대로 나는 '존나게 밝히는 주제에 동정'이었다. 하고 싶은 적이야 늘 있었고 기회가 없었던 것도 아니지만 어쩐지 타이밍을 놓쳐버렸고, 선배 누나가 나를 꾀었을 때는 아예 서지조차 않아 동정이었다. 야, 그냥 따먹어버려. 차이기 전에. 분위기 파악도 못하고 K는 계속 지껄여댔다. 더욱 화가 나던 부분은 내가 놈의 말에 솔깃했다는 거였다. 물정 모르는 사회 초년생이 아니었더라도 N은 나와 사귀어주었을까? 그녀가 나를 떠나기라도 한다면 K의 옆구리에 붙은 통통한 종양 같은 저런 여자에게 내 삼십 년 묵은 동정을 빼앗기듯 줘야 하는 것일까? 아니, 놈의 애인을 보자니 그건 도저히 안 될 말이었다.

화제가 군대에서 축구한 얘기로 넘어갈 때쯤 K가 애인을 옆에 끼고 먼저 일어나겠다고 말했다. 분명 모텔로 가겠지, 그런 생각을 하고 있는데 K가 생전 안 하던 악수를 청하더니 내 손에 무언가를 쥐여주었다. 다음에 보자며 돌아서는 두 사람을 쳐다보다가, 남은 동기들 몰래 손을 펴보았다. 그것은, 콘돔이었다. 톱니가 달린 은박 포장에 장난감 광고 문구 같은 영문이 인쇄된 '슈퍼 울트라 슬림' 콘돔이었다.

나도 모르게 손바닥에 가두고 꾹꾹 누르니 포장 안의 콘돔이 미끈둥하게 꿈틀거리는 게 느껴졌다. 그 순간 갑자기 본 적도 없는 N의 알몸이 눈앞에 선연하게 펼쳐졌다. 하얀 피부. 분명 핑크색일 유두. 손바닥 안에 기분좋게 쥐여질 봉긋하게 솟은 가슴. 통통한 아랫배. 상대적으로 잘록한 허리. 치마를 입을 때면 시선을 빼앗기곤 했던 다리…… 사이의 숲. N의 속눈썹처럼 고울, 비밀과 몽환의 숲…… 순식간에 아랫도리가 부풀어올랐다. 할 수 있을 것 같았다. 그리고 이런 나를, 그녀가 거부할 것 같지 않았다. N은 언제나 내게 친절했으니까, 그러니까…… 나는 휴대폰을 열고 단축 번호 1번을 길게 눌렀다. 뚜루루루, 신호가 갔다.

다시 한번 말하지만 나는 그날 밤을 반성하고 있다. 술에 취했다고 해도 강제로 그녀를 깔아 눕힌 것은, 억지로 입을 맞추고 치마 속에 손을 넣자마자 사정해버린 일은, 정말이지 미안하게 생각하고 있다. N의 몸이 오들오들 떨리는 것을 느꼈으면서도, '존나게 밝히는' 나는 그녀를 조금도 배려하지 않았던 것이다. 하지만, 하지만 어땠을지. 그 비밀의 숲을 보기라도 했으면. 하다못해 코라도 한 번 박아봤다면. 아니, 차라리 그날 그녀와 했더라면. 그랬다면 그녀와 헤어지지 않았을지도 모르고, 헤어진 것을 덜 아쉽게 생각했을지도 모르고, K의 전화를 수신 거부로 돌려놓지도 않았을 텐데. 그래, 팬티라도 벗었더라면.

그랬다, 그날 밤은. N은 흔한 레퍼토리대로 내 뺨을 갈기는 대신 주먹으로 복부를 힘껏 가격하고는 울면서 뛰쳐나가버렸다. 그녀의 펀치가 의외로 강력했던 탓에 나는 배를 움켜쥐고서 한참이나 데굴데굴 굴러야 했다. N도 아마 처음이었을 테니 그 모든 게 두려웠겠지만 무엇보다 싫었던 것은 내가 그녀 위에서 눈을 흡뜨고 몸을 부들부들 떨며 속옷을 적셨던 게 아니었을까. 그래, 불이라도 껐어야 했다. 그랬더라면 적어도 그녀가 내 뒤집힌 흰자위를 보는 일은 없었을 텐데. 그렇게 내 방에는 쓰레기와 쓰레기 같은 나와 몇 년 만의 몽정도 아닌 사정으로 더러워진 팬티만이 남았다. 현관문에 매달아둔 작은 종의 잘그랑거림이 잦아드는 동안 그녀의 구둣발 소리도 완전히 멀어져버렸다.

그날부로 N은 내 연락을 받지 않았고 물론이지만 연락을 해오지도 않았고 직장마저도 당장에 그만둬버리고 말았다. 몇 달이 지나지 않아 이벤트 사무실이 망하고 더는 그 동네를 찾을 일이 없게 될 때까지도 나는 우연으로라도 그녀를 마주할 수 없었다. 연인을 잃고, 마침내 직장까지 잃은 나는 통장 잔고가 줄어드는 것에 초조해하면서도 별다른 조치를 취할 수 없었다. 여전히 취직은 먼 나라 얘기였고 아르바이트는 시급 오천원이 고작이었다. 어머니는 혀를 차면서도 대학 때처럼 달마다 삼십만원씩 보내주기 시작했다. 나는 공무원 시험을 준비하고 있다. 적어도 어머니는 그렇게 알고 있었다.

어이구, 다 썩었네. 이 지경이 되도록 치과 안 오고 뭘 했어요? 엑스레이를 찍고 돌아와 의자에 몸을 기대니 치료가 곧 시작되었다. 위이잉 까가가가강 끼기기기기긱 쿠어어엉. 눈을 부릅뜬 의사가 용접공 같은 동작으로 내 어금니를 갈아나갔다. 턱이 박살나버릴 것만 같은 진동에 얼굴을 덜덜 떨고 있는데 의사가 아 참, 하더니 깜빡했다는 듯 쇠로 된 주사기를 꺼내들었다. 그의 무덤덤한 아 참, 을 듣고 있자니

기가 찼지만 따끔해요, 라는 말과 함께 정말로 묵직하게 밀려오는 따끔함에 나는 말없이 눈만 질끈 감았다. 시간이 지나 뺨 안쪽이 얼얼해지는 게 느껴졌다. 하지만 의사가 다시 다가와 앉았을 때에 나는 석연치 않았는데, 아무래도 뿌리까지는 마취가 안 된 것 같아서였다. 의사에게 더듬더듬 얘길 했더니 그는 원래 그렇다, 고 대답했고 그래서 원래 그렇구나, 하고 참으려 했으나 기구가 작동하자마자 날카롭고 시린 통증이 밀려와 나는 컥, 소리를 내며 허리를 퉁겼다. 이상하네요. 원래 돼야 맞는데. 의사가 희한하다는 듯 어물거렸다.

의사의 이상하네, 를 다섯 번쯤 더 듣고 주삿바늘을 여덟 번쯤 더 찔러넣자 비로소 마취가 되긴 했지만 구강 주위뿐 아니라 얼굴 한쪽이 다 사라진 것처럼 감각이 없었다. 거참, 신경 위치가 이상하게 되어 있는 모양이죠? 구십 퍼센트는 여기다가 하면 되거든요. 치료를 재개하고도 의사는 끊임없이 투덜거렸다. 글쎄, 세 통부터는 보험도 안 되는데 네 통이나 써버렸네. 이 정도면 코끼리도 마취되겠어요. 하하, 코끼리 말이죠. 상아 뽑을 때도 이보다는 덜 쓰겠다고! 의사는 낄낄거리며 더욱 날카로운 소리로 이를 갈아나갔다. 가느다란 호스로 침을 빨아내고 있던 간호사도 덩달아 쿡쿡댔다. 이 인간들은 뭐가 그렇게 재미있는 걸까. 설마 저 질 떨어지는 농담은 아니겠지. 나는 그저 몸의 떨림을 가라앉히기 위해 안간힘을 쓰고 있었다. 신경 죽이는 약을 넣어놨으니까 사흘 뒤에 오세요. 간신히 진정이 될 때쯤 의사가 얼굴을 들이밀며 말했다. 그의 말이 끝나기가 무섭게, 올 것 같냐 하는 반발심이 고개를 들었지만 나는 울며 겨자 먹기로 예약시간을 잡았다. 글쎄, 벌써 파놓은 걸 어떻게 하겠는가. 어금니에 구멍이 뚫려버린 것을.

하지만 그로부터 사흘이 지나 치과 앞에 다시 섰을 때, 나는 저려오는 오금을 주체할 수 없었다. 마취를 할 텐데, 또 안 되겠지? 그 아픔, 그 괴로움! 또다시 그것을 느껴야만 하는 걸까? 신은 왜 인간을 이렇게밖에 만들지 못했을까? 어째서 이를 썩지 않는 재질로 만들어놓지 않았던 거지? 애초에 금이나 다이아로 만들었더라면 누이 좋고 매부 좋은 일이 되었을 것 아닌가. 단가가 걱정되어 그랬던 거라면, 무엇 때문에 잇속에 신경 따위를 넣은 거지? 어째서 '이'만으로 그만두지 못했던 거야? 대충 씹을 수만 있으면 되는데! 답 없는 툴툴거림 끝에 가까스로 진료의자에 등을 누이자 의사가 다가와 물었다. 아팠어요? 아팠지. 어때요? 아프지. 아아. 그런데 어쩐 일인지 한 번에 마취가 되었다. 의사가 만족스럽다는 듯 흐흐 소리를 내어 웃었다. 혹시 아프면 오른손을 드세요. 간호사가 속살거렸다. 나는 다소 편해진 마음으로 입을 크게 벌렸다.

고무질의 뚜껑을 떼어내자 구멍을 막아놓았던 것들이 순식간에 제거되었다. 이에 넣어두었던 약재에서 나는지 쇠비린내 같은 악취가 매큼했다. 구멍 입구가 드러나자 의사가 가느다란 도구를 집어넣어 신경을 말기 시작했다. 못 미더웠던 지난번과 달리 솜씨 좋은 솜사탕 장수 같은 손놀림이 믿음직했다. 그가 손을 위로 당기자 잇몸에 난 털이 뽑히듯 뚜두둑 소리를 내며 신경이 뜯겨나갔다. 다시 도구가 투입되어 점점 깊은 곳을 향해 빙글빙글 돌아들었다. 오늘은 진료비가 얼마나 나오려나. 심간이 편해서인지 나는 금세 딴생각을 하고 말았다. 의사가 입, 입, 하고 닦달질을 해서 나는 부지불식간에 입을 살짝 다

224

물어버렸다는 걸 알았다. 입을 더욱 크게 쩍 벌리자 신경이 말려나가는 게 한층 선명하게 느껴졌다. 느껴지다가. 아니, 이건 차라리 극명하다 해도 좋을 것 같은데. 신경의 가닥가닥이 어떤 방향으로 말려들어 어떻게 조여드는지를 알 수 있다는 것은…… 그런 생각이 드는 찰나 의사가 도구를 위로 당겼고, 그때였을 것이다. 지옥문이 열린 것은.

비명은 터져나오지 않았는데, 그것은 내질러지질 못했다. 눈물은 임계점을 넘어서야 한 발 늦게 쏟아졌다. 나는 역류하는 하수구 같은 소리를 흘리며 파들파들 몸을 떨었다. 팔다리가 마구 꺾이고 눈알이 바깥으로 솟았다. 내 몸뚱이는 삽시간에 실마리 없는 고통에 휘말려 있었다. 그건 이상한 양태의 통증이었다. 즉발적이고도 직접적이었다. 감각의 단계들이 완전히 생략되어 있었다. 소질 있는 도살자가 순식간에 나를 각 뜨고 살을 저미는가 싶더니 강인한 턱을 가진 벌레들이 달려들어 골수를 빨고 뼈를 씹었다. 마침내 신경만이 남게 되자 시뻘겋게 달구어진 창들이 밑바닥을 긁어 나를 말아올렸다. 엉겨붙은 끈처럼 나는 가닥가닥 뜯기고 짓이겨졌다. 마디마디를 잘린 회충처럼 신체 곳곳을 퉁기며 바르작거렸다.

나는 누구나 알아차릴 수 있을 만큼 충분히 경련했지만 의사의 집중력은 무시무시했다. 그의 눈에 보이는 것은 내가 아니라 빌어먹을 구멍뿐인 듯했다. 뒤늦게 나를 발견한 간호사가 아파요? 오른손을 들지 그랬어, 무덤덤하게 말했고 그 바람에 의사의 손이 잠시 멈추었다. 기구의 작동이 멎는 순간 나는 깨어나는 강시처럼 상체를 퉁겼다. 그대로 달려나가버릴 셈이었다. 다시는 돌아오지 않을 생각이었다. 하지만 의사의 손이 곧바로 달려들어 내 뒷덜미를 잡아챘다. 그사이 간호사 하나가 더 달라붙어 내 몸을 짓눌렀다. 마취가 풀린 모양이지? 거의 다 했으니까 조금만 참읍시다. 의사가 단언했다.

정신이 몽롱하고 불투명했다. 감각은 점차로 흐려져갔다. 어느새 아프지 않은 듯도 했으나, 누수처럼 흘러내리는 체액과 활어처럼 튀어오르는 허리춤이 내 통증의 지속됨을 증명하고 있었다. 마취를 다시 하면 되지 않는가. 그 와중에 그런 생각이 희뿌연 머릿속을 비집었지만 동시에 의사의 투덜거림이 떠올라 귓가를 맴돌았다. 이 정도면 코끼리도 마취되겠어요. 하하, 코끼리 말이죠. 상아 뽑을 때도 이보다는 덜 쓰겠다고! 풀린 눈으로 의사를 치보니 그의 안경알에 반사된 조명이 눈동자를 날카롭게 쏘았다. 눈을 끔뻑이자 고여 있던 눈물이 귓속으로 흘러들었다. 기구 작동하는 소리가 꿈결처럼 멀었다. 나는 눈꺼풀을 느릿하게 내린 뒤 떼지 않았다.

끝났어요. 간호사가 내 허벅지를 짚어 별안간 정신이 들었다. 사투 끝에 내 온몸은 물웅덩이 위를 뒹군 것처럼 아주 푹 젖어 있었다. 몸을 반쯤 일으키자 당황스런 표정의 간호사가 눈에 들어왔다. 그녀의 시선을 따라 아랫도리를 내려다보니 잘 서지도 않던 그것이 불끈 솟아 튼튼한 텐트를 치고 있었다. 아, 저게 왜 섰지? 어기적거리며 접수대로 향하니 간호사가 예약 안내를 해주었다. 마취 풀리면 좀 아프실 거구요. 다음주 수요일 열시에 오시면 되세요. 나는 고개를 끄덕여 보이며 속으로 생각했다. 하지만 치료한 이의 마취는 벌써 풀린 다음이다. 무엇보다 이 여자는 왜 뺨을 붉히고 서 있는 것일까. 치과를 나오는데 실컷 얻어맞은 것처럼 온몸이 뻐근했다. 나는 비척비척 집을 향해 걸었다. 어금니를 제외한 나머지 부분들이 우스울 정도로 무감각했다.

하지만 그다음 주 수요일 열시, 나는 치과에 있지 않았는데 처음부터 예약을 어길 마음을 품었던 건 아니고 거기에는 정당한 사유가 있었다. 하필이면 그 전날 시골에서 여동생이 구직 면접을 위해 올라왔던 것이다. 예정보다 일찍 도착한 여동생은 집에 들어서자마자 창문을 활짝 열어젖혔고 나는 컴퓨터 옆의 말라붙은 휴지 뭉치들을 치우기 바빴다. 방이 이게 뭐야? 오빠 여자친구도 없지? 컴퓨터에 야동이나 잔뜩 있는 거 아냐? 어휴. 터울이 적지 않은 여동생은 나를 진심으로 걱정, 동정, 야유, 비난하고 있었다. 여동생은 홀아비 냄새 나는 이불에서 자기 싫다고 투덜거렸지만 침구가 한 세트뿐이라 선택의 여지가 없었다. 나는 이불을 탈탈 털어 창문턱에 널어놓고, 닭을 시켜 맥주를 마시며 여동생과 이야기를 나눴다. 어머니는 잘 계시지? 응. 돌돌이는? 팔았어. 팔았어? 응, 개장수가 돌돌이 기름지다고 값을 잘 쳤다더라고. 아…… 아버지는? 아버지, 아버지 뭐? 아니, 그냥.

아버지가 우리에게 남긴 것은 과수원뿐이었지만 실은 그것씩이나 되었다. 그게 있어 우리 셋은 길바닥에 나앉을 일을 면했던 것이다. 그러나 누군가는 과수원을 운영해야만 했고, 집 나간 이의 안사람이 그 자리에 놓인 것은 당연지사였다. 집 앞 텃밭에서 푸성귀나 돌보던 과수원댁은 꽃을 따고 약을 치고 인부들을 부리는 일련의 과정을 속성으로 깨쳐야 했다. 문제는 어머니의 몸피가 빼빼하고 태생이 유약하다는 점이었을 것이다. 어떻게든 강해져야 한다는 강박을 안고 살았지만 어머니는 쉽게 지쳤고 곧잘 무너졌다. 어머니가 아버지의 담배에 손을 뻗은 것은 그해 첫번째 출하를 마친 직후의 일이었는데, 나를 때리기 시작한 것은 그보다 조금 뒤였던 것으로 기억한다.

한 집안의 장남이자 기둥이었던 나는 의젓해야 했으나 그러지 못해 매를 맞았다. 동생을 돌보는 데 소홀했다거나 귀가시간을 어겼다거나, 알림장을 써오지 않았다거나 손톱에 때가 끼었다거나 하는 사소하고 일상적인 이유들이 매질의 강도와 횟수에 직결되었다. 어떤 일이라도 자주 겪다보면 요령이 생기기 마련이었는데 내겐 맞는 일이 그랬다. 성정이 모질지 못했던 어머니는 시뻘게진 얼굴로 몽둥이를 휘두르다가도 내가 죽은 척 늘어지기라도 하면 나를 끌어안고 목놓아 울어버렸다. 나는 미지근한 소금사탕을 빨듯 어머니의 품에 안겨 오래도록 늘어져 있곤 했다.

어머니가 아주 바빠 내게 신경을 못 써줄 때면 나는 부러 사소한 잘못을 저질러 학교에서 전화가 오게끔 했다. 애들에게 시비를 걸거나 학교 비품을 깨뜨리는 것만으로도 쉽게 실현되는 일이었다. 어머니가 혹시 한숨만 쉬고 넘어가버릴 것을 대비해 두번째 잘못을 준비하는 것은 물론이었다. 그건 하굣길에 주워온 집쥐의 사체이기도 했고 동네 애들이 쓰고 노는 더러운 말을 입에 담는 일이기도 했다. 그런데도 어머니가 회초리를 드는 일은 자꾸만 줄어갔는데, 그도 그럴 게 매질에도 힘이 쓰였기 때문이었다. 하루가 다르게 성장하는 나에 비해 어머니는 자꾸만 졸아들었다. 몸에서 무언가를 솎아내는 것처럼 나날이 비어만 갔다. 다행히 나는 어머니의 스위치를 알고 있었고 그건 아버지였다. 수소문하던 아버지의 소식이 동네를 떠들썩하게 달구었던,

두 시간 거리의 도시에 새살림을 차렸다는 얘기가 내 귀에까지 들어왔던 날. 기억나지 않는 잘못으로 종아리에 피가 나도록 매를 맞았던 그날 저녁, 나는 어머니의 흐느낌을 들으며 뒷간에 숨어 처음으로 수음을 했다. 고등학교에 들어가기 전까지 나는 때때로 매를 맞았고, 종종 아버지의 소문을 내기도 했다.

할말이 많았던 것도 아닌데 실없는 얘기를 늘어놓다보니 새벽 세시가 다 되어 잠이 들었다. 늦잠을 잔 여동생은 간신히 시간 안에 뛰어나갔다. 배웅을 마치고 돌아오니 과연 누구라도 싫어할 법한 방의 정경이 눈에 들어왔다. 방안을 멍하니 훑어보던 나는 청소라도 해볼까 싶어 깔려 있던 요를 반으로 접었다. 뭔가 작고 반짝이는 게 눈에 띈 것은 그때였는데, 허리를 굽혀 주워들었더니 한 짝뿐인 귀걸이가 달랑거렸다. 은빛 갈고리 끝에 대롱대롱 매달린 보석 박힌 별 장식. 여동생의 것일까, 아니면 N? 그녀가 자신의 물건을 흘리고 다니는 타입은 아니었지만, 그날이라면 혹시…… 책상 위에 올려놓으니 잡동사니 가운데 귀걸이만 하얗게 빛났다. 몇 개월 만에 N이 몹시 그리워졌다. 희미해진 옛사랑의 추억이 아프도록 가슴을 쥐어짰다. 나는 이부자리를 도로 펴고는 동굴 모양으로 다독여 안으로 기어들었다. 모로 누워 바지 속에 손을 집어넣은 나는 슬픈 내 물건을 쥐고 가만가만 흔들었다. N에 대한 그리움도 함께 빠져나가주길 바라며. 진득해진 손바닥을 이불깃에 문질러 닦으며 나는 조금 울고 말았다.

외중에 다행한 일은 이가 아프지 않다는 것이었다. 다만 약간의 문제가 생겼는데, 어금니 뚜껑을 잃어버렸다는 점이었다. 구멍 위에 붙어 있던 하얀 고무질 뚜껑은 언제 떼어졌는지도 모르게 떨어져 내뱉어진 양칫물을 타고 배수구로 쑥 빨려 들어가버렸다. 놀란 눈으로 세면대를 훑었을 때는 푸르스름한 거품 찌꺼기만 남아 꺼져들고 있었다. 혀끝으로 이를 더듬어보니 아뿔싸, 정말 막아놓았던 게 사라지고 빠끔한 구멍이 드러나 있었다. 혀가 홈을 스칠 때마다 뽁뽁거리는 소리가 났다. 하지만 병원에는 가지 않았는데 그건 뭐 간단한 얘기였다. 병원은 아플 때 가는 곳이고 나는 아프지 않았던 것이다. 그 대신에 나는 삼삼삼 운동을 꼬박꼬박 지키기 시작했는데 그건 하루 세 번, 식후 삼 분 안에, 삼 분 동안 양치질을 하는 것이었다. 관리를 잘하면 치과에 가지 않아도 되겠지, 하는 생각에서였지만 공들인 칫솔질 탓인지 구멍 주변에 남아 있던 자투리 고무까지 몽땅 떨어져나가고 말았다. 마침내 구멍이 말끔하게 드러났지만 신경이 없어서인지 아프지는 않아서, 아파지면 약을 먹어야지, 그래도 안 되면 병원에 가야지, 나는 느긋하게 생각했다.

이가 부러지기라도 하면 이번엔 임플란트예요. 이번주엔 꼭 오셔야 해요. 아, 예예. 치과에서 서너 번 전화가 왔지만 아예 받지 않거나 건성으로 통화를 마무리했다. 그도 그럴 게 치과에 가야 할 이유를 여전히 찾을 수 없어서였다. 그즈음 나는 스스로 하는 치아 관리에 맛을 들인 참이었는데, 삼삼삼 운동에 이어 치실을 사용하기 시작했던 것이다. 박하 냄새가 나는 실로 잇새의 찌꺼기들을 제거하다보면 치밀어오르던 답답증이 다 해소되었고, 찌르르한 잇몸에 기분이 좋아지는 것은 부차적인 효과였다. 하지만 구멍 근처에 이물질이 끼면 치실로도 녹록지 않았는데 워낙 안쪽 어금니인데다 홈이 매끈하지 않아 한계가 있는 듯했다.

구멍에 들어찬 땅콩 조각을 빼내느라 애를 먹었던 뒤로 나는 무엇을 먹건 간에 주의를 기울였다. 한쪽으로만 씹는 일은 곧 익숙해졌다. 하지만 학과 동기 모임에 다녀온 지 사흘째 되던 날, 나는 어금니에서 미약한 통증을 감지했다. 거울에 비춰보니 잇몸이 발갛게 퉁퉁 부어 있었고, 쭉 빨아보니 시금털털한 고름맛이 느껴졌다. 고깃조각이 낀 줄은 알고 있었지만 이 지경이 될 줄은 몰랐으므로 나는 식겁했다. 역시나 등갈비는 무리였던가. 한쪽으로 씹기 어려운 메뉴를 선택한 게 패인이었다. 치과에 가게 될지도 모른다는 생각이 들자 그것만으로도 나는 안절부절못했다. 검지 끝으로 부은 잇몸을 안달복달 만지작거리던 나는 급기야 눈앞에 보이는 온갖 뾰족한 것들을 입에 넣고 구멍을 후비기 시작했다. 날카로운 연필심과 가늘게 깎은 이쑤시개, 모서리를 뾰죽하게 접은 비닐 포장지들이 날을 세우며 등판했지만 얼마 버티지 못하고 침투성이가 되어 나가떨어졌다. 고깃조각은 완전히 꽉 끼어 좀처럼 빠져나올 생각을 하지 않았다. 잇몸과 부기우기 하느라 정신이 없는 듯했다.

이렇게 치과에 가게 되는 것일까? 나는 절망스런 기분으로 잔뜩 울상을 지었다. 낄낄대는 의사의 웃음소리가 들리는 듯했고, 그러게 내가 뭐랬느냐는 간호사의 잔소리도 귓가에 쟁쟁했다. 그때였을까, 책상 귀퉁이에 놓여 있던 귀걸이가 눈에 들어온 것은. 귀걸이는 눈길을 사로잡는 것으로도 모자라 첨예하게 빛나며 나를 유혹했다. N 혹은 여동생의 귀걸이. 조금은 망설이는 게 인지상정이었다. 하지만 찰나의 고민에 불과했으니, 그보다 더 뾰족한 게 떠오르지 않은 까닭이었다. 나는 오른손을 뻗어 귀걸이를 거머쥐고 낚싯바늘처럼 휜 고리를 폈다. 입속에 귀걸이를 집어넣고 곧장 어금니를 후볐다. 세상에, 나는 왜 진작 이 생각을 하지 못했던 것일까? 사흘 묵은 고깃조각은 너무도 쉽게 퉁겨져나와서는, 목구멍 안으로 망설임 없이 넘어가버렸다.

그날 이후 나는 시도 때도 없이 어금니를 건드리기 시작했다. 이쑤시개에서 귀걸이로 넘어감으로써 내가 느끼는 감정은 철기를 갖게 된 청동기시대 사람의 기쁨 같은 것이었다. 입을 오래 벌리고 있으려니 턱이 아프고 고리로 만든 꼬챙이가 비껴나갈 때면 종종 피를 보기도 했지만, 내 즐거움은 조금도 희석될 줄을 몰랐다. 이를 관리함에 있어 무엇보다 좋아하는 과정은 귀걸이의 고리를 이용해 구멍 안쪽을 소제하는 일이었는데, 이는 내게 예기치 않은 행운을 가져다주기도 했다.

평소처럼 이를 다듬다가 꼬챙이 끝에 걸리는 게 있어 공을 들여 끄집어냈더니 분홍색의 길쭉하고 가느다란 게 구멍 밖으로 튀어나왔다. 구멍을 쪽 빨아들여보니 평소보다 진한 맛이 느껴졌다. 호기심이 인 나는 구멍의 깊은 곳을 겨냥해 꼬챙이를 살살 밀어넣어보았다. 꼬챙이는 한참을 들어가다 잇몸을 찌르며 멈추어 섰다. 외마디 신음이 입 밖으로 새어나온 것은 그때였다. 나도 모르게 꼬챙이를 쥔 손끝에 힘이 들어갔다. 나는 입속의 손을 천천히, 이윽고 위아래로 빠르게 움직이기 시작했다. 입안 가득 피고름맛이 번지는 순간, 나는 몸을 떨며 사정하고 말았다.

단단한 에나멜질 아래 숨어 지내던 비밀스럽고도 수줍은 잇몸, 단 한 번도 노출된 적 없는 정결하고도 깊숙한 그곳. 워낙에 좁디좁은 길을 지나야 하는데다 의사가 그 입구를 막아놓았던 탓에, 도달하기까지는 간단치 않았지만 그 탐험은 그럴 만한 가치가 있었다. 처녀지를 향한 나의 몰입은 일상의 변화로서 드러났는데, 책상 위에 말라붙은 휴지 뭉치 대신 다른 것들이 자리하게 되었던 것이다. 치실, 치약, 탈지면, 구강청정제…… 그것들은 구멍을 위해 존재하는 작은 하수인들이었고, 대장은 물론 말할 것도 없이 별 귀걸이였다. 나는 그들을 부지런히 부려가며 구멍을 돌보았다. 꼬챙이에 탈지면을 감아 피가 난 곳을 지혈하거나 내벽을 닦아주었고, 치약과 구강청정제를 이용한 염증 예방에도 소홀하지 않았다. 그곳은 나날이 내게 소중해졌다.

구멍은 자그마한 나의 여왕이었다. 나만의, 나만을 위한, 나의 보물이었다. 나는 의자 위에 웅크리고 앉아 조심스럽게 구멍을 탐하곤 했다. 꼬챙이가 내 그것이 되어 그곳을 가득 채웠다. 어스름의 고요 속, 에나멜질 성가퀴에 수호성의 검이 툭툭 부딪치는 소리가 방안을 맴돌았다. 낮은 신음성이 새어나오는 입술 근처에서 보석 별이 달랑거리며 우리의 만남을 지켜보았다. 새로운 세계를 알게 된 우리를 축복하듯 반짝거렸다.

그것이 영원할 수 있었다면 좋았을 테지만, 세상일이 어디 뜻대로 되던가. 설마하니 작디작은 돌, 그게 우리 사이의 걸림돌이 될 줄이야. 어느 날 밥을 먹던 나는 밥에 섞여 있던 잔돌을 씹고 말았고 그것은 약해질 대로 약해져 있던 어금니의 일부를 소리내어 부러뜨리고 말았다. 심상치 않은 소리에 씹던 밥을 몽땅 뱉어 헤집자 쌀알보다 작은 치아 조각이 섞여 나온 게 보였다. 손가락을 입에 넣어 어금니의 깨진 부위를 만져보았더니, 남은 부분의 뿌리마저 흔들리는 게 느껴졌다. 그 순간 간호사의 뺨 붉힌 얼굴이 떠올랐고, 동시에 그녀의 목소리가 귓가에 앵앵 울렸다. 이가 남아 있으면 금으로 씌우면 되지만 발치라도 하게 되면 그땐 꼼짝없이 임플란트예요. 그건 서너 배는 더 비싸니까…… 심장이 내려앉는 듯해 나는 의자를 박차고 일어섰다. 임플란트라니. 무슨 일이 있어도 임플란트만은 피해야 했다. 나는 먹던 밥을 내버려둔 채 욕실로 달려가 미친듯이 이를 닦았다. 옷도 갈아입지 않고서 단걸음에 치과로 향했다.

하지만 출발할 때의 마음가짐과 달리 치과 앞에 서니 역시나 망설여져서, 나는 유리문을 앞에 두고 한참을 서성였다. 걱정이 앞서 정신 나간 사람처럼 뛰어오긴 했지만, 이게 정말 최선인 것일까. 다시는 함께할 수 없다니. 영영 떠나보내야 한다니. 이대로 돌아가 구멍의 최후를 지켜봐주는 것이 도리 아닐까? 그러나 잇몸이 곪아 이가 빠지기라도 한다면, 살이 아무는 순간 구멍은 흔적도 없이 사라질 테지. 마치 처음부터 존재하지 않았던 것처럼…… 그 지경이 된다면 선택의 여지조차 없게 될 거야. 임플란트를 하는 수밖에 없겠지. 대체 비용이 무슨 문제란 말인가. 나만 알던 순진한 구멍에게 쇠기둥이라니, 그게 사랑하던 여인을 양공주로 내모는 것과 무엇이 다르단 말인가. 눈물이 핑 도는 바람에 나는 입술을 깨물어야 했다. 내가 구멍에게 해줄 수 있는 마지막 선물, 그것은 온전한 모습으로 그를 떠나보내고 추억하는 것이었다. 금으로 장식한 그의 무덤을 입에 담고서 평생을 살아가는 일이었다. 나는 눈을 질끈 감고 유리문을 밀어젖혔다. 헤어질 시간이었다.

치과에 들어서니 간호사가 반색하며 나를 맞았다. 의사가 능글능글

웃으며 인사를 건넸다. 그럼 그렇지, 네가 안 올 수가 없지, 하는 표정이었다. 나는 착잡한 마음에 시선을 내리깔았다. 금니가 가능할까요? 떨리는 목소리로 묻자, 어디 한번 봅시다, 의사가 예의 호탕한 목소리로 대답했다. 어이구, 약재가 다 빠져버렸네. 엑스레이를 들여다본 의사가 큰 소리로 혀를 찼다. 시키는 대로 입을 크게 벌리자 아무런 고통도 없이 치료가 시작되었다. 너무 늦지 않아 다행이라는 의사의 진단이 내려지자 씹던 껌처럼 물렁거리는 커다란 덩어리를 물고 금니의 본을 떴다. 집으로 돌아오는 길에는 어머니에게 전화를 걸어 금니값을 보내달라고 청해야 했다. 넌 나를 안 닮아서 선천적으로 이가 약하니 양치질을 잘하라고 몇 번을 말했느냐고 어머니가 나를 구박했지만, 벌써 슬픔으로 가득차 있던 내 감정은 아무런 타격도 받지 않았다.

다음날 금니값보다 십만원이 더 들어와 있는 통장을 확인하니, 그제야 가슴 한구석이 찡하니 아파왔다. 어머니의 배려 탓인지 금니가 좀더 현실로 다가와서인지는 잘 알 수 없었다. 예약한 날짜가 되어 치과를 찾자 간호사가 금니를 자랑스레 내보였다. 무척이나 번쩍이는 멋진 금니였지만 낡아버린 별 귀걸이와 비교가 되어서인지 괜스레 코끝이 시려왔다. 진료의자에 눕자 의사가 임시 치아를 거침없이 뜯어냈다. 접착제를 바른 금니를 어금니 위에 끼워넣은 의사가 경쾌한 목소리로 말했다. 딱딱 씹어보세요, 딱딱. 나는 그의 입말에 맞춰 소리나게 이를 맞부딪쳤다. 딱, 딱. 안녕, 안녕히.

하지만 구멍의 빈자리가 생각보다 컸던 걸까, 금니를 씌운 다음날부터 나는 앓아눕고 말았다. 온종일 자리에 누워 혀끝으로 어금니를 더듬었지만 만질만질한 금속 무덤이 미지근하게 나를 막아 세웠다. 하루에도 몇 번씩 구멍을 막지 말걸 하는 후회가 밀려왔다. 이로 뭘 씹고 싶지 않다는 생각에 끼니조차 거르기 일쑤였다. 구멍 생각이 간절해지면 나는 잇몸이 해지도록 이를 닦았다. 혹시나 하는 마음에 피가 날 때까지 치실로 잇새를 혹사해보기도 했다. 하지만 그 모든 행위는 구멍의 빈자리를 공고히 할 뿐이었다. 그 무엇도 구멍을 대신할 수는 없었다.

심신이 지친 나머지 예전 습관을 되찾기로 마음먹어보았지만 좀처럼 되질 않았다. 도움이 될 만한 영상을 눈이 빠져라 들여다보아도 아랫도리는 죽은듯 시무룩하기만 했다. 나는 한숨을 내쉬며 엄지발가락으로 컴퓨터 전원을 내려버렸다. 하릴없이 의자에서 몸을 일으키는데 책상 위의 귀걸이가 눈에 들어왔다. 더이상 반짝이지도 않는 그것은 칠이 벗겨지고 녹슬어 있었다. 짝을 잃고 덩그러니 놓인 것이 내 신세처럼 처량했다. 슬픈 눈으로 귀걸이를 내려다보고 있으려니 문득 N의 얼굴이 떠올랐다. 무척 오랜만에 든 그녀 생각인데도 어제 헤어진 것처럼 선명한 모습이었다. 그 순간 꽤 오래전에 품었던 의심, 이 귀걸이가 N의 것일지도 모른다는 그것이 살그머니 몸을 틀며 나를 충동질했다. 이건 N의 것이 틀림없으리라는, 왜냐하면 N의 것이 아닐 수 없기 때문이라는 생각. 아주 조금 움직였는데도 짐작은 어느새 확신이 되었고, 그런 결론에 이르고 나니 그녀가 보고 싶어 미칠 것만 같았다. 나는 팔을 뻗어 휴대폰을 쥐고는 단축 번호 1번을 내처 눌러버렸다. 연결음이 길게 이어질수록 받지 않아도 상관없다는 처음의 마음은 정말로 받지 않으면 어떻게 하지 하는 걱정으로, 이윽고는 막상 받으면 무슨 말을 하지 하는 불안으로 나아가다, 종내는 받을 리가 없다는 체념으로 이어졌는데 바로 그때 낯익은 목소리가 귓속을 파고들었다. 여보세요? 내 심장은 다시금 널뛰기 시작했다.

몇 달 만에 눈에 담은 N은 약간 야윈 듯했다. 커피를 홀짝이며 책을 읽는 그녀의 모습이 정말로 아름다웠기 때문에, 나는 카페의 문을 열고 들어선 뒤에도 한참이나 멍하니 바라보고 서 있었다. 저렇게 아름다운 여자였던가. 저런 여자를 내가 놓쳤던가. 다시는 그녀를 놓치지 않으리라. 나는 다짐하고 곱씹으며 걸음을 옮겼다. 건너편 자리에 앉으며 인사를 건네자 N이 고개를 들어 나를 보았다. 하지만 주문한 녹차가 나올 때까지 나는 본론을 꺼내지 못했는데, 멍청하게 앉아나 있으려고 그녀를 불러낸 게 아니라는 생각이 나를 조바심 나게 했다.
네 거지? 고심해 꺼낸 첫마디였다. 나는 그나마 깨끗하게 닦은 귀걸이를 N에게 내밀며 물었다. 그녀의 눈동자가 흔들리는 게 보였다. 곧 조그맣고 흰 손이 다가와 광택을 잃은 희부연 금속을 받아들었다. 오빠가 가지고 있었네요. 어디 갔나 했는데. N이 귀걸이를 내려다보며 나지막이 중얼거렸…… 고맙다는 인사가 뒤따랐던 것 같기는 하다. 예의바른 N의 성격상 단연코 그랬을 것이다. 하지만 나는 이미 듣고 있지 않았는데, 그녀가 인정하는 순간 가슴이 벌써 터무니없이 벅차올라 터질 것만 같았기 때문이었다. 역시나 N의 귀걸이였다, 나와 구멍을 이어준 것은. 틀림없는 N의 별이었던 것이다, 나의 분신은. 나는 귀걸이를 고물고물 만지작거리는 N의 모습을 넋을 넣고 바라보았다. 그러던 중 깨달았는데, 돌아오라는 말을 먼저 한다면 그 순서가

틀려먹었다는 것을. 내가 N에게 사랑을 얘기한 일이 단 한 번도 없었다는 것을. 그렇게 생각하니 처음 만난 사람에게 고백할 마음을 품은 것처럼 심장이 앞뒤 없이 쿵쾅거렸다. 하지만 진심을 전하자면 이 순간밖에는 없었다. 나는 마음을 다잡으며 입을 열었다. N. 나는 떨리는 목소리로 그녀의 이름을 불렀다. N이 눈을 들어 나를 쳐다보았다. 나는 머릿속으로 되뇌었다. N, 사랑해, 너뿐이더라. 나는 N의 눈을 정면으로 응시하며 입을 열었다. N, 사랑해, 너뿐이더라. 하지만 그렇게 말하려던 내 입에서는 벌써 구멍이라는 단어가 튀어나와 있었다. N, 네 구멍에 박고 싶어.

당황한 것은 N뿐만이 아니었다. 아니, 그게 아니라…… 나는 사색이 되어 어물거렸다. 어떻게든 수습을 해보려, 쏟아진 말을 주워 담아보려 안간힘을 썼으나 N의 얼굴은 어느새 붉어졌다 파래졌다 도로 하얗게 질려가고 있었다. 아니, 그러니까 내가 하려던 말은…… 하지만 무슨 변명을 제대로 뱉기도 전에 물크러진 생크림이 얼굴 정중앙을 철썩 때리며 미끄러졌다. 어푸어푸 소리를 내며 손바닥으로 얼굴을 훔치는 가운데, 머그잔을 뒤집어 든 N이 파들파들 떨며 선 게 보였다. 개새끼. N은 그렇게 씹어뱉더니 커피잔을 깨부술 듯 내려놓고는 그대로 문을 향해 걸어가버렸다. 나는 끈적거리는 얼굴을 손등으로 닦으며 큰 소리로 외쳤다. 기다려, N. 잠깐만 기다려줘. 그 순간의 나보다 더 간절할 수 있는 사람은 없었을 것이다. 하지만 N은 뛰기 시작했고, 그 달음박질이 겁먹은 새끼 사슴처럼 가볍고 빨라 따라잡을 수 있을 것 같지 않았지만, 그대로 보낼 수는 없는 노릇이었다. 그녀를 붙잡아야 한다는 생각이 나를 조급하게 만들었다. N, 제발! 나는 멀어지는 그녀에게서 눈을 떼지 않은 채 소파를 박차고 일어나 갈급하게 몸을 틀었다. 바로 그때, 세상이 모로 기울었다.

다리가 꼬인 나는 테이블 가장자리를 온몸으로 때리며 나뒹굴었다. 테이블 위에 놓여 있던 머그잔과 유리컵, 쿠키 접시와 화병 역시 요란스레 바닥을 쳤다. 나는 아픈 줄도 모르고 곧바로 고개를 치켜들어 두리번거렸다. 하지만 N은 벌써 사라지고 없었다. 유리문이 앞뒤로 흔들리는 게 보였다. 안 돼, N. 허둥지둥 몸을 일으키려던 나는 새된 비명을 내지르며 주저앉고 말았다. 바닥을 짚었던 무릎 한가운데 커다란 유리 파편이 박힌 게 보였다. 베이지색 면바지가 찢긴 부위를 중심으로 검붉게 젖어들었다. 종아리를 타고 흘러내린 핏방울이 쏟아진 녹차에 닿아 연붉게 번졌다.

삽시간에 정신이 아찔해졌다. 아슴푸레한 시야 가운데 귀걸이가 들어온 것은 그때였다. N의 귀걸이, 나의 별이…… 흩어진 유리 파편 사이에 초라하게 자리하고 있었다. 흠뻑 젖어 지저분하게 나뒹굴고 있었다. 나는 다리를 질질 끌며 카페 바닥을 얼마간 기었다. 바들바들 떨리는 손을 더듬적대 귀걸이를 집어들었다. 나는 반쯤 흐느끼며 귀걸이를 쥔 손을 가슴에 품었는데, 둥글게 말아 쥔 손으로부터 강한 박동이 느껴진 건 그 순간이었다. 손님, 괜찮으세요? 그사이 종업원이 밀걸레를 들고 달려와 나를 부축했다. 하지만 그의 도움은 도움이 될 수 없었다.

어느새 온몸이 터질 듯이 달아올라 있었기 때문이었다. 바지 앞섶이 팽팽해 움직이기조차 괴로웠다. 나는 종업원을 거세게 뿌리치고는 화장실을 향해 뛰었다. 문을 잠그자마자 허리춤을 풀어 헤치고 바지를 발목까지 끌어내렸다. 일시에 깨어난 전신의 감각이 상처 난 무릎을 통해 흘러넘치는 게 느껴졌다. 변기에 걸터앉은 나는 한차례 심호흡을 한 뒤 구멍난 무릎에 손바닥을 대고 눌렀다. 유릿조각이 찢긴 살을 더욱 헤집자, 이를 악물었는데도 비명이 터져나왔다. 나는 옷자락을 입안에 쑤셔넣고는 더욱 거칠게 무릎을 비비기 시작했다. 정신이 나가버릴 것만 같았다. 나는 마침내 폭발하고 있었다. 아아, 내 구멍들, 내 사랑들아! 그렇게 나는 가까스로, 만족스러운 절정을 되찾을 수 있었던 것이다.

*

여기까지가 내가 이 취미를 갖게 된 사연이다. 이 글을 쓰고 있는 지금 이 순간에도 내 책상 위에는 그날의 유릿조각을 비롯해 색색의 사금파리, 잘 드는 면도칼, 소독용 솜과 항생제 연고 따위가 줄지어 있다. 내 현재의 도구들로 미루어 짐작할 수 있듯, 이 취미의 특기할 만한 점은 발전성이다. 그것도 아주 긍정적인 상호 발전성임이 틀림없는 것이다. 이 취미의 가장 놀라운 점은 그 목적이 순간의 희락에만 있지 않다는 것인데, 즐기는 이로 하여금 감각의 질적 향상을 추구하게 하는 이 취미는 누군가에게 삶의 목표를 제시하기에 부족함이 없다. 예컨대 내 경우엔 고등학교 교과과정을 다시 공부하는 중이다. 대입 시험을 준비해 의과대학에 진학하기로 마음먹었기 때문이다. 지금이야 슬쩍 긋는 수준에 머물러 있지만 봉합술을 배우게 된다면 더욱 풍요로운 취미생활의 영위가 가능해지리라, 나는 기대한다. 내 몸에는 아직도 수많은 미개척지가 남아 있다. 하지만 이것은 어디까지나 이차적인 취미여서, 나는 아직도 때때로 어금니의 구멍이 그립다. 그렇다면 치과대학도 좋지 않을는지! 스스로 구멍을 뚫을 수 있을 테니까. 그러나 그 어떤 새로운 구멍도 나의 금관 아래 자그마한 여왕을 대신할 수는 없을 것이다. 내 책상 한구석을 여전히 차지한 귀걸이 한 짝이 증명하듯이, 남자에게 첫사랑이란 게 다 그렇다지 않은가. 그러니 여러분, 충치가 생긴다면 신경 치료를 받고 방치하라. 그리고 그 구멍을 후벼보아라. 이 사랑스러운 취미를 만나게 되는 순간, 당신들 삶의 지평은 한없이 넓어질 것이다.

대단히 멋진 꿈

잠에서 깬 T의 시선이 닿은 곳은 네모지고 흰 천장 가운데 자그마한 목탄 조각을 던져 맞힌 것만 같은 검은 흔적으로, 슬리퍼 밑창으로 때려죽인 갑충이 말라붙은 자국이었다. 처음에 그것은 몸피의 어두운 빛과 내장에서 터져나온 피가 섞인 가운데 미처 짓눌리지 않은 더듬이와 등딱지가 도드라진 모양이었지만 바람과 햇볕에 시달린 나머지 이제는 그저 작고 검은 얼룩처럼 보일 뿐이었다. T는 그 흔적을 보는 것을 하루의 시작으로 삼곤 했는데 갑충을 죽인 직후부터 그런 용도로 사용한 것은 물론 아니었지만 지난 몇 주간 그가 그것을 지표로 여겨온 것은 틀림없는 일이었다. 그것에 그러한 직분이 부여된 까닭은 두 가지였다. T의 베갯머리에서 수직으로 뻗은 그것의 위치가 하나였고 빈번하고 혼돈스러운 그의 꿈이 다른 하나였다.

T는 깊이 잠드는 일을 어려워했고 가끔은 거의 불가능하게 여겼다. 어느 때는 잠을 청하면서 휴식으로서의 마땅한 기대조차 내려놓아야

했는데, 선잠에 찾아드는 손님들의 질이란 부둣가 선술집의 그것과 다를 바 없이 잡다하고 음흉하기 때문이었다. 그는 매일 꿈을 꾸었고 또 언제나 여러 개의 꿈을 꾸었다. 그가 기억하는 하룻밤 꿈의 최대 개수는 일곱이었지만, 그쯤 되니 다섯이나 열이나 피차일반으로 여겨지기에 세기를 멈춘 것이었지 그보다 더한 적이 없던 것도 아니었다. 하지만 그에게 더 많은 수의 꿈을 꾼다는 것은 그리 큰 문제가 되지 않았는데, 귀찮기는 했지만 치명적인 것은 아니었다. 그에게 더 많은 꿈이란 깊은 잠을 방해하고 정신을 어지럽게 만드는 소음, 집요하게 달려드는 날벌레에 불과했다. 그를 괴롭히는 것은 차라리 꿈들이 가진 교묘하고 교활한 성격이었다.

T의 꿈들은 어떤 식으로라도 그에게 영향을 미치기 위해 안달하는 것처럼 보였고 비열한 속임수도 서슴지 않았다. 그것들은 그를 꿈속의 무대로 끌어들인 뒤 언제까지라도 줄에 매달려 달그락거리게끔 했다. 꿈속에서 보내는 생생한 시간 탓에 그에겐 하루가 이십사 시간이 훌쩍 넘는 것처럼 여겨졌고 종일 깨어 있는 것처럼 느껴졌다. 그것은 그것대로 피곤했지만 T에게 절실한 문제는 따로 있었다. 그들의 목적은 T가 하루를 순탄케 시작하지 못하게 하는 것인 듯 보였는데, 그 성공 빈도가 높았기 때문에 그는 꿈들이 와글와글 쾌재를 부르는 모습을 언제라도 상상할 수 있을 정도였다. 그는 깨지 않아야 할 때 깼고 깨어나야 할 때 깨지 못했다. 그건 그가 정상적인 생활을 하고 정기적인 출근을 하는 데 어려움을 겪게 되리라는 것을 의미했다. 꿈에 속을 때 그의 길고 야릇한 하루는 더욱 비천하고 엉망진창으로 지났다.

천장의 흔적을 사용하기 전에는 T 역시 다른 사람들과 마찬가지로 아침햇살과 자명종 따위를 기상의 근거로 삼곤 했지만 그것들은 좀처럼 미덥지 못했을 뿐만 아니라 속임수의 재료로 도용되기까지 했다. 시야를 붉게 만드는 강렬한 햇살에 눈을 떠보면 희미하게 반짝이는 손목시계의 야광판 외의 빛을 찾아볼 수 없다거나 머릿속까지 뒤흔드는 요란한 알람에 눈을 떠보면 먼 곳의 풀벌레 울음소리나 미미하게 들려오는 식이었다. 욕설을 내뱉으며 다시 잠을 청해봤자 다음번의 덫이 준비되어 있었다. 진짜 햇살과 진짜 알람이 그 도입부의 소품이 되었다. 그것들은 그를 꿈에서는 깨웠지만 잠에서는 깨워내지 못했다. 늦잠을 자지 않은 것을 다행으로 여기며 혼비백산 세수를 하고 옷을 입고 시동을 걸어 직장으로 향해봤자 실제로는 여전히 침대에 머물러 있는 경우가 허다했다. 그는 그런 식의 피곤하고 불합리한 하루를 몇 번이고 맞이하곤 했는데, 정말로 깨어났을 때조차 그 짓을 다시 반복해야 했다.

안팎으로 한계에 임박해 있었기 때문에 애인이 도움을 자청했을 때, T가 저도 몰래 기대를 품은 것도 무리는 아니었다. 평소 그는 자신의 문제를 제 입으로 밝히는 편이 결코 아니었는데 앓는 소리 하는 것을 싫어하기도 했거니와 상대가 애인이라면 말할 것도 없었다. 하지만 애인과 함께 있을 때 T는 자신의 가장 내밀한 부분을 불쑥불쑥 들키는 기분이 들곤 했는데, 이를테면 꿈과 그 속임수에 대해 한마디 토로하지 않았는데도 같이 살지 않겠느냐는 제안을 받았을 때 그는 그렇게 느꼈다. T의 입장에서는 마다할 일이 아니었고 얼른 생각해도 동거는 서로에게 좋은 선택처럼 보였다. 그로서는 잦은 지각을 방지할 수 있으리라 여겨졌고 집 계약이 끝나가는 애인으로서는 애써 새 아파트를 구할 필요가 없어지기 때문이었다.

　그 주 주말, 애인은 T의 집에 짐을 옮겨 들어왔다. 애인의 세간이 생각했던 것보다도 훨씬 많았기 때문에 그들은 밤이 이슥해서야 짐 정리를 끝마칠 수 있었다. 그들은 마주앉아 축배를 들었고 약간 취한 상태로 사랑을 나눴다. 그 집에서 오래 산 사람처럼 금방 잠에 빠져든 애인과는 달리, T는 여행이라도 온 듯 쉽사리 잠을 청할 수 없었다. 그는 나지막이 코를 고는 애인의 얼굴을 한참이나 바라보다 새벽이 깊은 뒤에야 눈을 감았는데, 언제나처럼 긴장을 내려놓지 못한 채였다. 하지만 다음날 애인은 T를 제시간에 깨우는 데 성공했다. 집 앞 공원에서 길을 잃어버리는 꿈을 꾸고 있던 그는 그녀가 요령껏 흔들어 깨운 덕에 웃자란 버섯처럼 쑥 뽑혀 침대 위로 돌아올 수 있었다. 씻고 나왔을 때는 전혀 기대하지 않았던 아침식사까지 차려져 있어 T는 입을 다물지 못했다. 애인의 뺨에 입을 맞추고 집을 나서며 그는 마구 부풀어오르는 마음을 가눌 수 없었는데, 그것은 어쩌면 많은 것이 나아질지도 모른다는 희망, 최소한 더 나빠지지는 않으리라는 기대 때문이었다.

　애인과의 동거가 T의 꿈을 막아낼 도리는 없었지만 깨어날 때를 우려하지 않고 잠들 수 있다는 것도 그에겐 굉장한 일이었다. 꿈과 현실을 분간하는 데 쓰던 기운을 잠에 더 투자하게 되니 단지 그것만으로도 그의 회사생활은 나아졌다. 지각을 하지 않게 된데다 졸다가 의자에서 굴러떨어지는 일도 확연히 줄었다. 매 순간을 의심하고 주변을 살펴야만 했던 T의 삶에 무게가 생겼다. 애인이 기준이 되어주었다. 그에게 애인은 닻이었다. 꿈의 풍랑이 몰아칠 때면 여전히 밑바닥부터 휘둘렸지만 그럼에도 균형을 잡아낼 수 있으리라는 자신을 주었다. 그는 애인을 위해 무엇이든 할 수 있을 것 같았고 그렇게 하려 애썼다. 애인이 원했기 때문에 그들은 모든 것을 공유했다. 눈을 뜨고 감을 때를 함께했고 손을 잡고 같은 길을 산책했다. 주말이면 장터를 구경하며 깔깔대거나 나란히 앉아 텔레비전을 보았다. 둘은 한사람이나 다름없었고 서로가 떨어진 존재라는 것을 때로 아쉬워했다. 하지만 그 생활은 기대만큼 오래가지 못했는데, 작은 문제가 생긴 탓이었다. 애인이 이사를 들어온 지 석 달쯤 지난 어느 날의 일이었다.

그날도 애인은 늘 깨우던 시간에 T를 깨웠다. 기름에 볶은 달걀과 토스트, 차가운 잼으로 식탁을 차려주고 현관까지 그를 배웅했다. 평소처럼 애인의 뺨에 입을 맞추고 등을 돌리려던 T는 무언가 이상하다는 생각에 발길을 멈추었다. 그는 머뭇거리다 뒤를 돌았는데, 애인의 잠옷이 눈에 밟혀서였다. 그것이 벌써 몇 년 전 직접 소각로에 던져버렸던 낡고 해진 자신의 파자마임을 알아챈 T는 그녀가 어떻게 그 옷을 입고 있는지 알고 싶었다. 그것을 버린 게 두 사람이 만나기도 전의 일이기 때문이었다. 하지만 질문을 막 던지려던 찰나 그는 잠에서 깨어났다. 창밖으로 해가 높이 솟아 있는 게 보였고 애인은 그의 곁에서 아직 잠들어 있었다. 식은땀을 뻘뻘 흘리는 그녀의 온몸은 불덩이였고 흔들어 깨워도 정신을 차리지 못했다. 애인을 병원에 데리고 가느라 그는 정오가 훌쩍 넘어서야 회사에 도착했다. 처음으로 T가 애인의 꿈을 꾼 날이었다.

한번 꿈을 꾸게 되자 애인은 자꾸만 꿈에 나왔다. 때로는 배경이었고 가끔은 소품이었지만 대부분은 T를 깨우는 역할로 등장했다. 꿈속의 애인은 햇살이나 자명종보다 주도적이고 활동적이었기 때문에 더욱 교활했다. 그는 하룻밤에도 몇 번이나 발작처럼 깨어나 애인이 단잠에 빠져 있는 것을 원망스럽게 바라보게 되었다. 애인을 깨우지 않으려 뒤척이다 잠이 들면 막상 일어나야 할 때를 놓쳤다. 애인은 잘 일어나던 T가 갑자기 달라진 까닭을 이해할 수 없어했다. 그녀는 애를 먹었고 그는 면목이 없었다. T는 차라리 잠을 자지 않으려고도 해봤지만 그건 불가능했다. 기절하듯 잠이 들면 기다렸다는 듯 꿈들이 달려들어 아귀처럼 그를 물어뜯었다. 모자란 잠이 더 모자라게 되니 T는 아주 예민해졌고 사소한 모든 것을 거슬려 했다. 참지 못하고 애인에게 짜증을 부린 날엔 기분을 풀어주기 위해 더 많은 에너지를 빼앗겨야만 했다. 그녀와의 갈등은 가뜩이나 지친 그를 더욱 지치게 만들었다. 힘의 소진은 쉽게 전염됐고 둘은 한사람처럼 피로했다.

자신의 잠도 제어하지 못하는 사람이 무슨 큰일을 할 수 있겠느냐는 상사의 핀잔에 T는 한마디도 반박할 수 없었다. 늦잠을 잘 때마다 밀려드는 자기 환멸이 상사의 말이 옳다는 것을 증명했다. 스스로 생각하기에도 그는 유능한 직원과는 거리가 멀었는데, 어떤 업무에도 좀처럼 집중할 수 없어서였다. 하지만 그건 회사에 도착해서도 마음이 놓이지 않는 탓이었다. 잠에서 깬 것이 아니라 다음 꿈이 시작된 것인지도 모른다는 의심이 그를 부표처럼 떠돌게 했다. 애인의 등장을 현실의 지표로 사용할 수 없게 되자 T의 상황은 점점 더 나빠져만 갔다. 그는 다시금 터무니없이 지각을 했고 의자에서 굴러떨어졌으며 정신을 놓은 채 멍하니 앉아 있게 되었다. 그는 언제나 불안하고 초조한 표정으로 주변을 살폈고, 꿈의 단서처럼 보이는 것을 찾아내면 일을 하다가도 달려가 만지작거리거나 오래도록 들여다봤다. 기껏 보고를 마치거나 결재를 맡은 뒤 꿈에서 깬 일이 허다했으니 T의 입장에서라면 자신의 반응이 과하다고만은 할 수 없었으나, 모두가 이해할 만한 종류가 아닌 것은 분명했다. 그렇기에 새로운 지표로서 검은 흔적을 찾아내게 되었을 때 T는 애인뿐 아니라 회사에서도 이를 무척 기뻐하리라고 기대했는데, 수면 장애만 해결된다면 그가 그 정도로 하자 있는 인간은 아니라는 것을 그들도 알고 있으리라 믿었기 때문이었다.

아침햇살이나 자명종, 또한 애인과도 다르게, 검은 흔적이 T를 속이는 일은 없었다. 얼룩을 만들고 세상을 떠난 갑충이 때로 꿈에 등장한 일도 있었지만, 그런 때조차도 흰 묘지에 붙박인 검은 압사체를 재현해내지는 못했다. 지난여름 갑충이 등딱지를 딱딱 부딪치는 소리가 거슬려 슬리퍼로 짓이겨버렸을 때만 해도 그는 그게 그런 용도로 사용될 거라곤 상상조차 하지 못했는데, 다만 계기가 있긴 했다. 그건 그가 평소에도 자주 꾸는, 침대에서 눈을 뜨는 꿈을 꾼 어느 날의 일이었다. 아침을 맞이하는 그 꿈은 T가 서둘러 일어나야 함을 의미했지만 그날따라 그는 가만히 누워 있었다. 터무니없이 피곤하고 지칠 대로 지쳐서, 현실이건 꿈이건 될 대로 되라는 식이었다. 그렇게 불안한 마음과 편안한 자세로 한참이나 천장을 올려다보고 있는데, 문득 그의 머릿속에 이런 생각이 스쳤던 것이다. 낡은 아파트의 천장 치고, 저건 너무 깨끗하지 않나? 그 순간 잠에서 깨어난 T의 눈에 천장의 벌레 자국이 들어왔다. 약간 기름한 형태의 갑충 사체는 터진 내장이 튄 자국과 합해져 비뚤어진 감탄부호처럼 보였고, 그에겐 진정한 의미로 하나의 깨달음이었다.

그날 이후 T는 침대 위에서 눈을 뜨는 꿈에서라면 매번 승리할 자신을 갖게 되었다. 검은 흔적이 보이는 쪽이 현실이었으므로 그게 보이지 않으면 무시하고 도로 잠들면 그만이었다. 새로운 지표를 찾은 그의 생활은 다시금 좋아질 준비가 되어 있었다. 그는 그저 출발선을 박차기만 하면 되었다. 하지만 회사는 이미 T를 내보낼 절차를 마친 뒤였고, 애인은 애인대로 그를 더 참아줄 여력을 잃은 다음이었다. 회사에서 짐을 챙겨 돌아온 날, T는 애인이 짐을 싸서 기다리고 있는 것을 보았다. 그녀는 울음을 터뜨리며 더이상 못하겠다고 선언했다. 그는 뒤늦게나마 자신의 꿈에 대해 토로하려 했지만 잘 되지 않았다. 검은 흔적을 얘기하며 잘해낼 수 있다고 애원했더니 애인은 도리어 화를 냈다. 자신이 아닌 그깟 벌레 자국에 의지하는 이유가 무어냐고 그에게 따져 물었다. 말문이 막힌 T가 입을 다물자, 애인은 생각보다 많았던 그녀의 세간을 챙겨 그를 떠났다. 이해는 만들어낼 수 있는 것이 아니었다. 그는 정말로 그렇게 느꼈다.

직장에서 잘린 시기와 애인이 그를 떠난 시기가 겹치는 것을 T는 다만 우연으로 여기고 싶었다. 회사도 애인도 원망하고 싶지 않았을 뿐더러 검은 흔적에게 그 탓을 돌리는 건 더더욱 안 될 일이었다. 불행은 다행보다 훨씬 쉽게 겹치곤 한다고 그는 생각하려 애썼다. 자신의 주변이 건넨 통보를 순순히 받아들이고 싶었으므로 그는 그렇게 했다. 그날부로 한참이나 T는 집에 머물렀다. 가끔은 깨어 움직였지만 대부분 침대를 떠나지 않았다. 일찍 일어날 필요가 없게 되었음에도 검은 흔적은 유용했는데, 자신이 놓인 순간을 고민하지 않아도 된다는 것이 그를 편안하게 했다. 잠이 들면 꿈이 쏟아졌지만 전처럼 신경 쓰이지 않았다. 그런 까닭으로 그는 그 지표를 의지했고, 그 듬직한 친구에 대해 감지덕지해왔다. 하지만 그날 아침의 T는 검은 흔적이 원망스러웠는데, 그가 대단히 멋진 꿈에서 막 깨어났기 때문이었다.

그건 믿을 수 없을 만큼 대단한 꿈이었다. 누구라도 한번 꾸면 며칠이건 몇 달이건 곱씹을 만한 멋진 꿈이었다. 그런데 그런 꿈에서 깨어버리다니! 빈 곳을 메우려는 진흙처럼 T의 몸은 절로 구겨졌다. 걸쭉한 내장을 빼앗긴 치약 튜브처럼 허리춤부터 잔뜩 찌그러졌다. 방금까지 몸담았던 완벽한 세계가, 결국은 내던져져 산산이 부서진 꿈의 파편들이 그를 아프게 찔러댔다. 감탄과 한탄이 뒤섞인 신음이 입 밖으로 자꾸만 새어나와서, 그는 베개에 얼굴을 묻고 끙끙 앓았다. 몇 번이고 뒤척이던 T는 이불을 머리끝까지 뒤집어썼다. 다시 잠들면 꿈이 이어지지 않을까 하는 기대에서였지만, 갈망하면 갈망할수록 모래 사나이의 뒷모습은 멀어져만 갔다. 멀리 양떼를 발견하고 수를 세려다 곰팡이 슨 감자가 굴러가는 장면임을 알아챈 사람처럼 그는 목표를 잃고 비틀거렸다. 이를 갈며 눈을 뜨자 검은 흔적이 그를 비웃듯 내려다보고 있었다. 지표를 목격한 이상 꿈의 후퇴를 모른 척할 방도는 그에게 없었다. 잽싸게 눈꺼풀을 다물었던 일은 소용되지 않았던 것이다. 현실은 벌써 그를 올라타 낄낄대고 있었다.

그러고도 T는 침대에서 쉽사리 일어날 수 없었다. 맛있게 먹던 수프를 키우던 개에게 빼앗긴 것 같은 억울함이 그를 뒹굴게 했다. 그는 다시금 눈을 감고 희끄무레한 광점들이 점멸하는 눈꺼풀 안쪽을 응시하기 시작했는데, 잔영이라도 곱씹고 싶은 마음에서였다. 눈꺼풀을 스쳐지났던 사소한 이미지라도 위로가 될 것만 같았다. 그러나 얼마 지나지 않아 T는 도로 눈을 뜨고 천장을 노려보았는데, 어째서인지 아무것도 떠오르지 않아서였다. 믿어지지 않아 몇 번이고 눈을 깜빡였지만 대단히 멋진 꿈은 대단히 멋졌다는 느낌만을 남기고 완전히 사라져 있었다. 내용이나 장면, 무엇 하나 남아 있는 게 없었다. T는 아주 소중한 것을 잃어버리는 악몽을 꾸고 있는 것만 같았다. 어쩐지 꿈에서 깨어버린 것보다 더 억울하게 느껴졌다.

자른 빵에 햄을 올려 만든 간단한 샌드위치로 아침을 차리긴 했지만 입맛이 돌지 않아 T는 시적거렸다. 꿈에 대한 생각을 떨치지 못하고 그는 맛없는 여물을 씹듯 우물거렸다. 막 깨어났을 때에는 분명히 기억하고 있지 않았나? 자문해보았지만 알 수 없는 일이었다. 하지만 처음부터 기억한 적 없다고 단정지어버리기엔 대단히 멋진 꿈이었다는 느낌이 지나치게 생생했다. 느낌만을 기억할 수 있는지, T는 기연미연했다. 그는 여러 개의 꿈을 매일 꾸었지만 각개를 선명하게 떠올릴 수 있는 편이었다. 꿈마다 지니고 있는 이미지들이 뚜렷해서, 손재주만 있다면 화폭으로 옮길 수 있으리라 자신할 정도였다. 그러나 이번 꿈만은 달랐는데, 누군가 페인트를 끼얹어버린 것처럼 불투명하게 소실되어 있었다. 잊어버린 게 아니라 잃어버렸다는 느낌은 그를 더욱 분하게 만들었다.

식사를 마치고 소파에 앉은 T는 슬슬 한심한 기분이 들기 시작했다. 그는 자신이 성능 나쁜 뜰채, 혹은 보이지 않는 실을 간절히 쥐고 앉은 나신의 임금이 된 듯 여겨졌다. 깊은 무력감을 느끼며 한참을 멍청히 앉아 있던 T는 한낮이 되어서야 꿈에 대한 생각을 내려놓을 수 있었는데, 텅 빈 식품 저장고가 그걸 도왔다. 어쨌거나 대단히 멋진 꿈을 꾼 건 사실이지 않느냐는 결론으로 그는 스스로를 위무했다. 마침내 T는 옷을 걸쳐 입고 집밖으로 나섰다. 참으로 오랜만에 밟는 땅이 아닐 수 없었다.

T가 주말 시장에 혼자 나온 것은 몇 달 만의 일이었는데, 몇 주 전만 해도 연인이 있었기 때문이었다. 그는 조금 침울해질 뻔했지만 시장 특유의 왁자지껄함이 감상에 오래도록 젖어 있지 못하게 했다. 그는 애인과 했던 것처럼 과일을 집어들어 향기를 맡고 생선의 크기를 비교하며 흥정했다. 그는 토마토 일 킬로그램과 소금에 절인 청어, 살라미 한 팩을 구입했다. 둥근 독일식 빵을 사려다 길쭉한 프랑스식 빵을 산 그는 더 살 것이 없는지 시장을 서성거렸다. T는 꽃집 좌판 앞을 지나다 선명한 오렌지색 장미에 한참이나 눈을 두었다. 주먹만한 송이가 탐스러워 시선이 끌릴 만한 것이긴 했으나 그는 꽃을 좋아하지 않는 편이었다. 하지만 좌판 앞을 두 번 지나고 세번째 지날 때 그는 마침내 값을 지불하고 포장된 장미 한 송이를 받아들었다. 꽃을 들고 길을 걸으면서도 T는 자신이 왜 이것을 샀는지 이해할 수 없었다. 그가 꽃을 건넬 만한 사람은 애인뿐이었는데, 그녀는 이미 그를 떠났기 때문이었다.

시장을 두어 바퀴 더 돌고 난 T는 갑작스런 피로감을 느꼈다. 근래 잘 쉬었다고는 하나 그에게 피로감이란 언제나 서랍 속에 든 것이어서 그런 식으로 불쑥 튀어나오곤 했다. T는 식료품이 든 종이봉투와 포장된 장미를 들고 근처 카페테리아로 향했다. 그는 붉은색 파라솔이 설치된 테라스에 자리를 잡고 앉아 커피를 주문했다. 누군가가 누군가를 부르는 소리, 값을 흥정하는 소리, 앞을 가로막은 인파를 헤치기 위한 경적 소리가 아무렇게나 뒤섞여 들렸다. 어디에나 활기가 넘치고 있었으므로 그는 자신이 이 세계에서 조금 겉돌고 있다고 느꼈다. 어쩌면 이런 기분엔 단것이 도움이 될지도 모른다는 데 생각이 미치자 T는 설탕 그릇을 찾기 위해 두리번거렸다. 하지만 설탕 그릇은 보이지 않고 대신 웬 여자가 하나 눈에 들어왔다. 남색 원피스를 입은 여자는 그의 자리에서 두 테이블 떨어진 곳에 외따로 앉아 있었다.

부푼 퍼프소매 아래로 여자의 팔뚝이 매끈했다. 다리를 꼬고 앉는 바람에 무릎 길이의 치맛단이 허벅지 절반까지 올라가 있었다. 여자가 T를 보고 웃었을 때에야 그는 자신이 낯선 사람을 빤히 쳐다보았다는 사실을 깨달았다. 당혹감에 고개를 돌리며 그는, 자신이 설탕 그릇을 찾고 있었을 뿐이라고 머릿속으로 우물거렸다. 하지만 의자가 바닥에 끌리는 소리가 들려와서 T는 그만 긴장했다. 이윽고 여자가 찻잔을 들고 다가와 테이블 옆에 서서 그에게 말을 건넸다. 예쁜 장미네요. T는 화들짝 놀라는 시늉을 하며 여자를 향해 몸을 틀었다. 그렇죠? 저는 원래 꽃을 사는 성격이 아닌데. 여자가 물었다. 아내분이 꽃을 좋아하시나봐요? 그는 자신이 아직 미혼이라고 어물어물 밝혔다. 그러자 여자는 그의 의사를 묻지도 않고 의자를 당겨 그의 건너편에 앉았다. 여자는 커피를 한 모금 마시더니 제 찻잔 받침에 놓인 포장된 각설탕을 집어 그의 앞에 놓아주었다. 설탕이 필요한 표정이라서요. 여자가 부드럽게 말하자 그는 문득 난처해졌다.

T는 자신이 왜 이 여자에게 시선을 빼앗겼는지 알 수 없었다. 여자는 그가 좋아하는 유형의 생김새도 아니었다. 그는 말라깽이를 싫어했는데 여자는 그랬다. 지나치게 흰 피부는 여자를 파리해 보이게 만들었다. 잿빛 눈동자는 크고 또렷했지만 높이 솟은 광대뼈와 어우러지자 필요 이상으로 지적인 분위기를 풍겼다. 그는 똑똑해 보이는 여자를 좋아하지 않는 편이었다. 얼굴에 주근깨가 빼곡하고 코는 약간 들창코인, 여자의 외형 중 그의 마음에 드는 부분은 유난히 풍성한 머리카락뿐이었다. 하지만 여자와 눈이 마주친 T는 슬쩍 민망했는데, 저도 모르게 상대를 헤어진 애인과 비교하고 있다는 것을 깨달았기 때문이었다.

T는 조금 달콤해진 커피를 홀짝이며 지나가는 사람들을 구경했다. 테이블의 정적이 불편하게 느껴졌지만 여자는 자리를 떠나지 않았다. 어쩌면 어색해하는 것은 자신뿐일지도 모른다고 그는 속으로 중얼거렸다. 커피를 다 마신 T는 의자에서 몸을 일으켰다. 옆자리에 앉히듯 놓아두었던 식료품 봉투와 장미꽃을 집어들었다. 오렌지색 꽃송이는 여전히 커다랗고 화려했지만 아까만큼 그의 시선을 사로잡지는 못했다. T는 문득 그것이 정말로 자신에게 필요치 않다고 생각했다. 그는 반가웠다고 말하며 여자에게 장미꽃을 건네주었다. 상대는 기다렸다는 듯 반색하며 받아들였다.

곧바로 집으로 향해 잠을 청하려던 T가 주점에 들어가 앉게 된 것은 열 걸음쯤 발을 옮겼을 때 여자가 뒤를 따라왔기 때문이었다. 여자는 조금 망설이는가 싶더니 맥주를 한잔하지 않겠느냐고 그에게 물었다. T는 습관적으로 손목시계를 내려다보았지만 딱히 무슨 할 일이 없다는 것을 깨닫고 스스로 무색해졌다. 여자가 아는 곳이 있다며 앞장을 서서, 그들은 한 걸음쯤 거리를 두고 어색하게 길을 걸었다. 하지만 주점에 들어설 때 그들 사이의 거리는 없다시피 했는데, 그곳으로 향하는 길에 커다란 벌이 장미꽃 근처를 맴돈 까닭이었다. 여자는 비명을 지르며 T의 팔에 매달렸다. 그가 손짓으로 벌을 쫓아주었다. 곤충은 정말 질색이거든요. 여자는 몸서리를 치며 고맙다고 말했다. 그러나 주점에 들어설 때까지도 여자는 그의 팔을 놓을 줄 몰랐다.

　마주앉아 맥주를 마시면서 T는 여자가 회계사무소에 다니며 미혼에 그보다 한 살 연상임을 알게 되었다. 여자는 그에게도 같은 것을 물었지만 그다지 대답하고 싶지 않은 질문들이었다. 그는 지금은 일을 쉬고 있다고 대답하고는 잔에 담긴 맥주의 삼분의 일쯤을 한 번에 들이켰다. 이후 여자는 그의 신상에 대한 질문을 자제하는 듯 보였다. 술기운이 돌아 T는 나른한 기분이 들었다. 그는 맥주를 홀짝이며 주점 벽에 걸린 장식용 66번 도로의 표지판을 멍하니 바라보았다. 그때 여자가 생각난 듯이 물었다. 저기, 왜 아까 나를 쳐다본 거예요? T는 눈동자만 굴려 여자를 보았다. 맥주를 두 잔째 마시기 시작한 여자의 잿빛 눈은 좀 전보다 훨씬 촉촉해져 있었다. 그는 대답을 꾸미려다 문득 귀찮아져서 사실대로 얘기했다. 나도 모르겠어요. 그쪽으로 시선이 갔어요. 바랐던 대답은 아니었지만 여자는 상황을 긍정적으로 해석하는 편이었다. 여자가 수줍은 듯 고백했다. 실은 저도 당신을 보고 있었어요. 오렌지색 장미가 눈에 띄었거든요. T는 고개를 끄덕였지만 대꾸하지는 않았다.

　주점의 좋은 점은 침묵이 감추어지기 쉬운 환경이라는 것이었다.

T는 66번 도로 표지판의 옆에 붙박인 사슴 머리 박제에 눈을 둔 채로 여자에게 물었다. 깨고 싶지 않은 꿈을 꾼 일이 있어요? 깨고 싶지 않은 꿈이요? 여자가 되물었다. 그는 고개를 돌려 여자를 보고 말했다. 내가 어제 그런 꿈을 꾸었거든요. 정말 대단히 멋진 꿈이었어요. 여자는 흥미롭다는 듯 그를 향해 몸을 기울였다. 어떤 꿈이었는데요? T는 어깨를 으쓱해 보였다. 나도 그걸 알고 싶어요. 기억이 나질 않거든요. 여자는 재미있다는 듯 웃어 보였다. 기억이 나지 않는데 어떻게 멋진 꿈이라는 걸 알 수 있어요? 그가 대답했다. 느낌으로 알 수 있어요. 그런 적 없어요? 여자는 없다고 대답하곤 덧붙였다. 나는 꿈을 잘 꾸지 않거든요. 하지만 느낌이 중요하다는 건 알아요. 그것만큼 중요한 게 없죠. 여자가 손을 뻗어 그의 손등 위에 손가락을 가져다 댔다. 여자의 하얀 손을 내려다보던 T는 맥주를 한 잔 더 시켜야겠다고 생각했다.

여자가 비틀거렸기 때문에 T는 꽉 붙잡아야 했다. 잊고 있던 종이 봉투에서 청어 비린내가 올라왔다. 왼손에 식료품 봉투를 들고 오른손으로 여자를 부축하려니 여간 곤혹스러웠다. 집이 어딘지를 묻자, 여자는 포장된 장미꽃을 휘둘러 한 방향을 가리켰다. 그는 시장에서 대로변을 따라 쭉 내려가면 만나는 삼거리 오른쪽에 살고 있었는데, 여자는 그 왼쪽 거리에 집이 있는 모양이었다. T는 여자를 부축해 삼거리로 향했다. 졸음이 쏟아져서 자꾸만 하품이 났다. 그쯤 그는 몹시 지쳐 있었는데, 오랜만에 외출을 한데다 술기운이 머리꼭지까지 올라 있었기 때문이었다.

삼거리에서 T는 여자에게 즐거웠다고 말했다. 그는 그것이 충분한 작별 인사라고 생각했지만 여자는 그렇게 생각하지 않는 듯했다. 즐거웠다고요? 그럼…… 여자가 혀 꼬부라진 소리로 말했다. 지금 우리집으로 가요. 더 즐거운 일이 많을 텐데요. 여자의 몸이 좌우로 흔들거리자 그 바람에 붉은 머리카락이 출렁이며 춤을 췄다. T는 망설여졌지만 어딘지도 모르는 여자의 집에서 잠을 청하고 싶진 않았다. 타인의 집은 미지였고 그는 그런 모험을 할 만한 상태가 아니었다.

마침내 마음을 정한 T는 여자를 데리고 자신의 집으로 향했다. 집 안에 들어서자 여자는 언제 비틀거렸냐는 듯 종종걸음으로 이곳저곳을 살폈다. 여자가 있군요? 여자는 애인이 두고 갔지만 그가 미처 치우지 못한 작은 화장품 용기와 머리빗, 텔레비전 위의 장식물들을 만지작거리며 살폈다. T는 헤어진 지 얼마 되지 않았다고 대답하고 여자에게 소파와 담요를 내주었다. 왜 헤어졌어요? 소파 쪽은 쳐다보지도 않고 여자가 그에게 물었다. T는 입을 다물고 서 있다가 자신이 직장에서 잘렸기 때문인 것 같다고 말했다. 오, 설마요. 여자가 혀를 찼다. 뭔가 다른 이유가 있겠죠? 분명히 뭔가 다른 이유가 있을 거예요. 그는 여자의 잿빛 눈동자가 유난히 뒤룩거린다고 느꼈다. T는 잠시 생각하다가 손바닥으로 얼굴을 문지르곤 말했다. 어쩌면 꿈 때문일 수도 있겠죠. 그녀는 내가 꿈을 꾸는 걸 싫어했거든요. 여자가 그를 와락 끌어안은 것은 그 순간이었다. 가엾은 사람, 나라면 당신이 무슨 꿈을 꾸어도 이해할 텐데! 여자는 숨을 헐떡이며 몇 번이고 그의 귓가에 속삭였다. 내가 당신 꿈속의 여자였으면 좋겠어요. 내가 당신의 꿈이었으면 좋겠어.

T가 눈을 떴을 때, 그는 알몸으로 침대에 누워 있었다. 그는 침대 옆 테이블에 놓인 갓등이 켜져 있는 것을 보았는데 기억엔 없는 점등이었다. 오렌지색 조명을 뚫고 가닿은 그림자들이 흰 벽에 일렁였다. 그의 그림자가 거대한 잿빛 짐승 같았다. T는 기지개를 켜며 무심결에 천장을 올려다보았다. 그곳에는 그야말로 한 점의 얼룩도 존재하지 않았다. 아직 꿈속이로군. 그는 손가락으로 머리카락을 쓸어넘기며 생각했다. 유난히 노곤한 기분이 들었다. 술이 덜 깬 것처럼 얼굴에 열이 오르고 사지가 묘하게 저릿저릿했다. T는 손을 내려 손바닥으로 얼굴을 비볐다. 졸리진 않았지만 피곤했다. 하지만 자는 중에 또 졸음을 느끼는 것은 좀 이상한 일일는지도 몰랐다. 별생각 없이 베개를 침대 머리에 붙여 앉으려던 그가 소스라친 건 그때였다. 곁에 애인이 등을 돌리고 누워 있었기 때문이었다. T는 다시 한번 천장을 힐긋거려 그 순간이 꿈이라는 것을 확인했는데, 사실 꿈이 아니라면 헤어진 애인이 그의 침대에 누워 있을 리가 만무했다. 하지만 꿈이라도. 그는 생각했다. 그녀가 내 곁에 누워 있는 건 이상한 일일 수 있는데, 왜냐하면.

T는 어제의 대단히 멋진 꿈을 기억해냈는데 꿈속에서라면 흔한 일이었다. 꿈속의 그는 모든 것을 알고 있었고, 잠에서 깨면 그 대부분을 망각하리란 것 역시 알고 있었다. 애인의 머리카락 끝을 만지작거리던 그는 그녀가 깨지 않게 주의하며 침대에서 몸을 일으켰다. 어째서 이 꿈을 또 꾸는 걸까. 창고로 향하며 그는 짐짓 중얼거렸다. 창고 문을 여니 어젯밤 꿈처럼 공구 상자가 놓여 있었다. 그는 묵직한 플라스틱 상자를 꺼내들고 낑낑대며 침실로 돌아왔다. T는 침대 곁에 서

서 모로 누운 애인의 뒷모습을 물끄러미 쳐다보았다. 보고 있자니 얼굴을 보고 싶은 충동이 일었지만 용케 억눌렀다. 어제의 대단히 멋진 꿈은 그녀와 눈이 마주치지 않았기에 가능했다는 것을 그는 누구보다 잘 알고 있었다.

T는 공구 상자에서 청색 면테이프를 꺼내 끝을 잡아 뜯었다. 테이프의 끄트머리를 입에 물고 애인의 머리카락을 움켜쥐어 고개를 치켜들게 했다. 애인이 잠투정 같은 신음을 흘리며 뒤를 돌아보려는 게 느껴져서, 그는 황급히 테이프를 길게 늘여 애인의 입술 근처부터 발라 붙였다. 테이프를 애인의 머리에 칭칭 감으며, 그는 그녀가 어제보다 더 발버둥친다고 생각했다. 그는 애인의 손목을 등뒤로 당겨 테이프로 결박하고, 발목에도 반복해 테이프를 둘둘 말았다. 웅크리고 꿈틀대는 애인의 나신이 아름다워서 그는 문득 서글펐다. 애인은 기억보다 더 말라 있었는데, 그는 아마도 그녀를 향한 자신의 걱정이 애인을 그렇게 등장하도록 만들었으리라 생각했다.

T는 공구 상자를 뒤적거려 장도리를 집어들었다. 가정용이었기 때문에 크거나 묵직하지 않아 휘두르기에 적당했다. 애인의 탐스러운 붉은 머리카락이 베개 위에서 불길처럼 흐르고 있었다. 그는 애인의 뒤통수를 겨냥해 장도리를 내리치기 시작했다. 그녀가 끊임없이 바르작거렸기 때문에 여러 번 반복해야 했다. T는 마지막 경련을 일으키는 그녀가 자신이 어릴 적 실수로 깨뜨린 달걀 속의 병아리처럼 보인다고 생각했다. 그 병아리는 꽤 오랜 시간 핏물 속에서 바르작거리다 간신히 움직임을 멈추었다. 가위로 애인의 뱃가죽을 서걱서걱 가르면서, T는 자신이 그녀를 얼마나 사랑했는지를 속삭였다. 실은 붙잡고

싶었지만 그러지 못했다고도 말했다. 내 것이 되지 못할 바엔 죽어버리는 게 좋겠다고 몇 번쯤 생각하긴 했지만 실은 어디에서건 누구와 함께하건 행복하길 바란다고도 말했다. 애인의 내장을 모두 들어내고, 베개를 찢어 꺼낸 거위 깃털을 배와 밑에 난 구멍 깊이 쑤셔넣으면서 그는 조금 흐느꼈다. 이런 짓을 하는 자신을 용서해달라고 몇 번이고 빌었다. 이제 내 꿈에 나오지 마. 이제는 정말 나오지 마. T는 애인의 귓가에 속삭였다.

T는 서툰 바느질로 애인의 복부와 성기를 꿰매고 엉망이 된 침대를 정리하기 시작했다. 전날보다 역겨운 냄새가 진동해서 그는 울렁이는 속을 진정시키려 여러 번 마른침을 삼켜야 했다. 어젯밤 꿈에는 길쭉한 단지가 침대 곁에 놓여 있어 애인의 내장을 그곳에 넣을 수 있었는데 오늘은 어찌된 일인지 보이지 않았다. 그는 벗겨낸 베갯잇으로 애인의 내장을 감쌌다. 얼룩이 진 곳마다 빳빳하게 말라붙어가는 시트와 이불을 걷어 바닥에 내려놓고, 그는 애인의 몸을 매트리스 가운데 바로 눕혔다. 앙당그러진 애인의 몸이 강마른 소녀처럼 작아 보였다. 그는 핏기 없는 애인을 내려다보며 팔뚝으로 얼굴을 훔쳤다. 땀이 났는지 입술에서 찝찔한 맛이 느껴졌다. 꿈에서 깨기까지 얼마 남지 않았다는 것을 안 T는, 그때까지라도 애인을 안고 있으리라 마음먹었다. 그는 애인의 머리를 들어올려 자신의 팔을 베게 한 다음, 그녀의 이마에 입을 맞추고 눈을 감았다. 천천히 심호흡을 하며 꿈에서 깨길 기다렸다.

T가 다시 눈을 뜬 것은 밖에서 새 우는 소리가 들렸기 때문이었다. 쇠줄이 달린 그네가 바람에 흔들리는 것 같은 날카로운 새 울음소리

가 끊어질 듯 이어졌다. 그는 눈을 반복해 깜빡이며 주위를 두리번거렸다. 창밖으로 밝은 빛이 스미고 있었고, 바깥이 환해진 만큼 갓등의 빛은 약해져 있었다. 벽면에 비친 희미해진 그림자를 쳐다보던 T는 자신의 품에 안긴 애인을 조심스레 내려다보았다. 그러나 애인은 애인이었다. 사라지지도 흐려지지도, 다른 무언가로 대체되지도 않아 있었다.

T는 당황스러웠는데, 어제는 이쯤에서 꿈이 깬 까닭이었다. 어쩌면 이보다 조금 일렀는지도 몰랐다. 애인의 머리카락에 코를 묻고 향기를 맡기 시작하자마자 눈이 뜨였고, 천장의 검은 흔적이 곧바로 시야에 들어왔다. 어째서 꿈에서 깨지 않는지 T는 이해가 되질 않았다. 꿈에서 깨고 싶을 때 깨지 못한 일이 없던 것은 아니었지만 꿈이 마무리된 뒤에도 깨지 않는 일은 처음이었다. 하지만 어떻게 자의적으로 꿈에서 깰 수 있는지를 T는 몰랐다. 억지로 꿈에서 깨어나는 방법에 관한 몇 가지 풍문들이 머릿속을 스쳤지만 그는 고개를 내저었다. 그의 경험으로 꿈이란 건 깰 때가 되면 깨기 마련이었다. 꿈에서 꿈으로 옮겨갈지언정 끝나지 않는 꿈이란 존재하지 않았다.

그러나 언제 깰지 알지 못하는데다 시간의 흐름이 무척 더디게 느껴져서 T는 점점 초조해졌다. 등허리에는 식은땀이 흘렀고 역겨운 냄새는 점점 더 지독해지고 있었다. 텅 빈 천장을 노려보던 T는 결국 침대에서 몸을 일으켰다. 연한 회색을 띤 카펫이 그의 발에 밟힐 때마다 바싹 마른 잔디처럼 뾰족하게 엉겼다. T는 슬리퍼도 신지 않고 방안을 안절부절 서성거렸다. 침대 발치를 가로질러 걷던 그의 발에 무언가 차인 것은 그때였다. 그는 눈을 가늘게 뜨고 자신이 금방 발로 차서 멀어지게 한 검은 뭉치를 쳐다보았다. 짐승을 가까이하듯 그는 경계하며 다가섰다. 발로 툭툭 건드려도 미동이 없자 비로소 주워들었다. 그저 둥글게 말린 천 뭉치였기 때문에 T는 안심한 나머지 제풀에 웃고 말았다. 그가 천을 탁탁 내리 털어 제 시선까지 들어올리자, 퍼프소매가 달린 남색 원피스가 눈앞에서 하늘거렸다. 그건 그도 아는 옷이었지만, 그가 알기로 그건 애인의 것이 아니었다.

T는 허둥지둥 침대로 돌아가 애인을 살폈다. 그러나 진녹색 테이프가 둘둘 감긴 그녀의 얼굴은 우거진 잡목림 너머처럼 깜깜하기만 했다. 그는 곧바로 손톱을 세워 테이프의 끝 부분을 긁어내기 시작했다. 오른쪽 귀밑머리에서 마무리되었던 테이프가 제거될 때마다 애인의 붉은 머리칼도 길게 잡아 뜯겼다. 발라놓았던 테이프의 절반가량을 떼어냈을 때에야 그는 녹색 선들이 교차된 가운데 드러난 공간을 확인할 수 있었다. 구획된 블록 안쪽에 높다란 광대와 주근깨가 자리하고 있었고, T가 알기로 그건 애인의 얼굴이 아니었다.

아연실색한 T는 침대에서 몸을 퉁기며 일어나 물러섰다. 미친듯이 두리번거리며 방안을 뒤져대기 시작했다. 하지만 옷장과 서랍장을 모조리 뒤집어엎고 침대 밑을 더듬었는데도 이렇다 할 단서는 발견되질 않았다. 그는 씨근거리며 몸을 바로 세웠다. 손가락으로 머리칼을 거칠게 흐트러뜨렸다. 그때 낯설고 흰 물체가 그의 눈에 들어왔는데, 벌써 살펴보았던 갓등 아래 놓인 것이었다. 절반으로 두 번 접힌 흰 냅킨은 어째서인지 축축하게 젖어 있었다. 그는 떨리는 손을 뻗어 냅킨을 집어들었다. T는 들러붙은 냅킨의 낱장을 연거푸, 서둘러 펼쳤다. 흰 바탕에 검은색 감탄부호, 그는 부지불식간에 괴이쩍은 신음을 내뱉었다. 그가 그토록 믿어왔던 일그러진 갑충의 사체와 거뭇한 체액이, 젖은 냅킨 위에 고스란히 옮아 붙어 있었다. 별안간 아득해진 그는 다리가 풀려 주춤거렸다. 비틀거리며 뒷걸음질치는 통에 창틀에 허리춤을 세게 부닥쳤다. 그 순간 T는 더이상 기다릴 수 없다고 판단했다. 그는 창문을 힘껏 밀어올리고 거리를 굽어다보았다. 떠오르는 아침햇살에 물든 흰 차선들이 그의 서툰 바느질 자국처럼 울렁거리고 있었다. 심한 어지럼증을 느끼며, T는 허공을 향해 한껏 몸을 디밀었다.

괄약근 vs 불수의근

김형중 (문학평론가)

1

이수진의 첫 소설집에 실린 여덟 작품을 통틀어 내가 가장 흥미롭게 읽은 작품은 표제작 「머리 위를 조심해」이다. 좀 의외일 수도 있겠으나, 그중에서도 특히 다음의 두 구절이 인상적이었다.

안팎의 괄약근이 불수의근으로 변모된 것처럼 제멋대로 움직이기 시작했다.(104쪽)

십팔층짜리 아파트였다. 엘리베이터는 꼭대기 층에 서 있었다. 나는 몸을 배배 꼬며 전광판의 빨간 숫자를 하염없이 올려다보았다. 아, 십팔. 왜 안 내려오는 거야, 십팔. 나는 붉게 빛나는 십팔을 꼬나보며 웅얼거렸다. 단 한 번의 이완이 모든 것을 망칠 것이었다. 이성의 끈은 당겨질 대로 당겨져 믿을 수 없을 정도로 가늘어져 있었다. 이제 틀렸다는 생각이 드는 찰나, 축축하고 음흉한 목소리가 귓속을 파고들었다.

그냥 싸버려. 알 게 뭐야. 어차피 모르는 동네잖아. 더이상 참을 수도 없
잖아. 편해질 거야. 세상을 다 가질 수 있을 거야…… 제기랄, 입다물
어. 난 아무데나 똥을 누진 않을 거라고…… 호기롭게 윽박았지만 목
소리가 옳았다. 더는 참을 자신이 없었다.(같은 쪽)

　오로지 괄약근의 수축운동에 의지해 격렬한 장의 불수의적 연동운
동이 가하는 압력을 견뎌내(거나 견뎌내지 못해)본 이들, 그러니까 항
문 가진 우리들 모두는 두번째 인용문이 그 난감하고 곤란한 상황을
얼마나 핍진하게 묘사하고 있는지 잘 안다. 저 문장들은 일단 '변의便
意'에 관한 한 한국문학사에서 유례를 찾아보기 힘들 만큼 탁월한 묘
사문이다.
　그러나 저 문장들을 그저 재기발랄한 묘사문으로만 읽고 만다면,
그 안에 담긴 절묘한 우의寓意에 대해 결례를 범하는 셈이 되고 만다.
장난스럽고 악의적이지만 저 문장들, 특히 첫번째 인용된 문장에 사
용된 비유는 진지하게 읽어야 한다. 실은 이수진의 소설세계 전체가
저 비유 안에 절묘하게 요약되어 있기 때문이다. "안팎의 괄약근이
불수의근으로 변모된 것처럼"…… 당겨 말하건대 이수진의 소설들
은 거의 다 괄약근과 불수의근 간의 갈등, 통제하려는 수축과 이완하
려는 연동운동 간의 갈등 위에 구축되어 있다. 그런 의미에서 「머리
위를 조심해」는 충분히 표제작으로서의 자격이 있다.

2

전체 분량의 삼분의 일 정도를, 오로지 '어마무시'한 변의에 저항하는 주인공의 행태 묘사에 할애한 후, 이 기발하고도 막무가내인 소설이 갈피를 잡아가는 것은 느닷없이 등장한 (변기가 놓여 있는 509호 아파트의) 집주인의 다음과 같은 대사들을 통해서이다.(번호는 인용자)

1) "그것도 아니오. 차라리 설정으로서의 변기라고 할 수 있지." (114쪽)
2) "그렇소. 당신은 다른 사람들과 다르오. 당신은 내게 인물이란 말이오."(124쪽)
3) "아니, 당신 자리는 저기요. 인물이 설정 위에 앉아 있어야만 사건이 일어난단 말이오."(같은 쪽)

1)에서, 아주 많이 '마려운' 화자 앞에 구세주처럼 등장했던 변기를 두고, 집주인은 "변기로서의 변기"가 아니라 "설정으로서의 변기"였다고 말한다. 그것은 인력을 가진 덫이었다. 2)에서는 보다 더 정확하게 자신의 정체를 드러내는데, 화자를 '인물'이라고 부름으로써 스스로가 인물의 창조자, 곧 작가임을 드러낸다. 그는 작가였고, 변기들이 놓여 있는 설정 속으로 많이 마려워진 '인물-화자'를 끌어들였던 셈이다. 3)은 집주인이 자신이 창조한 인물에게 작가로서의 무한한 권위를 주장하는 장면이다. 그에 따르면 작가에게는 자신이 창조한 설정 속에서 인물의 행위와 동선을 결정할 권리가 있다. 인물과 설정과

사건, 이 세 가지가 흔히들 소설의 세 요소라고 말하는 '인물, 배경, 사건'의 변형이라는 사실에 대해 더 언급한다면 아마 사족이 될 것이다. 이수진의 소설들이 거의 매번 일종의 연극, 그중에서도 '상황극'의 형식을 취한다는 사실을 고려할 때, '배경'이 '설정'으로 슬쩍 바꿔치기된 사정도 이해할 수 있다. 「머리 위를 조심해」는 소설에 대한 소설, 즉 '메타 픽션'이었던 것이다.

그러나 이즈음엔 소설도 많이 민주화되었다고들 하는바, 작가는 정말로 인물의 행동과 사건에 대해 배타적인 통제권을 (마치 괄약근이 내장의 연동운동에 대해 가지고 있다고 상상하는 것과 같은 통제권을) 행사할 수 있는 것일까? 물론 그렇지 않다(마치 괄약근이 어느 순간 자신에게는 내장의 연동운동을 통제할 능력이 없음을 절감하게 되는 것처럼). 이 소설의 결말은 차라리 그 반대다. 화자를 '설정'된 대로 변기 위에 앉혀두려는 작가와 자신의 자유의지를 실현하려는 인물-화자 사이에서 얼마간의 실랑이가 오간 후, 소설은 이렇게 끝난다.

"넌 내게 이럴 수 없어. 김병철은 살인을 할 수 있는 놈이 아니야……"

(……)

나는 그의 앞에 무릎을 꿇고 앉아 대꾸하곤 목을 땄다.

(……)

"머리 위를 조심하랬잖아."

나는 나도 모르게 힉 쪼개 웃었다. 가래침을 소리나게 모아 집주인의 머리에 대고 뱉었다.(136~137쪽)

인물은 작가가 자기에게 부여한 정체성(소심한 김병철)을 거부한다. 약간의 경의를 표하긴 한다지만("무릎을 꿇고") 그는 되레 '창조주-작가'를 살해한다. 그러고는 자신이 스스로에게 부여한 정체성('머리 위를 조심해')을 선택한다. 물론 작가가 죽은 뒤 그는 다시 정체성의 혼란 속으로 빠져들게 될 것이지만…… 왜냐하면 상상한 것과 달리 그의 정체성의 기원은 자신의 바깥에, 즉 작가에게 있기 때문이다.

결국, 작가 이수진의 소설관은 명확해 보인다. 작가가 통제할 수 없는 인물, 파괴되는 작가의 설정, 작가의 의도대로 맺어지지 않는 결말, 그러니까 인물도 사건도 설정도 결국엔 문장들의 불수의적 연동운동에 의해 점령당하고 마는 장르, 그것이 소설이다. 이때, (정말이지 내키지 않지만 굳이 정의해야 한다면) 작가란 '내장의 연동운동을 통제하는 데 실패한 괄약근' 정도가 될 것이고, 작품이란 '연동운동의 조절에 실패한 작가가 싸질러놓은 똥'쯤 되겠다. 물론 인물은 내장의 연동운동 그 자체일 것이다. 그 운동이 행위와 사건을 낳을(싸지를) 테니 말이다. 어쨌거나 간에, 이토록 기발한 소설론을 나는 여태 들어본 적도 읽어본 적도 없다.

3

이 작품집에 실린 소설 전체를 염두에 둘 때, 괄약근과 불수의근 간의 갈등이 오로지 통제하려는 작가와 벗어나려는 인물 사이에서만 발생하는 것 같지는 않다. 이수진은 이 두 힘의 대립에 관한 한 철두철미한 데가 있어서, 유사한 갈등이 여러 작품들에서도 다양한 방식으로 변주된다. 그리고 물론 (그 변주가 주제 차원에서 수행되든, 구조 차원에서 수행되든) 항상 승리하는 것은 불수의근 쪽이다.

우선 「벽장」의 경우, 두 근육 간의 갈등은 '주主 자아'와 '주변 자아들'의 분열이란 테마로 변주된다. '부기맨' 전설에서 모티프를 가져온 것으로 보이는 이 작품에서, 범람하는 것은 대명사 '그'다. 가령 다음의 문장들에서 대명사 '그'는 의도적으로 남발되어 사실상 구체적인 지시 대상과 분리되고 만다. "그와 달리 그는 그럭저럭 잘사는 것처럼 보였다. (……) 그러나 그로서는 그의 그런 행태가 역겨운 위선으로밖에는 보이지 않았다. 그가 행하는 모든 기저마다 벽장 속의 그가 있는 까닭이었다."(155쪽, 강조는 인용자) 벽장 속의 그(나)도, 식탁 위의 그(나)도, 창가의 그(나)도, 술을 마시는 그(나)도 모두 동일한 대명사에 의해 지시되므로, 그들 모두가 나이자 그이다. 그러던 차, '그들'의 방에 가장 강력해 보이는 '그'(주 자아)가 등장한다. 외부와 유일하게 소통 가능한 '그'는 글쓰는 사람이다(편집자와의 약속 운운하는 것으로 보아 이는 분명하다). 그가 차례차례 '그들'을 먹어치운다. 마치 수많은 '그들'을 하나의 '그'로 통합하려는 듯이. 그러나 그렇게 한다고 해서 그 많은 주변 자아들이 주 자아에 의해 통합되는 일 따위는 일어나지 않는다. "그가 행하는 모든 기저마다 벽장 속의 그가 있"게 마련이고, "일상의 향유에는 언제나 그런 밑바닥이 감추어져 있기 마련이니까".(같은 쪽) 토대가 상부구조를 결정하고 무의식이 의식을 결정하듯, 되레 벽장 속의 주변 자아가 벽장 밖의 글쓰는 주 자아를 결정할 테니까. 결국 이수진에게 소설가란 통합되고 일관된 정체성을 가진 주체가 아님은 분명해 보인다. 그에 따르면 작가란 여러 자아들로의 분열 상태에서 쓰는 자, 곧 일종의 해리성 장애를 앓는 자다. 그리고 물론 '해리解離성 장애'는 이 글의 요지에 따라 다시 정의할 때, '정신의 불수의적 운동'과 다른 말이 아닐 것이다.

　다른 작품 「대단히 멋진 꿈」의 경우, 예의 그 두 근육 간 갈등이 꿈과 현실의 대립이란 형태로 변주된다. 해리가 그렇듯 꿈 역시 정신의 불수의적 운동이다. 꿈은 의식의 통제 '바깥에서', 혹은 '바깥으로' 활동한다. 모든 밤을 꿈과 현실을 구별하려는 노력으로 지새우다가 결국 꿈 바깥에서마저 꿈속에서처럼 살인을 저지르고 마는 주인공의 이야기(꿈과 현실을 전혀 구분하기 힘들게 만드는 작가의 놀라운 언어 운용에 대해서는 물론 별도의 찬사가 있어야 할 줄 안다)는, 다시 한번 괄약근에 대한 불수의근의 승리라는 이수진 특유의 테마를 반복한다. 꿈이 현실을 장악해버린다. 그러자 화자의 세계 전체가 불수의적으로 변한다.

　「갈매기는 끼룩끼룩 운다」와 「전발씨」, 그리고 「아버지 축제」의 경우, 이번에는 망상에서 비롯된 여담(digression)들이 불수의적 운동을 거듭한다. 화자의 피해망상이 결국 통제 불능 상태의 상황을 초래하고 마는 「전발씨」는 말할 것도 없고, 비교적 읽어내기 어려운 「아버지 축제」는 그 어떤 서사적 사건도 포함하지 않은 채로, 오로지 문장과 이미지의 연동운동을 통해서만 '숲의 왕' 모티프를 소설화한 희귀한 사례에 속한다. 화자인 아들의 분열증적인 감각 속에서, 세계는 오로지 환각과 산란하는 이미지들로만 이루어져 있다. 언어들은 의식을 통해 걸러지거나 통제되지 않고, 오로지 그 자체의 (비)논리에 따라 움직이는 장의 배변 활동처럼, 꾸물꾸물 계열체를 형성해간다.

유사한 방식으로 「갈매기는 끼룩끼룩 운다」를 가득 채우고 있는 것 역시, 세 루저 화자들(그중 하나는 소설가 지망생이고 이들은 모두 문창과를 다녔던 것으로 보인다)의 망상이다. 때는 3월의 봄볕이 비치는 비좁고 더러운 방, "재우가 정적을 견디지 못한 듯 다시 입을 연다. 나 있지, 오다가⋯⋯"(10~11쪽) 그러자 친구네 집에 오던 중 그와 마주친 한 아줌마에 대한 망상이 길게 이어진다. 그러고 나면 철건이 딴지를 걸고, 그러자 다시 재우가 견디지 못한 듯 입을 연다. "아마 그 아줌마도⋯⋯"(13쪽) 이런 식으로 무한증식하는 망상 속에서 아줌마는 우주진리연구회 회원이 되었다가, 자궁교 신자가 되었다가, 교주 김자궁씨에게 겁탈당할 위기에 몰리기도 한다. 이런 식의 이야기 방식을 뭐라고 표현할 수 있을까? 아마도 '이야기를 싸지른다'라는 표현이 가장 적절하리라. 알다시피 항문에만 괄약근이 있는 것은 아니다. 인정하고 싶지 않지만, 이야기하는 기관으로서의 '입' 또한 주변에 괄약근을 가지고 있다. 그들 역시 괄약근 조절에 실패한 화자들이기는 마찬가지였던 셈이다.

4

이수진의 소설에서는, 구조나 주제뿐만 아니라 심지어 한 문장 단

위에서도 불수의적 연동운동의 승리 법칙이 관철된다. 그럴 때 문장은 작가의 의지와 무관한 정보들을 담게 되거나, 누는 자의 의지를 벗어나 한없이 늘어지는 대변 줄기처럼 많은 절과 구들로 속속 연장되기도 한다. 이는 특히 「벽장」「아버지 축제」「대단히 멋진 꿈」처럼 오로지 (이국적이면서도 낯설고 매혹적인) 문체의 힘에만 의존해 쓰인 작품들에서 도드라지는데, 그중 한 문장을 인용해본다.

하지만 소리들이 문제일 때, 가끔은 벽장 안이 밝았다면 어땠을까 하는 생각이 들기도 하는데, 자주 갖게 되는 일종의 회의로서. 그랬다면 이 안의 물건들과 내 몸의 일부를 자세히 살필 수 있을 테니 더 주의깊게 몸을 움직여 마침내는 소음을 내지 않을 수 있게 되어 들키지 않으리라는 생각. 하지만 굳어가는 머리를 조심스럽게 달리 굴려보면, 벽장 안이 밝다면 소음을 내기 전에 내가 여기 있는 것이 알려질지도 모르기 때문에 그런 생각을 하는 것은 잠시뿐이다.(「벽장」, 150쪽)

많은 쉼표에 단락되면서 연결되어 있어 호흡을 자주 가다듬어야만 끝까지 읽을 수 있을 만큼 긴 저 문장은, 사실 '나는 잠시 벽장 안이 밝았으면 어땠을까 생각했다'로 간단히 요약 가능하다. 화자의 두뇌가 입에 붙은 괄약근을 통제할 수 있었다면 말이다. 더 정확히 말하자면 저 문장은 아예 쓰이지 않았더라도 무방한 문장일 것이다. 왜냐하면 작가가 저토록 긴 문장이 오문이나 비문이 되지 않도록 하기 위해 들였을 노력에 비할 때, 거기 담긴 정보는 보잘것없기 때문이다. 사실 저 화자에게는 벽장 안이 밝아도 무방하고, 밝지 않아도 상관없다. 왜냐하면 밝으면 들킬 거고 밝지 않으면 계속 소리를 낼 수밖에 없을 테니까. 그러므로 저 문장들은 앞서 재우 들의 괄약근(입)에서 통제 없이 흘러나오던 망상적 이야기들과 구조적으로 상동하다. 말하자면 저 문장들은 아무래도 주체의 의지를 벗어나 괄약근을 조롱하며 흘러내리는 똥 같다.

5

그런데, 소설이 똥이라니…… 지나친 악담 아닌가? 물론 아니다. 애초에 자신의 소설이 똥 같은 세계와는 무관한 곳에서 보다 곱고 어여쁜 모습으로 탄생하기를 바랐던 작가에게 이 말은 욕이겠지만, 소설이 똥 같은 세계에서 똥처럼 탄생하기를 바랐던 작가에게 이 말은 분명 찬사일 것이다. 어떤 작가가 있어 소설쓰기를 똥 누기에 비유했다면, 아마도 우리는 당연히 그 기이한 취향으로부터 그 작가의 세계관을 유추해볼 도리밖에 없으리라.

내내 배설물 같은 문장들과, 배설 행위 같은 이야기 구조와, 배설하는 자 같은 작가에 대해 이야기해왔거니와 이제 그 통제력을 상실한 괄약근의 주인들, 그들의 사회적 신분에 대해 말해야 할 참이다. '어떤' 처지에 있는 '누구'의 괄약근이 저 문장들을, 저 이야기들을 통제하지 못하는가? 혹은 통제하지 않기로 작정했는가? 「갈매기는 끼룩 끼룩 운다」는 그들에 대해 알려주는 정보가 그중 많은 작품이다.

가장 높이 나는 새가 가장 멀리 본다. 음, 좋은 말이군. 가장 높이 나는 새가 멀리 본다. 재우의 말이 끝나기가 무섭게 철건이 씹어뱉는다. 갈매기 주제에 멀리 보긴 개뿔. 가장 높이 나는 새가 가장 굶주리는 거야. 꼴에 무리해서 높이 날아오르고 지랄이니 먹이를 봐도 내려와서 처먹을 수가 있어야지. 아니, 애초에 먹이가 보이기나 할라나? 거 이리 줘봐. 철건이 재우의 손에서 책을 빼앗아 아무렇게나 책장을 넘긴다. 그래, 이게 진리지. 우리는 단지 먹기 위해 이 세상에 던져졌으며 가능한 한 오래 생을 유지해야 한다. 우리는 단지 먹기 위해 세상에 던져졌으며 가능한 한 오래 생을 유지해야 한다!(25~26쪽)

재우와 철건과 배기는 '조나단 리빙스턴 시걸'이란 거창한 이름의 갈매기가 얼마나 거짓말쟁이였는지를 안다. 저 고상한 자기 경영의 이데올로기와 달리, 가장 높이 나는 새가 가장 굶주리는 것이 이 세계다. 그들에 따르면 높이 올라가는 것은 항상 무리이고, 높은 데서 먹이를 가져와도 처먹을 수가 없는 것이 또한 이 세계다. 만약 이 세계에 삶의 진리라는 게 있다면 그것은 "우리는 단지 먹기 위해 이 세상에 던져졌으며 가능한 한 오래 생을 유지해야 한다"가 전부다.

그런 이들이 이야기를 시작한다. 당연히 그렇게 시작된 이야기가 통제 가능하고 유기적이며 조화롭기를 바랄 수는 없다. 꽃 같고 잘 빚어진 항아리 같을 수는 없다. 세계에 대해 원한을 가졌고, 세계를 비웃는 자들의 입에서 발화되었으니, 작가를 난도질하는 작중인물이, 무너지는 설정이, 열 개의 계율을 차례차례 파기하는 범죄가(「마니차」), 도착과 마조히즘이(「원초적 취미」), 마치 똥처럼 불수의적으로 흘러나온다.

　이수진의 인물들이 하나같이 비정규직 노동자이거나, 청년 실업자이거나, 꿈을 이루지 못한 소설가 지망생이거나, 아이를 잃고 별거중인 여성이거나, 실직당한 불면증 환자라는 사실은 따라서 주의를 요한다. 만약 이수진의 소설들에서 매번 불수의근이 괄약근에 대해 승리를 거둔다면, 그것은 이 작가의 소설 전체가 어떤 원한 깊은 아이러니 속에서 쓰이고 있기 때문이다. 원한에 사무친 루저들의 탈승화적 글쓰기(이 계보 속에는 최근 박솔뫼와 김사과 등이 속해 있다) 속에서, 소설은 기꺼이 똥이 된다. 통제 불가능한 사회적 원한의 상징화 형식, 그것이 똥 같은 구조의 소설이다. 소설 형식과 사회구조 간의 이 기막힌 상동성! 이수진의 시니컬한 소설쓰기의 기원에 정말이지 똥 같은 사회가 있다는 사실을 알아보지 못한다면, 그것은 정말로 똥 같은 일일 것이다.

작가의 말

이제 나는 내가 모른다는 것을 그럭저럭 받아들이고 있다.
받아들이는 데서 그치지 않고 가끔이나마 즐길 수 있게 되었다.
잘 알기는커녕 뭘 알아야 할지조차 결정짓기 어려웠던 시간들,
(그게 나를 자꾸만 더 멀리 달아나게 만들었지만)

그 도피의 궤적들을 나는 울며불며 어떻게든 옮겨 적었다.

2016년 가을
이수진

| 수록 작품 발표 지면 |

갈매기는 끼룩끼룩 운다······『문학동네』 2009년 겨울호

마니차······『문학들』 2011년 여름호

아버지 축제······『문학과사회』 2014년 가을호

머리 위를 조심해······『자음과모음』 2010년 가을호

벽장······『21세기문학』 2015년 봄호

전발씨······ 문장 웹진 2013년 4월호

원초적 취미······ 2009년 무등일보 신춘문예 당선작

대단히 멋진 꿈······『현대문학』 2015년 6월호

문학동네 소설
머리 위를 조심해
ⓒ 이수진 2016

초판인쇄 2016년 8월 29일
초판발행 2016년 9월 7일

지은이 이수진
펴낸이 염현숙
책임편집 이성근 | 편집 정은진 김내리 황예인
디자인 김현우 최미영 | 마케팅 정민호 박보람 이동엽
홍보 김희숙 김상만 이천희
제작 강신은 김동욱 임현식 | 제작처 영신사

펴낸곳 (주)문학동네
출판등록 1993년 10월 22일 제406-2003-000045호
주소 10881 경기도 파주시 회동길 210
전자우편 editor@munhak.com | 대표전화 031) 955-8888 | 팩스 031) 955-8855
문의전화 031) 955-3576(마케팅) 031) 955-8864(편집)
문학동네카페 http://cafe.naver.com/mhdn | 트위터 @munhakdongne

ISBN 978-89-546-4205-7 03810
* 이 도서의 국립중앙도서관 출판예정도서목록(CIP)은 서지정보유통지원시스템 홈페이지
   (http://seoji.nl.go.kr)와 국가자료공동목록시스템(http://www.nl.go.kr/kolisnet)에서
   이용하실 수 있습니다.(CIP 제어번호: 2016018970)
* 이 책은 서울문화재단 '2014년 문학창작집 발간지원사업'의 지원을 받아 발간되었습니다.

www.munhak.com